Brüderchen und Schwesterchen – Der Fluch
Lilly-Grace Turner

AF284190

Lilly-Grace Turner

Brüderchen und Schwesterchen
Der Fluch

Novelle

Impressum

2. Auflage Juni 2020
Copyright © 2019 Lilly-Grace Turner, lillygraceturner.com
Tempus Logus Verlag Luzern, tempuslogus.ch
Lektorat: büropia, Wolma Krefting, bueropia.de
Korrektorat: Sabine Dreyer, tat-worte.de
Korrektorat: Corinna Rindlisbacher, ebokks.de
Cover: Juliane Schneeweiss, juliane-schneeweiss.com
Bildmaterial: Landschaft © shutterstock.com/Yevhenii Chulovskyi
Paar © shutterstock.com/coka
Layout Print & E-Book: Corinna Rindlisbacher, ebokks.de
Herstellung und Verlag: BoD – Books on Demand, Norderstedt

ISBN: 9783751951890

Vorwort

»Brüderchen und Schwesterchen – Der Fluch« basiert, wie sich aus dem Titel erahnen lässt, auf dem Märchen »Brüderchen und Schwesterchen« von den Brüdern Grimm. Wer meine Novelle »Rapunzels Kuss« gelesen hat, weiß, dass ich mir zwar ein Märchen als Grundlage aussuche, aber dieses neu in Szene setze. Bei dieser Novelle verhält es sich ebenso.

Getreu dem Motto, dass das Kind auch beim Namen genannt werden darf, sind die erotischen Stellen unzensiert in die Handlung eingebettet.

Gute Unterhaltung wünscht euch eure
Lilly-Grace Turner

1. Kapitel

Sie drückte Sophie fest an ihren Körper und duckte sich noch etwas tiefer, während sie ihre Ohren spitzte. Das Herz klopfte schnell und hart in ihrer Brust. Ihr Versteck hinter den Holzscheiten war nicht das beste, aber Julchen war auf die Schnelle nichts anderes eingefallen. Sie hätte in den Wald rennen können, aber davor fürchtete sie sich zu sehr. Allein zu wissen, dass der Wald in unmittelbarer Nähe ihres Hauses begann, jagte ihr einen Schauer den Rücken hinab. Manchmal lag sie nachts in ihrem Bett wach und dachte an die Hexen, Kobolde und hungrigen Wölfe, die dort lebten. Wenn sie ganz große Angst hatte, schlich sie sich zu ihrem Bruder ins Gemach, schlüpfte zu ihm unter die Bettdecke und schlief bei ihm ein. Früher, als Vater noch lebte, hatte sie sich in dessen starke Arme geflüchtet.

»Es gibt keine Hexen oder Kobolde im Wald«, waren stets seine beruhigenden Worte gewesen, aber so ganz hatte Julchen ihm nie geglaubt.

Schritte erklangen und wütendes Schnauben. Julchens Herz sackte in ihren Bauch. Sie kannte diesen zornigen Laut. Violetta näherte sich!

Julchen drückte die Stoffpuppe noch fester an ihre Brust und kämpfte tapfer gegen die aufsteigenden Tränen an. Es war so gemein. Eigentlich sollte sie sich nicht verstecken müssen. Sophie war *ihre* Puppe! Ihr Vater hatte sie ihr geschenkt, ehe er sich auf die lange Reise gemacht hatte, um in der Ferne Handel zu treiben. Er war, wie sein Vater zuvor schon, ein sehr erfolgreicher Kaufmann gewesen. Manchmal kaufte er Gewürze in den fernen Ländern, die ganz seltsam rochen und schmeckten. Und er brachte auch lustige und spannende Geschichten von seinen Reisen mit. Julchen hatte es stets geliebt, seinen Erzählungen zu lauschen. Die letzte Geschichte, die von den Räubern, konnte er aber nicht mehr selbst erzählen, denn diese Halunken hatten ihn getötet, als er seine Waren beschützen wollte.

Die Erinnerung erfüllte Julchen mit großer Traurigkeit. Mit dem Tod ihres Vaters hatte sich ihr ganzes Leben verändert. Rosa, ihre Stiefmutter, begann ihr wahres Gesicht zu zeigen. Sie behandelte Julchen und ihren älteren Bruder schlechter als die Dienerschaft im Haus. Und Violetta, die Stiefschwester, die genauso alt war wie Julchen, durfte ihr eifersüchtiges und bösartiges Wesen vollends entfalten. Und neidisch war Violetta oft. Sie beanspruchte alles und jeden für sich. Ohne Johannchen würde Julchen diese Pein nicht ertragen. Er war ihr Beschützer Ihr Fels in der Brandung.

Plötzlich wurde Julchen an ihren blonden Haaren gerissen und damit aus ihren Gedanken.

»Du Diebin!«, zeterte Violetta. »Du blöde Kuh!«

Violetta war ein schlaksiges, für ihr Alter großes Mädchen, das ziemlich viel Kraft mobilisieren konnte, wenn sie wütend wurde. Und eben diese Kraft bekam Julchen nun in vollen Zügen zu spüren. Ihre Kopfhaut schmerzte, sodass ihr die Tränen in die Augen schossen.

»Gib mir die Puppe!«, keifte Violetta mit hochrotem Kopf. Wenn sie außer sich war, hatte sie starke Ähnlichkeit mit einer Tomate.

»Sie gehört mir!«, rief Julchen. »Papa hat sie mir geschenkt!«

»Er war auch mein Papa!« Abrupt ließ Violetta Julchens Haare los, stürmte um sie herum und packte Sophies linkes Bein.

»Nein, war er nicht!«, brüllte Julchen. Es war die Wahrheit. Violettas Vater war ein reicher Trunkenbold gewesen, der sich das Genick gebrochen hatte, als er bezecht eine Treppe hinunterstürzte. Julchen hatte die Dienerschaft darüber reden hören.

Zornig zerrte Violetta am Bein der Puppe. »Und jetzt gehört sie mir!«

Mit einem Ratsch riss das Bein vom Körper ab. Violetta verlor das Gleichgewicht und fiel nach hinten. Als sie sich aufrichtete, warf sie das Bein der Puppe achtlos weg.

Weinend und auf den Knien kauernd hob Julchen die verletzte Sophie in die Arme.

»Hör auf zu flennen!«, herrschte Violetta sie an, und obwohl sie erst acht Jahre alt war, klang sie schon sehr nach ihrer Mutter. »Gib mir die Puppe! Sofort!«

»Niemals!«, flüsterte Julchen heiser.

Mit einem Wutschrei stürzte sich Violetta auf ihre Stiefschwester. Die Mädchen rollten kämpfend über den Rasen, bis es Violetta gelang, Julchen die Puppe zu entreißen.

»Haha!« Triumphierend hielt sie Sophie in die Höhe.

»Du bist so gemein!«, stieß Julchen verbittert aus.

Violettas schmaler Mund verzog sich zu einem Grinsen. »Ich kann noch viel gemeiner sein.«

»Nein!«, entfuhr es Julchen verzweifelt, aber da hatte Violetta der Puppe auch schon den Kopf abgerissen.

»Hier, kannst deine dumme Sophie wiederhaben.« Violetta warf ihr die Puppe zu.

Fassungslos starrte Julchen auf Sophie hinunter oder auf das, was noch von ihr übrig war. Tränen rollten über ihre Wangen. Ihre Lippen bebten.

»Du bösartige Made!«, war plötzlich zu hören.

Violettas Kopf schnellte in die Richtung, aus der der Ruf kam, und auch Julchen sah sich um.

Johannchen stand breitbeinig da. In der rechten Hand einen Ast, den er wie ein Schwert hielt.

»Entschuldige dich bei meiner Schwester«, forderte er.

»Niemals!«, spuckte Violetta förmlich aus. »Eher falle ich tot um.«

Rückblickend konnte Julchen nicht mehr genau sagen, was dazu geführt hatte, dass ihr Bruder die Beherrschung verlor.

Hitzig warfen sich Violetta und er Beleidigungen an den Kopf, bis Johannchen abrupt vorsprang. Er fuchtelte drohend mit dem spitzen Ast in der Luft herum.

Violetta warnte ihn: »Komm mir nicht zu nahe, oder ich sag es Mutter!«

»Dann renn doch zu deiner Mami«, spottete Johannchen, holte mit dem Ast aus und traf Violetta am Oberarm.

»Aua!«, rief sie mehr im Zorn als im Schmerz. »Du gemeiner Kerl!« Violetta machte einen Satz nach vorne. Johannchen wich aus, hob aber gleichzeitig den Ast in die Höhe.

Julchen hörte einen schrillen Schrei, dann sah sie das Blut. Es floss über Violettas Wange wie Tränen.

Julchen blickte zu ihrem Bruder, der bleichgesichtig mit hängenden Armen und entsetztem Gesichtsausdruck dastand.

»Es tut mir leid«, kam es über seine bebenden Lippen.

Violetta kreischte wie am Spieß. Das Geheul lockte die Stiefmutter und die Dienerschaft an. Als Rosa ihre Tochter weinend und blutend sah, schrie sie: »Ludwig, bring sie sofort auf mein Zimmer!«

Der Angesprochene, ein kleiner, aber kräftiger Mann in den Vierzigern, nickte. Julchen war er fast so vertraut, wie es ihr Vater für sie gewesen war. Seit sie denken konnte, diente Ludwig ihrer Familie. Er war ein geduldiger und freundlicher Mann, der für alle und jeden ein gutes Wort bereit hatte. Sie mochte ihn sehr, und seit dem tragischen Tod ihres Vaters umso mehr. Selbst die verzogene Violetta konnte den bärtigen Ludwig gut leiden.

Als er sie aufhob, schmiegte sie weinend ihren Kopf an seine breite Brust.

»Sollte nicht der Arzt gerufen werden?«, fragte Frieda, die Haushälterin und Köchin, mit ihrer piepsigen Stimme.

»Ich werde mich darum kümmern«, knurrte Rosa, die Stiefmutter, und fügte an: »Geh zurück in die Küche.«

Frieda zögerte, öffnete ihren Mund, als wollte sie etwas sagen, besann sich dann aber eines Besseren und trollte sich zurück ins Haus.

»Und jetzt zu dir, du nichtsnutziger Bastard!« Rosa sah ihren Stiefsohn mit ihren durchdringenden stahlblauen Augen wütend an. »Nichts als Ärger hat man mit euch.« Sie warf einen kurzen, vernichtenden Blick in Julchens Richtung, deren Herzschlag für einen Moment ins Stocken geriet. Rosa machte zwei große Schritte auf Johannchen zu. Sie riss ihm den Ast aus der Hand und schwang ihn drohend über seinem Kopf.

»Violetta hat Julchens Puppe kaputtgemacht«, stieß der Junge zu seiner Verteidigung aus.

»Und deswegen stichst du *meiner* Tochter ein Auge aus?«, schrie Rosa außer sich.

»Ich wollte das nicht, wirklich.« Abwehrend hob Johannchen die Arme in die Höhe.

»Er wollte das wirklich nicht!« Julchen sprang beschützend vor ihren Bruder und damit zwischen ihn und die Stiefmutter.

»Ihr seid zwei Maden im Speck«, warf Rosa den beiden Kindern vor. »Ihr nehmt und nehmt.« Schnell ließ sie den Ast auf Julchen niedersausen. Diese riss reflexartig ihre Arme in die Höhe, um ihr Gesicht zu schützen. Rosa schlug mehrmals hintereinander auf das Mädchen ein. Der Ast fraß blutige Striemen in Julchens Unterarme. Ein brennender Schmerz drückte ihr die Tränen in die Augen.

Johannchen stieß seine Schwester zur Seite, um sich mutig der Stiefmutter entgegenzustellen.

»Schlagt nicht sie, sondern mich! Ich bin verantwortlich.«

Ein fratzenartiges Grinsen verzerrte Rosas Gesicht. »Ihr seid beide schuld! Ich wünschte, *ihr* wärt gestorben und nicht euer Vater«, zischte sie zornig, ehe sie mit dem Ast auf Johannchen eindrosch, bis das Holz schließlich nachgab und zerbrach. Johannchen ertrug die Schläge mit zusammengebissenen Zähnen. Kein Schrei des Schmerzes entfloh seinen Lippen. Diese Genugtuung wollte er seiner Stiefmutter nicht geben.

Rosa packte ihn am Arm.

»Lasst ihn in Ruhe!«, schrie Julchen.

»Einen Dreck werde ich«, keifte Rosa und verpasste dem Mädchen eine schallende Ohrfeige. Gerade als sie Julchen an den Haaren packen wollte, tauchte Ludwig auf. »Gnädige Frau, Violetta braucht Euch.«

Seine Worte brachten Rosa wieder zur Besinnung. Sie drehte sich auf dem Absatz um und eilte ins Haus.

Ludwig sah die beiden Geschwister mitleidig an. »Versucht, euch unauffälliger zu verhalten«, riet er.

Johannchen lachte bitter auf. »Als ob das einen Unterschied machen würde! Sie hasst uns!«

Julchen besah besorgt seine blutenden Arme und den Striemen auf seiner Wange. »O Johannchen«, schluchzte sie.

Ihr Bruder stieß sanft ihre abtastenden Hände zur Seite. »Tut es sehr weh?«, fragte er und zeichnete den roten Abdruck auf ihrer Wange nach.

Seine Schwester lachte auf. »Dich hat es ärger erwischt. Ich sorge mich um dich!«

»Das brauchst du nicht«, meinte Johannchen. »Du bist meine kleine Schwester, ich passe auf dich auf.«

»Ach, Junge«, meldete sich Ludwig mit einem Seufzer zu Wort. »Du bist so stolz wie einst dein Vater. Rück etwas zur Seite, Mädchen, damit ich mir deinen Bruder ansehen kann.«

Julchen tat, wie ihr geheißen.

Ludwig untersuchte Johannchens Wunden. »Wäre dein Vater weniger stolz gewesen, würde er vielleicht heute noch leben«, meinte Ludwig.

Johannchen sah den älteren Mann erstaunt aus seinen großen, braunen Augen an.

»Die Männer, die euren Vater auf der Reise begleitet haben, sagten, er hätte den Dieben die Ware nicht überlassen wollen«, erzählte Ludwig mit traurigem Gesicht.

»Vater hat schon oft gegen Räuber gekämpft, die ihn bestehlen wollten«, warf Johannchen ein. »Er und seine Männer haben am Ende die Schufte immer besiegt.«

»Das ist wahr«, bestätigte Ludwig. »Aber diese Gauner, die eurem Vater am Ende gegenüberstanden, waren von der schlimmsten Sorte. Es waren der raffgierige Erik und seine Gefolgschaft.«

Johannchen sog scharf die Luft ein.

»Wer … wer ist das?«, wollte Julchen wissen.

»Boshafte, habsüchtige Männer ohne Gewissen«, erklärte Ludwig. »Sie rauben und morden.«

Julchen schauderte.

»In all den Jahren als Kaufmann hat euer Vater seine Ware nie an Diebesgesindel verloren, und er gedachte, dies nicht zu ändern. Euer Vater war ein großartiger, ehrlicher, direkter Mann, aber auch ein Sturkopf, der an seinen Prinzipien festhielt. Am Ende hat es ihn das Leben gekostet.«

»Ich vermisse ihn sehr«, sagte Julchen leise.

»Ich auch«, gestand Ludwig. »Komm, Johannchen, wir geben etwas Salbe auf die Wunden, damit sie besser heilen.« Der Diener führte die beiden Kinder in das Gesindehaus, das gerade mal aus einem Zimmer bestand.

Julchen und Johannchen hielten sich gerne bei Ludwig auf. Hier war es im Gegensatz zum Haupthaus eng, aber umso gemütlicher, vor allem, weil weder Rosa noch Violetta herkamen.

»Setz dich in den Sessel«, wies Ludwig den Jungen an.

Johannchen ließ sich in das lederne Polstermöbel sinken, während Julchen auf dem dazugehörigen Fußhocker Platz nahm. Ludwig kramte in einer Kommode, aus der er einen

Tiegel hervorzog, schnappte sich eine Schüssel mit Wasser und legte einen Stofflappen hinein. Damit säuberte er vorsichtig die Wunden.

»Ich wollte Violetta nicht verletzen, nicht auf diese Weise«, sagte Johannchen.

Ludwig legte den Lappen beiseite und öffnete den Tiegel. »Das weiß ich. Du bist ein guter Junge und wirst einmal ein guter Mann werden.«

»Danke.« Johannchen lächelte.

Julchen verspürte Stolz, als sie ihren Bruder so lächeln sah. Johannchen war ein mutiger und schöner Junge, besonders wenn er lächelte. Dann zeigten sich kleine Grübchen in seinen Wangen, und jenes am Kinn trat deutlicher hervor.

Ludwig betupfte die Wunden mit der Salbe. Anschließend kniete er sich vor Julchen hin und besah sich auch ihre Striemen. »Ich glaube, die vertragen auch etwas Balsam.«

»Danke«, sagte Julchen und blinzelte die aufsteigenden Tränen weg.

Ludwig entging es nicht. »Tut es weh?«, fragte er besorgt.

Das Mädchen schüttelte den Kopf. »Rosa ist stets so gemein zu uns. Immer sind wir an allem schuld.«

»Versucht am besten, ihr und Violetta aus dem Weg zu gehen, verhaltet euch unauffällig«, riet Ludwig erneut.

»Wenn ich groß genug bin«, rief Johannchen und ließ seine rechte Faust auf die Armlehne sausen, »lass ich mir diese Behandlung nicht mehr gefallen!«

»Und was willst du tun?«, wollte Ludwig wissen. Er richtete sich auf. Seine Gelenke knackten, und er stemmte sich ächzend die Hände in die Hüfte.

»Ich weiß es noch nicht«, erwiderte Johannchen

»Wollt ihr meinen Rat hören?«, fragte Ludwig.

Die Kinder nickten gleichzeitig.

»Haltet durch, bis ihr mündig seid, dann wird euch ein Teil des Vermögens eures Vaters überreicht, und ihr könnt damit tun, was euch beliebt. Bis dahin schluckt euren Stolz runter und hütet euch vor der Stiefmutter. Sie ist eine gefährliche Frau.«

»Ich habe Frieda und dich einmal tuscheln hören«, sagte Johannchen. »Ihr glaubt, sie sei eine Hexe.«

Ludwig und Julchen wurden beide gleichzeitig blass um die Nasenspitze, wenn auch aus verschiedenen Gründen.

»Du hast uns gehört?«

Johannchen nickte.

»Sie ist eine Hexe?«, hauchte Julchen und fragte vorwurfsvoll an ihren Bruder gewandt: »Warum hast du mir nichts davon erzählt?«

»Du hättest nur Angst gehabt«, erwiderte er.

Ludwig sah sich in dem Zimmer um, als befürchtete er, Rosa könnte irgendwo lauern, dann flüsterte er: »Wir sind uns nicht sicher, aber sie hantiert auffällig oft mit Kräutern. Außerdem glauben wir, sie hat euren Vater verhext, denn anders können wir uns nicht erklären, welchen Gefallen er an ihr fand«, vertraute Ludwig den Kindern an. »Sie ist das Gegenteil von eurer gütigen und sanften Mutter.«

»Und viel hübscher war Mama auch«, wandte Julchen ein.

Ludwig nickte. »Es waren vor allem ihre herzensgute Art und ihr bezauberndes Lächeln, in das sich euer Vater verliebte. Ich weiß noch, wie er mir von ihr erzählte und seine Augen dabei gefunkelt haben.« Ludwigs Blick war in die Ferne gerichtet, als er sich an Helen, die Mutter der beiden Kinder, erinnerte. Mit einem wehmütigen Seufzer fügte er hinzu: »Als sie starb, da war ich mir sicher, euer Vater wird nie wieder heiraten. Aber wisst ihr, die Gesellschaft kann einen sehr großen Druck ausüben.« Mit seiner ruhigen, tiefen Stimme erklärte er: »Ein Mann, der alleine seine Kinder großzieht, das ziemt sich nicht. Ein Mann, der sich nicht wieder eine Frau ins Haus holt und mit ihr weitere Kinder zeugt, ist ein merkwürdiger Mann. So war er gezwungen, Ausschau nach einer Braut zu halten.«

»Und dann traf er Rosa«, sagte Johannchen. Beide Hände hatte er auf den Armlehnen des Sessels abgestützt, als wollte er jeden Moment aufspringen.

»Ich habe euren Vater einmal gefragt, warum er sich in sie verliebt hat.«

»Und wie lautete seine Antwort?«, wollte Julchen wissen. Sie saß immer noch auf dem Hocker, während Ludwig danebenstand und den Salbentiegel in den Händen drehte.

»Er sagte mir: Ludwig, sie ist eine anständige Frau. Ich liebe sie nicht wie Helen, aber von Zeit zu Zeit begehre ich Rosa auf eine ungezähmte Art, wie ich es noch nie gekannt habe. Doch dieses Sehnen hält nur eine gewisse Zeit an, dann verpufft es. Als hätte es nie existiert. Ist das nicht seltsam?«

Julchen sah zunächst Ludwig fragend an, dann ihren Bruder. »Was ... was bedeutet das?«

»Dass Rosa unseren Vater verhext hat«, platzte es aus Johannchen heraus.

Julchen wurde erneut blass. »Wir dürfen sie nicht mehr verärgern«, bestimmte sie.

Johannchen schüttelte entschieden den Kopf. »Als ob wir einen Einfluss darauf hätten. Sie wird immer einen Grund finden, uns für irgendetwas zu bestrafen, aber ich werde das nicht mehr zulassen.« Theatralisch stand er auf und ballte seine Hand zur Faust. »Ich werde immer für Gerechtigkeit kämpfen und nichts einfach hinnehmen.«

Ludwig fuhr sich seufzend durch den Bart. »Junge, nicht immer ist Kämpfen eine kluge Entscheidung. Diese Lektion solltest du heute eigentlich gelernt haben.«

Johannchen zupfte mit Daumen und Zeigefinger an seiner Unterlippe. Eine kindliche Geste, die seinem Alter eher entsprach als seine großen Worte. Schließlich ließ er seine Lippe wieder los und sagte: »Das nächste Mal passe ich besser auf.«

Ludwig legte seine Hände auf Johannchens Schultern. »Kein nächstes Mal. Sei nicht so stur! Oder wollt ihr, dass am Ende einer von euch tot ist oder sogar alle beide?« Ludwig sah die Kinder herausfordernd an.

»Das wagt sie nicht!«, meinte Johannchen.

Julchen ballte ihre Hände im Schoß.

Ludwig zuckte mit den Schultern. »Sie könnte es wie einen Unfall aussehen lassen …«

»Du machst mir Angst«, flüsterte Julchen.

Ludwig drehte sich ihr zu, um ihr beruhigend über den Schopf zu streicheln. »Es tut mir leid, aber ich befürchte, es bleibt mir nichts anderes übrig.«

»Ludwig, lass uns gemeinsam von hier fliehen«, schlug Johannchen vor.

»Und du willst deiner Stiefmutter alles überlassen, was eigentlich euch gehört?«, fragte der Diener. »Haltet durch, bis ihr alt genug seid. Dann bekommt ihr euren Anteil und könnt gehen, wohin ihr wollt.«

Johannchen pustete frustriert eine Haarsträhne aus der Stirn. »Das ist nicht gerecht.«

Ludwig lächelte mitfühlend. »Das Leben ist nicht immer gerecht. Es ist eine harte Schule, und sich in Geduld zu üben, ist die schwerste Disziplin – glaub einem alten Mann.«

»So alt bist du nicht«, warf Julchen ein. »Oder?«

Ludwigs Lächeln wurde breiter. Neckend tippte er auf ihre Nasenspitze. »Viel älter als du auf jeden Fall, so viel steht fest.«

Etwas später verabschiedeten sich die Kinder von ihm.

»Denkt daran, was ich euch gesagt habe«, mahnte er eindringlich.

Julchen und Johannchen nickten, ehe sie die Hecke entlangliefen, welche das große Grundstück ihres Vaters umfriedete. An einer Stelle war die Hecke licht, und durch diese quetsche sich erst Julchen hindurch, dann ihr Bruder. Der Durchgang führte auf das offene Feld hinaus. Das Gras war noch nicht gemäht und entsprechend hoch. Gut versteckt im halbmeterhohen Grünwuchs rundherum ließen sie sich auf den Boden nieder.

Julchen ergriff Johannchens Hand. »Was, denkst du, geschieht, wenn wir ins Haus zurückkehren?«

»Vielleicht schlägt sie uns«, antwortete ihr Bruder mit dunkler Stimme. »Oder wir bekommen nichts zu essen.«

»Oder«, warf Julchen ein, »sie nimmt uns etwas weg oder wir müssen die Böden schrubben ...« Sie brach in Tränen aus.

Johannchen richtete sich auf und stützte sich auf seinem Unterarm ab. Liebevoll wischte er mit den Fingerspitzen die Tränen von den Wangen seiner Schwester. »Weine nicht. Eines Tages wird es uns wieder gut gehen. Versprochen.«

2. Kapitel

Als Johannchen und Julchen abends ins Haus zurückkehrten, wurden sie bereits von ihrer Stiefmutter erwartet. Erschrocken zuckten die Kinder zusammen, als Rosa sich hinter dem Holztisch in der Küche erhob.

»Habt ihr wirklich geglaubt, ich wüsste nicht, dass ihr immer durch die Hintertür rein- und rausschleicht?«

Ängstlich tastete Julchen nach der Hand ihres Bruders, fand sie und klammerte sich daran fest. Was auch kommen sollte … sie entschied, ihren Bruder nicht alleine zu lassen. Sie würde die Schläge mit ihm teilen, die Putzstrafen, sie würde für ihn einstehen und mit ihm hungern und wenn es sein müsste, sogar sterben. Er war ihr Ein und Alles.

Die Hände in die Hüften gestemmt, blickte Rosa schmallippig mit zusammengezogenen Augenbrauen auf die Kinder herab. Für Julchen und Johannchen war es, als würde ihre Stiefmutter sie eine gefühlte Ewigkeit lang anstarren.

Es war Johannchen der das unangenehme Schweigen brach: »Wie geht es Violetta?«

»Wie es ihr geht?«, höhnte Rosa. »Sie hat große Schmerzen!«

»Und … und das Auge? Ist es …« Johannchen geriet ins Stocken. Julchen konnte sich nicht erinnern, ihren Bruder jemals derart stottern gehört zu haben.

»Das kann ich erst in ein paar Tagen beurteilen«, erwiderte die Stiefmutter eisig.

Johannchen rang die Hände. »Es tut mir leid.«

»Das sollte es auch. Ich habe mir in den letzten Stunden Gedanken darüber gemacht, welche Strafe euch widerfahren sollte.« Rosa drehte sich dem Tisch zu und nahm ein Messer in die Hand.

Julchens Kehle entfuhr ein spitzer Schrei.

»Gerechterweise müsste ich dir ein Auge ausstechen.« Die Messerspitze richtete sich auf Johannchen. »Aber du würdest das stoisch über dich ergehen lassen, dessen bin ich mir sicher. Was aber, wenn ich deiner hübschen kleinen Schwester ein Auge ausstechen würde?« Sofort zeigte die Messerspitze auf Julchen.

Johannchen stellte sich schützend vor seine zitternde Schwester. »Nein, das dürft Ihr nicht!«, rief er entsetzt. »Ich alleine bin schuld.«

»Wie tapfer«, spottete Rosa und rammte das Messer in die Holztischplatte. »Aber nicht notwendig. Ich werde eure schönen rehbraunen Augen verschonen.«

Erleichtert brach Julchen in Tränen aus und erntete dafür einen bitterbösen Blick von Rosa. »Ihr schlaft ab sofort oben auf dem Dachboden.«

Julchen und Johannchen wechselten fragende Blicke.

»Jeder von euch hat ein Bett. Eine Kommode mit Waschschüssel steht euch ebenfalls zur Verfügung. Eure Kleider habe ich verschenkt. Was jedem von euch bleibt, ist ein Sonntagskleid – ich will mich nicht in der Kirche schämen für euch – und ein Werktagsgewand. Ach ja, und euer Spielzeug und die Gemächer gehören ab jetzt Violetta als Entschuldigung für das verletzte Auge. Ich bin sicher, es ist in eurem Sinne.« Rosa zeigte ein wölfisches Lächeln, das noch breiter wurde, als Julchen begann, laut zu wimmern.

»Das ist gemein!«, rief Johannchen. »Eines Tages werde ...« Er brach ab, Ludwigs Worte noch im Ohr.

»Was wirst du, du kleiner, nichtsnutziger Wurm?«

Schweigend, die Lippen zu einer schmalen Linie gepresst,

das Kinn angehoben, erwiderte Johannchen den eisigen Blick seiner Stiefmutter.

»Dachte ich's mir doch, gar nichts wirst du. Und jetzt rauf unters Dach. Ich will euch bis morgen nicht mehr sehen und hören.«

Julchen nickte weinend. Johannchen nahm seine Schwester an der Hand und ging mit ihr die Treppe hinauf.

»Sie nimmt uns alles weg«, schluchzte Julchen auf, als sie den ersten Stock erreichten, wo sich ihre geräumigen, gemütlich eingerichteten Gemächer befanden, die jetzt Violetta gehörten.

»Und eines Tages holen wir uns alles zurück«, versprach Johannchen. Zweifelnd sah seine Schwester zu ihm hoch. »Ganz sicher«, bekräftigte er seine vorangegangenen Worte.

Die Treppe, die auf den Dachboden führte, befand sich am Ende des Ganges, nahe den kaum genutzten Gästezimmern. Schmale, hölzerne Stufen mussten erklommen werden. Für zwei Kinder keine Schwierigkeit, trotzdem fühlten sich Julchens Beine schwer an, als sie einen Tritt nach dem anderen nahm. Sie wollte nicht auf den Dachspeicher. Bestimmt gab es dort oben Fledermäuse.

»Die haben mehr Angst vor uns«, meinte Johannchen beruhigend und fügte an: »Außerdem bin ich bei dir. Du brauchst dich nicht zu fürchten.«

Inmitten alter Möbelstücke, Koffer und anderem Krempel standen die beiden Betten in einem großzügigen Abstand voneinander. Wie Rosa angekündigt hatte, gab es eine Kommode mit Wasserkrug und eine Wasserschüssel. Die Kleider, welche die Stiefmutter ihnen gelassen hatte, lagen auf einer Truhe.

Ein schwerer Schluchzer ließ Julchens Brust erbeben.

»Wir werden es uns hier gemütlich einrichten«, meinte Johannchen. Liebevoll strich er seiner Schwester übers Haupt, ehe er einen Arm um ihre schmalen Schultern legte und sie sanft an sich drückte. »Ich glaube, hier befindet sich noch Vaters abgewetzter Lehnstuhl, und da drüben steht Mamas Spiegel und dort … Ach, ich weiß es nicht, aber wir werden uns alles genau ansehen.«

»Vaters Sessel und Mamas Spiegel …« Ein trauriges Lächeln kräuselte Julchens Lippen.

»Und da hinten, siehst du, da gibt es sogar ein Fenster.« Johannchen durchschritt den Dachboden, und seine Schwester folgte ihm.

»Mit Blick auf den Wald«, stellte Julchen nüchtern fest.

»Ach, hab dich nicht so«, meinte ihr Bruder. »Im Wald ist es sogar ganz schön.«

Seine Schwester schnaubte ungläubig. Jedes Mal, wenn Johannchen mit Ludwig in den Wald ging, um Holz zu schlagen, machte sie sich große Sorgen.

»Darf ich bei dir im Bett schlafen?«, fragte sie.

»Sicher«, antwortete Johannchen mit einem Lächeln.

Julchen war ihm sehr dankbar. Als es dunkel wurde, schlüpften die beiden unter die Bettdecke. Eine Öllampe spendete ihnen spärliches Licht. Die mit Laken bedeckten Möbel warfen unheimliche Schatten. Julchen schmiegte sich an ihren Bruder und flüsterte in sein Ohr: »Die Möbel sehen wie Gespenster aus.«

»Willst du mir Angst einjagen«, neckte Johannchen seine Schwester und kitzelte sie, bis Julchen vor Lachen kaum noch Luft bekam.

»So gefällst du mir viel besser«, sagte er. Johannchen saß aufrecht im Bett, die Beine gekreuzt.

Julchen, auf dem Rücken liegend, zupfte ihr Nachthemd zurecht. »Wie meinst du das?«, fragte sie.

»Lachend«, erwiderte ihr Bruder. »Wenn es nach mir ginge«, sagte er in einem sehr ernsten und erwachsenen Tonfall, »dann sollte jeder Tag für dich ein Glückstag sein. Das hast du verdient.«

Julchens Lächeln wurde etwas schmaler. »Das wünschte ich mir für dich auch.«

»Eines Tages wird alles anders. Ganz sicher.« Er beugte sich über sie und hauchte ihr einen Gutenachtkuss auf die Stirn, ehe er die Öllampe herunterdrehte und sich neben Julchen ausstreckte.

3. Kapitel

*W*ie durch ein Wunder konnte Violettas rechtes Auge gerettet werden. Doch es verlor seine schöne kristallblaue Farbe und nahm ein milchiges Silber an. Zudem fehlte jeglicher Ausdruck. Es starrte nur noch.

Eines Morgens – die Familie saß beim Frühstück – starrte Julchen zurück, weil der Anblick für sie zu ungewohnt war und irgendwie auch erschreckend. Prompt verfärbte sich Violettas Gesicht gefährlich rot, ehe sie loszeterte: »Was gaffst du?«

Erschrocken zuckte Julchen zurück. »Ich … ich?«, war alles, was sie angesichts des Zornes ihrer Stiefschwester herausbrachte. Mit dem merkwürdigen Auge, dem roten Kopf und ihrem wütenden Gesichtsausdruck sah sie aus wie eine Hexe.

»Glotz nicht so!«, schrie Violetta und bewarf Julchen mit dem Frühstücksbrei. Das klebrige Getreidegemisch landete auf ihrer Stirn und in ihrem Haar. Violetta lachte gackernd. Als Julchen sich den Brei mit der Serviette wegwischen wollte, herrschte ihre Stiefmutter sie an: »Lass das und iss weiter. Und wehe, du wagst es noch mal, Violetta krumm anzustarren.«

»Aber ich …«, setzte Julchen an, erntete jedoch einen derart vernichtenden Blick von ihrer Stiefmutter, dass sie sofort verstummte.

»Iss!«, fauchte die erneut, und Julchen begann, mechanisch den Brei in sich hineinzuschaufeln.

»Das ist nicht gerecht!« Johannchen knallte den Löffel auf

den Holztisch. Er saß neben Julchen, die sofort erschrocken ihre Hand auf seinen Oberschenkel legte und etwas Druck darauf gab. Sie wollte ihm damit zu verstehen geben, dass er ruhig sein sollte, aber Johannchen war zu sehr er selbst, als dass er hätte schweigen können.

»Was ist nicht gerecht?« Rosa, die den Platz am Kopf des Tisches eingenommen hatte, sah ihren Stiefsohn herausfordernd an.

Johannchen ließ sich davon nicht beeindrucken. »Violetta hat Julchen mit Brei beworfen, und Ihr habt sie nicht gerügt, und dann darf Julchen sich nicht einmal sauber machen.«

»*Deine* verzogene Schwester hat *meine* Tochter angegafft. Belustigt darüber, weil ihr wunderschönes Auge nun nicht mehr das Himmelblau von einst besitzt. Und wem verdankt Violetta das?«

»*Mir!*«, rief Johannchen. »*Mir* alleine. Wenn jemand bestraft werden sollte, dann *ich*, aber nicht meine Schwester.«

Rosa erhob sich, die Hände auf der Tischplatte abgestützt. »Schweig! Überlass es gefälligst mir zu entscheiden, wer es verdient hat, bestraft zu werden, und wer nicht.«

Johannchen öffnete seinen Mund, aber Julchen schlug ihm unter dem Tisch mit der Hand auf den Oberschenkel. Dieses Mal verstand er und klappte den Mund wieder zu.

»So ist es brav«, kommentierte Rosa mit Genugtuung. Eine Genugtuung, die für Johannchen wie bittere Medizin schmeckte.

»Und jetzt esst euer Frühstück.«

Schweigend wurde die Mahlzeit beendet.

Später am Tag musste Julchen in der Küche helfen, und Johannchen fuhr zusammen mit Ludwig, Rosa und Violetta in die Stadt.

Julchen beneidete ihren Bruder darum. Nicht um die Gesellschaft, aber um die Möglichkeit, dieses Haus und das Anwesen verlassen zu können und einen Hauch von Freiheit zu schnuppern. Sie war seit dem Tod ihres Vaters nicht mehr in Meri gewesen. Dabei dauerte eine Kutschfahrt bis dorthin nur eine Stunde.

Während Julchen den Teig für den Kuchen ausrollte, malte sie sich aus, wie es sein würde, auf den Markt zu gehen oder für ein neues Kleid dem Schneider einen Besuch abzustatten. Ein Kleid, mit dem sie auf einen Ball gehen könnte und …

»Träum nicht!«, riss die Köchin Frieda sie aus den Gedanken.

Verdattert blickte Julchen auf und murmelte eine Entschuldigung.

Frieda schmunzelte. »Woran hast du gedacht?«

»Ach, nichts«, erwiderte Julchen ausweichend, klemmte ihre Zungenspitze zwischen die Lippen und rollte weiter konzentriert den Teig aus.

Wochen und Jahre gingen ins Land. Jahre der Trostlosigkeit, in denen Rosa immer wieder genügend Anlass fand, Julchen oder Johannes – er wollte nicht mehr Johannchen genannt werden – mit dem Stock zu bestrafen oder ihnen niedere Arbeiten aufzubürden. Ihre Zimmer bekamen die Geschwister in all der Zeit nicht zurück. Violetta breitete sich in den drei Räumen aus, füllte sie erst mit Spielzeug und dann, als sie zu einer jungen Dame heranwuchs, mit Kleidern, Schmuck, Näh- und Strickutensilien. Julchen und Johannes hausten weiterhin in der Dachkammer. Oft saßen sie abends vor dem einzigen Fenster und blickten sehnsüchtig hinaus. Johannes erzählte Julchen Geschichten von seiner ruhmreichen Zukunft, in der er Ritter des Königs sein würde und gegen Drachen und Räuberbanden kämpfte.

»Drachen gibt es doch nicht«, neckte Julchen ihren Bruder.

Dieser meinte augenzwinkernd: »Zerstör mir nicht meine Tagträume.«

Julchen lehnte ihren Kopf an seine Schulter. »Wenn du ein Ritter bist, wirst du mich vergessen?«, fragte sie besorgt.

»Aber nein«, versicherte Johannes. »Du wirst mit mir auf dem Schloss wohnen. Nie werde ich dich vergessen oder alleine lassen.« Er küsste ihren Scheitel und legte ihr einen Arm um die Schulter.

Eines Tages entschied Julchen, dass sie alt genug war, alleine zu schlafen, und dass ihr Bruder ihr nicht mehr das Händchen zu halten hatte. So wurde aus Julchen Julia, die sich unter dem Dach einen Privatbereich schaffte, indem sie eine Schnur von einer Wand zur anderen spannte und alte Laken darüber hängte. Johannes stand da mit verschränkten Armen und betrachtete die Stoffwand. Erst konnte sie seinen Gesichtsausdruck nicht deuten und befürchtete, ihn mit der Abtrennung gar zu verletzen, aber dann schnellten seine Mundwinkel in die Höhe.

»Das ist eine ausgezeichnete Idee«, lobte er ihr Werk. »Wir sind keine kleinen Kinder mehr, die dicht aufeinander wohnen möchten, nicht wahr?«

Julia nickte. In der Tat hatte sie angefangen, sich etwas unbehaglich zu fühlen. Ihr Körper veränderte sich, wurde weiblicher. Das war etwas, was ihren Bruder nichts anging. Sie wollte sich umziehen fern seines Blickes, obwohl er vermutlich gar nie geschaut hätte, aber für Julia war es so passender. Viel Zeit, um über das Erwachsenwerden nachzudenken, blieb den Geschwistern jedoch nicht. Rosa sorgte stets für genügend Arbeit und lachte sich ins Fäustchen, weil sie so Personal einsparen konnte.

An diesem Nachmittag musste Julia den Boden des Wohnzimmers wischen und die Teppiche ausklopfen. Als sie gerade dabei war, tänzelte Violetta mit einem Stück Kuchen herein. Aus ihr war eine hochgewachsene, schlanke Frau geworden. Das lange, braune Haar trug sie stets offen, damit sie die Strähnen über ihr silbernes Auge fallen lassen konnte.

»Sieh dich an«, spottete Violetta. »Dein Kleid starrt vor Dreck. Dein Haar ist fettig, und deine Nägel haben schwarze Ränder. Du bist weniger wert als eine Dienstmagd.«

Julia hielt in der Arbeit inne und blickte auf. »Wenn Johannes und ich mündig sind«, sagte sie und streckte ihren Rücken durch, »bekommen wir das Erbe, das uns zusteht.«

Violetta lachte auf. »Und dann was?«

»Dann ziehen wir von hier weg, fangen ein neues Leben an.«

Violetta näherte sich Julia. »Johannes wird vor dir großjährig. Glaubst du wirklich, er harrt hier mit dir aus?«

»Er hat es versprochen«, erwiderte Julia.

Erneutes Lachen. »Du bist so naiv! Er wird gehen, eine Frau finden, sie heiraten und dich alleine lassen. Vielleicht aber auch …« Ihr Mund verzog sich zu einem hämischen Grinsen. »Vielleicht kann ich ihn überzeugen, hierzubleiben – für mich. Dann wird er mich heiraten! Und dich werde ich hochkant aus dem Haus werfen. Das hätte ich, ehrlich gesagt, gern schon vor langer Zeit gemacht. Aber Mutter hat ein weiches Herz.«

Jedes einzelne Wort von ihr war wie ein Dolchstich in Julias Herz. Sie presste mühsam die Lippen zusammen, um nicht in Tränen auszubrechen. Sie hasste sich selbst dafür, so nahe am Wasser gebaut zu sein.

»Und jetzt putz weiter!« Violetta ließ ihr Stück Kuchen auf den Boden fallen, ehe sie auf dem Absatz kehrtmachte und den Raum verließ.

Tränen traten in Julias Augen. Die bösartigen Worte ihrer Stiefschwester säten Zweifel in ihr. Zweifel, der wie Unkraut wucherte. Warum sollte Johannes länger als notwendig in diesem Haus bleiben? Während sie den Boden wischte, stellte sie sich vor, wie ihr Bruder ihr versprach, sie zu holen, aber dann nicht zurückkehrte, weil er irgendwo ein neues Leben begonnen und sie vergessen hatte. Der Gedanke war entsetzlich. Julia schüttelte den Kopf. Nein, so war Johannes nicht. Niemals würde er sie alleine mit ihrer Stiefmutter lassen. Niemals!

Und während die Tränen auf ihren Wangen trockneten, verdorrte das Unkraut des Zweifels. Jedoch nicht ganz. Ein kleines Zweiglein blieb bestehen. Hier und da streckte es sich aus.

So auch an diesem Abend, als Johannes und sie vor dem Fenster hockten.

»Julchen.« Ein liebevolles Flüstern. »Was liegt dir auf dem Herzen?«

Es war eine Weile her, seit ihr Bruder diesen Kosenamen benutzt hatte, und ihr wurde bewusst, dass es ihr fehlte, so genannt zu werden, obwohl sie selbst beschlossen hatte, Julia zu sein.

»Ach, nichts«, erwiderte sie und blickte weiter aus dem Fenster, das Kinn in die Hand gestützt.

»Lügnerin«, stieß Johannes ohne Ärger in der Stimme aus. Er nahm ihr Gesicht in seine Hände und zwang sie, ihn anzuschauen. »Du hast auf deiner Stirn Falten, so tief wie die Hexenschlucht!«

Julia sah ihrem Bruder in die rehbraunen Augen. Sie sah darin seine Zuneigung für sie und erkannte auch seine innere Kraft, seine Lebensfreude und die Hoffnung, die stärker brannte als jedes Kaminfeuer.

»Violetta wollte mir weismachen, dass du mich hier alleine zurücklässt, sobald du mündig bist.«

»Blödsinn! Diese dumme Gans. Sie will dir bloß Angst einjagen.«

Julia senkte ihren Blick.

»Sieh mich an«, forderte Johannes.

Sie gehorchte.

»Ich werde dich nie, nie, nie alleine lassen. Versprochen! Du bist das Wichtigste in meinem Leben.«

Sein Gesicht war dem ihren ganz nahe. Sein warmer, nach Minze duftender Atem strich über ihre Haut. Plötzlich fragte Julia sich, wie es wohl wäre, einen Mann zu küssen. Bestimmt aufregend und besonders. Hitze fuhr ihr ins Gesicht. Warum dachte sie ans Küssen? Beschämt blickte sie auf ihre Hände hinunter, die in ihrem Schoß ruhten. Sie kam sich albern und dumm vor.

»Du bist meine kleine Schwester«, riss Johannes sie aus ihren Grübeleien. »Und ich habe Papa versprochen, ein Auge auf dich zu haben.« Johannes hatte sich wieder zurückgelehnt.

Sie saßen noch eine Weile beieinander. Jeder hing seinen eigenen Träumen und Gedanken nach. Julia malte sich aus, wie ihr Bruder als Ritter am Hofe des Königs diente, eine liebreizende Frau und Kinder hatte, während sie selbst verliebt war in einen gut aussehenden jungen Mann aus reichem Hause, der liebevoll, geistreich und humorvoll zugleich war. Sehnsüchtig seufzte sie.

»Julia?«, fragte ihr Bruder. »Bist du müde?«

Sie nickte.

»Dann lass uns schlafen gehen.«

4. Kapitel

In den darauffolgenden Tagen sahen sich die Geschwister kaum. Tagsüber hielt Johannes sich fast nur bei Ludwig auf, arbeitete mit ihm im Garten, am Haus oder machte mit ihm Besorgungen. Manchmal wusste Julia überhaupt nicht, wohin ihr Bruder verschwand. Nicht zu wissen, wo er war, beunruhigte sie. Johannes glich dem Vater so stark, dass ein abergläubischer Teil in ihr befürchtete, ihn würde ein ähnliches Schicksal ereilen. Johannes war doch alles, was von ihrer Familie übrig war. Ihn zu verlieren, das würde sie nicht ertragen können.

Zweimal im Jahr wurden die Gewänder, die Bett- und Tischwäsche gewaschen, und auch Julia wurde für diese Arbeit eingeteilt. Mehrere Tage lang standen sie und Frieda im Waschhaus, kochten die Wäsche in den Zubern und schrubbten sie über dem Waschbrett sauber.

Mit von der Lauge wunden Fingern hängte Julia gerade die Wäsche auf der Leine draußen im Garten auf. Unweit von ihr schichtete Johannes das geschlagene Holz. Er trug kein Hemd, und seine Hose saß tief auf seinen Hüften. Seine Muskeln zeichneten sich unter der glatten Haut ab. Auf der breiten, haarlosen Brust glänzten Schweißtropfen, denn es war ein warmer Spätsommertag.

»Da starrt jemand ganz schön.«

Julia zuckte erschrocken zusammen. Im ersten Moment glaubte sie, Frieda würde von ihr sprechen. Doch ehe sie etwas

31

sagen konnte, meinte diese: »Er sticht ihr fast das Auge aus, und sie himmelt ihn an.«

»Wer?«, fragte Julia.

»Na, Violetta.« Die Köchin deutete mit dem Kinn in die entsprechende Richtung.

Die Stiefschwester saß auf der Schaukel, die am kräftigsten Ast der Eiche angebracht war, und beobachtete Johannes mit einem entzückten Gesichtsausdruck. Am liebsten hätte Julia sie von der Schaukel gestoßen und ihr das gesunde Auge ausgekratzt.

»Dieses Biest«, stieß sie wütend aus.

»Als ob dein Bruder Interesse an ihr hätte«, kicherte Frieda und fügte ernst an: »Kommst du hier alleine zurecht? Ich muss mich um das Abendessen kümmern.«

Julia nickte. Ihr Mund fühlte sich staubtrocken an.

»Johannes!«, rief Violetta und sprang von der Schaukel. Sie trug ein hübsches, blaues Kleid, das sich perfekt um ihren schlanken Körper schmiegte.

Julia wurde sich schmerzlich bewusst, dass sie in ihrem schmutzigen Kleid aus grobem Stoff alles andere als hübsch aussah.

»Hast du Durst?«, fragte Violetta.

Johannes wischte sich mit dem Handrücken den Schweiß von der Stirn, während er dankend bejahte. Mit graziem Schritt – Violetta bekam einmal in der Woche Tanzunterricht – trippelte sie zum Brunnen und füllte einen Becher mit Wasser. Als sie ihrem Stiefbruder die Erfrischung reichte, berührten sich ihre Hände, und für Julia war es offensichtlich, dass Violetta ihre Finger einen Moment länger als notwendig an dem Becher und somit unter Johannes' Hand hielt.

»Ich bin dir nicht mehr böse«, flötete Violetta, und als ihr Gegenüber nicht sofort reagierte, strich sie sich das Haar aus dem Gesicht, sodass das silberne Auge gut sichtbar war.

»Mir tut es immer noch leid«, gab Johannes zu und trank das Wasser aus.

Violetta streckte ihre linke Hand aus, um seinen Oberarm zu streicheln. »Das ist lieb von dir.«

Johannes lächelte.

Julia wäre am liebsten zu ihm gerannt, um ihn am Kragen zu packen und dieses dümmliche Lächeln aus seinem Gesicht zu schütteln. War ihr Bruder wirklich ein solcher Hornochse, sich von seiner Stiefschwester bezirzen zu lassen? Von dieser fiesen Schlange!

Ihre Hand krallte sich in das Leintuch, so fest, dass es von der Leine rutschte. Hastig und mit zitternden Fingern hängte Julia es wieder auf. Sie ertrug es nicht länger, die beiden zu beobachten, und rannte ins Haus.

Johannes war nicht entgangen, dass seine Schwester dabei war, die Wäsche aufzuhängen, obwohl die Tücher und Kleidungsstücke sie die meiste Zeit verdeckten. Sie hatte wütend zu ihm herübergeblickt, ehe sie davongeeilt war. Er fragte sich, was sie derart aufgebracht hatte.

»Willst du noch mehr?«, riss Violetta ihn aus seinen Gedanken.

Johannes schüttelte den Kopf.

Violetta lächelte. Sie hatte schmale Lippen und eine lange, aber sehr feine Nase. Sie war nett anzuschauen, wenn das silberne Auge unter dem Haar verborgen war. Hätte er ihr damals nicht die Verletzung zugefügt, könnte man sie sogar als hübsch bezeichnen ... Wäre nicht ihr verdorbener Charakter gewesen.

Als ob sie seine Gedanken gelesen hätte, fragte Violetta: »Denkst du, es wird sich jemals ein Mann in mich verlieben? Trotzdem?«

»Ja, bestimmt«, antwortete Johannes und unterstrich seine Worte mit einem wohlwollenden Lächeln. Violettas Wangen färbten sich rot. Sie ließ das Haar wieder über ihr Auge gleiten.

»Auch ein gut aussehender Mann wie ... wie ...«, sie geriet ins Stocken, »wie ein Prinz?«

Johannes runzelte die Stirn. Dem Gespräch haftete etwas Eigenartiges an. »Vielleicht …« Er begriff nicht, worauf sie hinauswollte. Eine Unruhe erfasste ihn und ließ ihn nervös von einem Bein aufs andere treten.

Das Gesicht seiner Stiefschwester nahm die Farbe einer reifen Tomate an, als sie ausstieß: »Und was ist mit dir?«

»Mit mir?«, echote Johannes.

»Würdest du dich in mich verlieben?« Ihre Worte waren wie ein Faustschlag in seinen Magen. Gleichzeitig fühlte er sich, als stünde er an einem Abgrund. Alles, was er jetzt sagte oder tat, würde ihm einen Stoß in die tödliche Tiefe bescheren, dessen war er sich schmerzlich bewusst. »Du bist meine Schwester.«

»Nein, bin ich nicht«, erwiderte Violetta.

Johannes presste die Lippen zu einer Linie zusammen. Nein, das war sie wirklich nicht. Sie hatten weder dieselbe Mutter noch denselben Vater.

»Du dürftest dich in mich verlieben«, fügte Violetta an. Sie sah schräg zu Johannes auf und klimperte mit den Wimpern ihres gesunden Auges, während das andere unter den Haaren verborgen blieb.

»Dürfen ja, aber für mich bist du wie meine leibliche Schwester«, erklärte er ihr, jedes Wort mit Bedacht gewählt. »Wir sind zusammen aufgewachsen.«

Violettas Lippen bebten, und die roten Flecken auf ihrem Gesicht verfärbten sich dunkel. »Ich bin hässlich.«

Johannes legte seine Hände auf ihre Schultern. »Unsinn, du bist hübsch, sehr sogar«, beharrte er und fügte hinzu: »Aber für mich bis du wie meine leibliche Schwester.«

»Und was ist mit Julia?«, fragte Violetta herausfordernd.

»Was soll mit ihr sein?« Johannes runzelte die Stirn.

»Findest du sie hübscher als mich?«

Er seufzte. »Sie ist auch meine Schwester. Sogar meine leibliche.«

Eine Träne rollte über Violettas Wange. »Du schaust sie aber immer auf diese besondere Weise an«, schluchzte sie. »Als wäre sie das entzückendste Geschöpf auf dieser Welt!«

Entschieden schüttelte Johannes den Kopf. »Blödsinn! Julchen ist meine kleine Schwester. Ich liebe sie, wie ein Bruder seine Schwester liebt. Das ist es, was du siehst.«

Anklagend blickte Violetta zu ihm hoch. »Mich siehst du nie auf diese Weise an.«

In Johannes stiegen Verzweiflung und Furcht auf. Ihm drohte die Kontrolle über dieses Gespräch zu entgleiten. Er malte sich bereits aus, wie Violetta einen Grund fand, nach ihrer Mutter zu schreien, und am Ende würde er wieder den Rohrstock zu spüren bekommen. Natürlich hätte er sich inzwischen gegen Rosa zur Wehr setzen können, aber eine Frau zu schlagen, das kam für ihn nicht infrage. Das gebührte sich nicht.

»Julia und ich, wir sind von gleichem Blut. Ich hielt sie als kleiner Junge im Arm …« Er wusste nicht mehr weiter. Alles, was er jetzt noch sagen konnte, würde Violetta nur gegen ihn aufbringen.

»Lügner!« Violetta stampfte mit dem Fuß auf. »Ich hasse dich! Ich hasse Julia!« Wutentbrannt rannte sie davon.

Hinter Johannes' Schläfe begann es augenblicklich schmerzhaft zu pochen. Er wünschte sich sehnlichst, endlich mündig zu sein.

Es war beim Abendessen, als Johannes seine beiden Schwestern wiedersah. Julia würdigte ihn kaum eines Blickes, was ihm ein unbehagliches und hohles Gefühl im Bauch verursachte. Er fragte sich, ob er etwas falsch gemacht hatte. Violetta hingegen sah ihn mit einem herausfordernden, fast schon streitlustigen Blick an. Er befürchtete, sie würde ihn jeden Augenblick mit Essen bewerfen, so wie sie es vor Jahren bei Julia getan hatte.

Die Stiefmutter schien davon nichts mitzubekommen. Sie unterhielt ihre Tochter mit Klatsch aus dem Bekanntenkreis. Erst als sie von einem jungen Mann erzählte, den sie Violetta vorstellen wollte, und diese nicht darauf reagierte, fragte sie nach, ob alles in Ordnung sei.

Johannes hielt den Atem an. Er war sich sicher, gleich würde Violetta mit einer Gemeinheit über ihn herausplatzen, umso überraschter war er, als seine Stiefschwester erwiderte: »Der Klatsch ermüdet mich.«

Erleichtert atmete Johannes aus.

»Ich habe aber auch erwähnt, dass ich dich gerne dem jungen Schneider vorstellen möchte«, sagte die Stiefmutter.

Violetta rollte mit den Augen. »Ich kenne Eusebius.«

»Du hast ihn aber schon viele Jahre nicht mehr gesehen«, bemerkte Rosa spitz. »Aus ihm ist ein stattlicher junger Mann geworden.«

Violetta seufzte laut.

»Ich dachte, du würdest dich mehr freuen.«

»Hurra!«

»Violetta Maria! Nicht in diesem Tonfall!«, rief Rosa aufgebracht. Es kam nicht sehr oft vor, dass sie ihre Tochter schalt. Johannes schaute verblüfft, und auch Julia reagierte, indem sie leicht zusammenzuckte.

»Glaubt Ihr wirklich, Eusebius oder ein anderer Mann interessiert sich für mich, die Einäugige?!« Wütend sprang Violetta von ihrem Stuhl auf.

»Sei nicht albern.«

»Warum musstet Ihr ihren Vater heiraten?!« Voller Zorn deutete Violetta mit ausgestrecktem Zeigefinger erst auf Julia, dann auf Johannes. »Ohne diese beiden wäre mein Auge immer noch gesund.« Sie stürmte weinend aus dem Esszimmer.

Rosa erhob sich und sah Johannes erbost an. »Da siehst du, wie du das Leben meiner Kleinen zerstört hast.«

Schuldbewusst senkte Johannes den Blick. Er bedauerte diesen Unfall mehr als alles andere in seinem Leben.

»Räumt den Tisch ab!«, keifte Rosa und hastete ihrer Tochter nach.

Stille kehrte ein. Weder Johannes noch seine Schwester rührten sich. Jeder schien seinen eigenen Gedanken nachzuhängen.

»Es ist nicht deine Schuld«, brach Julia schließlich das Schweigen.

Er hörte die sanften Worte seiner Schwester, die ihn voller Güte aus ihren großen braunen Augen mit den langen Wimpern ansah. Eine Güte, die ihm nicht zustand. »Doch, es ist meine Schuld!« Wütend ballte er die Fäuste unter dem Tisch.

Julias herzförmige Lippen teilten sich, als wollte sie noch etwas sagen, aber ehe sie dazu kam, tauchte Rosa wieder auf.

»Was sitzt ihr so faul herum?«, fragte sie verärgert. »Los, Julia, räum das Geschirr ab. Und du geh in den Stall und hilf Ludwig.«

Johannes nickte. Violetta hatte der Mutter wohl nichts von ihrer nachmittäglichen Unterhaltung erzählt. Darüber war er sehr erleichtert. Selbstverständlich konnte er sich nicht sicher sein, dass es dabei bleiben würde.

»Junge, es gibt nichts mehr zu helfen«, sagte Ludwig, als Johannes den Stall betrat.

»Ach.« Er war enttäuscht, denn wenn es nichts mehr zu tun gab, dann musste er zurück ins Haus, und im Moment wollte er nicht dahin. Er mochte weder Rosa noch Violetta sehen. So viel Wut brodelte in ihm. Es war nicht gerecht, wie die Stiefmutter ihn und seine Schwester behandelte!

»Wir könnten aber so tun, als hätten wir noch Arbeit«, holte Ludwig ihn augenzwinkernd aus seinen Gedanken. »Ich habe sogar eine Erfrischung für uns.« Der Mann verschwand im hinteren Teil des Stalls und kam kurz darauf mit einer Flasche Selbstgebranntem und einem breiten Grinsen im Gesicht zurück.

»Oh, Ludwig!«, rief Johannes lachend. »Das Zeugs brennt in der Kehle wie die Flammen der Hölle.«

»Aber es wärmt das Herz eines gebeutelten Mannes.« Ludwig

setzte sich auf einen Strohballen. »Komm, Junge.« Er zeigte auf den Ballen neben sich.

»Bin ich denn ein gebeutelter Mann?« Johannes kam Ludwigs Aufforderung nach.

»Du lebst mit drei Frauen, nein, sogar mit vieren, Frieda mitgerechnet, unter einem Dach!«

Johannes vergrub seufzend sein Gesicht in den Händen. »Du hast recht. Ich sollte eigentlich die ganze Flasche saufen.«

Ludwig klopfte ihm auf den Rücken. »So sehr mag ich dich nun auch wieder nicht, dass ich dir den ganzen Schnaps überlassen würde.«

Als Johannes viel später ins Haus zurückkehrte – die Sonne war bereits hinter dem Horizont verschwunden –, spürte er den Alkohol in seinen Gliedern und in seinem Kopf. Die Gedanken waren wie schwebende Wolken. Auf dem Weg zum Dachboden begegnete er niemandem. Alle schienen in ihren Gemächern zu sein. Müde stieg er die schmalen Stufen hinauf.

Julia saß lesend im Bett. Das Buch hielt sie vor ihr Gesicht, sodass er es nicht sehen konnte.

»Du warst lange im Stall«, sagte sie, ohne die Lektüre zu senken. Ihre Stimme klang farblos, und die Worte kamen abgehackt über ihre Lippen.

»Ludwig und ich haben etwas beisammengesessen«, antwortete er. »Ich hoffte, Rosa und Violetta aus dem Weg gehen zu können.«

»Ich wünschte, ich könnte mich auch in den Stall flüchten.« Nun ließ sie das Buch auf die Bettdecke fallen. Ihre Augen waren rot gerändert, als hätte sie lange geweint.

»Ist etwas geschehen?«, fragte Johannes besorgt.

Julia schüttelte den Kopf.

Er machte einen Schritt auf ihr Bett zu. »Du siehst aus, als hättest du geweint.«

»Die Geschichte im Buch ist so traurig«, erwiderte sie ausweichend.

Johannes glaubte ihr nicht. Ihr setzte das bösartige Verhalten der Stiefmutter und Violetta noch mehr zu als ihm, auch wenn sie es an diesem Abend nicht gestehen wollte, aus welchem Grund auch immer.

»Gute Nacht, Johannes«, sagte Julia und legte das Buch auf den Nachttisch.

Erneut machte er einen kleinen Schritt auf sie zu.

»Ich lösche das Licht, sobald du im Bett liegst«, sagte sie.

Er nickte und drehte sich weg, obwohl er sie gerne getröstet hätte, aber heute war er zu müde und besorgt dafür. Johannes war sich sicher: Violetta heckte etwas aus. »Schlaf schön«, sagte er und eilte zu seinem Bett auf der anderen Seite der Stoffabtrennung.

»Kann ich das Licht ausmachen?«, fragte Julia.

»Ja, du kannst«, antwortete er.

Der Mond schickte seine weißen Lichtstrahlen, die schräg durch das Fenster im Dachboden fielen. Auf leisen Sohlen näherte Julia sich ihrem schlafenden Bruder. Im Schein des Nachtgestirns glitzerten Tränen auf ihren Wangen.

»Johannes«, wisperte sie, ehe sie sich auf die Bettkante setzte.

Schlaftrunken blinzelte der Bruder und fragte mit heiserer Stimme: »Julia?«

»Ich habe schlecht geträumt, darf ich zu dir unter die Decke kriechen?«

Johannes nickte und hob die Bettdecke für seine Schwester an, die sofort darunter schlüpfte. Auf der Seite liegend blickten sie einander an.

»Du hast geweint«, stellte er fest.

»Ich halte es hier nicht mehr aus«, platzte es aus Julia heraus. »Sie sind alle so gemein zu mir!«

»Ach, Julchen …«

»Bitte nimm mich in den Arm!« Und ehe Johannes etwas erwidern konnte, klammerte sie sich an ihren Bruder wie eine

Ertrinkende. »Ich liebe dich, Johannes! Ich liebe dich so sehr!«
Stürmisch und unter Tränen drückte Julia ihre Lippen auf die
des Bruders. Ihre Zunge erzwang sich einen Weg in seinen
Mund.

Johannes versuchte sie sanft zurückzustoßen. »Das dürfen
wir nicht! Du bist meine Schwester!« Mit einem Ruck richtete
er sich auf.

»Bitte, weise mich nicht ab, Johannchen. Das bricht mir das
Herz«, sagte Julia weinerlich. Sie kam auf die Knie und legte
ihm ihre kleinen Hände an die Brust. »Küss mich. Schlaf mit
mir!« Sie zerrte ihm das Nachthemd über den Kopf.

Johannes ließ es geschehen. Er brachte es nicht über sich, seiner kleinen Schwester einen Wunsch abzuschlagen.

»Neiiin!«, schrie Violetta. Schweißgebadet saß sie aufrecht
im Bett. Die Erinnerungen an den sündhaften Traum waren
lebendig und derart wirklich, dass sie nicht sagen konnte, ob
sie im Halbschlaf nach oben gegangen war und tatsächlich das
gesehen hatte, was ihr an Bildern durch den Kopf spukte. Julia,
die ihren Bruder verführte … auf ihre ekelhafte, weinerliche
und rehäugige Weise. Es passte so gut zu ihr. Immer brachte
sie es fertig, im Zentrum von Johannes' Aufmerksamkeit zu
stehen. Sie nahm ihn völlig für sich ein. Er hatte gar keinen
Blick mehr für Violetta oder einen anderen Menschen. Etwas
Selbstherrlicheres und Selbstsüchtigeres als Julia war ihr noch
nie untergekommen. Sie hasste sie aus ihrem tiefsten Inneren.

Violetta zündete die Öllampe an. Eine ganze Weile stand
sie unentschlossen vor ihrem Bett, sah sich im Gemach um
und überlegte, wie sie Julia Schaden zufügen konnte. Stetig
drängten sich die erotischen Bilder aus dem Traum in ihr
Bewusstsein. Sie sah, wie die beiden sich küssten, sah, wie
Julia die Hände über den muskulösen Oberkörper ihres Bruders wandern ließ, hinunter zu seinem Becken und … Violetta
schüttelte den Kopf, die Faust an die Stirn gedrückt im ver-
zweifelten Versuch, die abstoßende Erinnerung loszuwerden.

Es fühlte sich immer noch so echt an. »Es könnte eine Vision sein«, flüsterte sie in die Stille des Zimmers. Ihre Mutter hatte ihr einst erzählt, dass die Kräfte einer Hexe mannigfaltig sein konnten. Manche verstanden sich mehr auf die Kräuterkunst, andere hatten Visionen und wiederum andere waren stark in der Magie.

Als ihr Blick zu ihren Stickarbeiten glitt, entdeckte sie die Schere. Verheißungsvoll schimmerte sie silbern im Licht der Öllampe.

Ein Lächeln huschte über Violettas Gesicht, als sie danach griff und ihr Zimmer verließ.

5. Kapitel

*J*ulia erwachte aus einem tiefen, traumlosen Schlaf,
nachdem sie am Abend nicht sofort hatte einschlafen
können. Zu sehr gaben ihr die Gemeinheiten von Rosa und
Violetta zu denken, und die Sorge, ihr Bruder könnte sich
auf die Stiefschwester einlassen, fraß wie eine gierige Ratte an
ihrem Herzen. Das Gefühl, in der Nacht gerädert worden zu
sein, war wohl dem Kummer geschuldet.

Es dauerte einen Moment, bis sie begriff, dass dieses Gefühl
nicht aus ihrem Inneren kam, sondern mit einer Veränderung
ihres Äußeren zu tun hatte. Mit pochendem Herzen berührte
sie erst ihre Stirn und fuhr dann mit der Hand tastend über
ihren Kopf. Ihr Mund öffnete sich, aber nur ein erstickter Laut
entwich ihrer Kehle. Von ihrem Haar waren nur noch Stop-
peln übrig, vielleicht drei oder vier Zentimeter lang, der Rest
ihres einst langen Haarschopfes lag abgeschnitten auf ihrem
Kissen. Tränen schossen Julia in die Augen. Trotz ihres Ent-
setzens war sie sich sofort sicher: Es konnte nur Rosa oder Violetta gewesen sein!

Aufgelöst und mit zitternden Beinen eilte Julia zu ihrem
Bruder.

Verdattert richtete er sich im Bett auf. »Julchen!« Seine
Augen weiteten sich. »Was ist geschehen?«, fragte er über-
flüssigerweise.

Statt zu antworten, warf sie sich weinend in seine Arme. Johannes ließ es zu. Er hielt sie fest, während ihre Tränen sein

Nachthemd nässten, und streichelte ihr beruhigend über den Rücken.

Julia genoss die Wärme seines Körpers, wünschte sich, sie könnte für immer in seinen starken Armen liegen und der trostlosen Welt den Rücken zukehren.

»Warum sind sie so gemein zu mir?«, schluchzte sie.

»Violetta ist auf dich eifersüchtig«, erwiderte Johannes. »Sie sieht deine Schönheit, deine Güte, deine Herzlichkeit. Nichts davon ist ihr eigen, und das grämt sie.«

Julia löste sich aus der Umarmung. »Du denkst, es war Violetta?«

»Ja, ich bin mir sicher. Rosa hätte es nicht heimlich gemacht. Sie hätte deinen Schmerz sehen wollen und jede einzelne Träne genossen.«

Julia nickte. Es klang glaubhaft, was ihr Bruder da sagte.

Johannes lächelte. »Deine Schönheit, Julchen, die kann nicht zerstört werden. Sie hängt nicht an deinen Haaren, deiner Kleidung oder deinem Stand. Sie strahlt von hier heraus.« Er legte seine Hand zwischen ihre Brüste, zog sie aber sofort wieder weg, als ihm bewusst wurde, dass sie kein kleines Mädchen mehr war und die Berührung unsittlich gedeutet werden konnte. Er räusperte sich verlegen, ehe er fortfuhr: »Und sie strahlt aus dir, wenn du Frieda in der Küche hilfst. So wie du es schon freiwillig als kleines Mädchen getan hast, ehe Rosa dich dazu verdonnert hat. Deine Warmherzigkeit, wenn du einen verletzten Vogel findest und ihn pflegst, das ist deine Schönheit.«

»Ach, Johannes, ich wünschte, wir könnten von hier weg, jetzt sofort«, flüsterte Julia und schlang verzweifelt ihre Arme um ihren Bruder.

Ein schriller Schrei ließ die Geschwister erschrocken zusammenzucken.

In der Tür stand eine rotgesichtige Violetta.

»Wusste ich es!«, triumphierte sie wütend.

Johannes sprang aus dem Bett, während Julia wie versteinert sitzen blieb. Kalter Angstschweiß trat auf ihre Stirn. In ihrem Magen breitete sich die beklemmende Gewissheit aus, dass alles, was jetzt kam, schlimm sein würde.

»Violetta …«, begann Johannes, aber weiter kam er nicht, denn in diesem Moment kam Rosa angelaufen. Sie blickte fragend ihre Tochter an, dann Johannes und schließlich Julia.

»Sie … die beiden … Sie haben es miteinander getrieben!«, brachte Violetta stotternd hervor.

Julia riss ungläubig ihre Augen auf. Wie konnte Violetta etwas Derartiges behaupten? Sie wollte etwas zur Verteidigung sagen, aber ihre Zunge schien an ihrem Gaumen festzukleben.

Rosa stand für einen Augenblick stocksteif da, und die Fassungslosigkeit war ihr ins Antlitz geschrieben. Diese wich jedoch schlagartig dem Zorn.

Julia hielt den Atem an. Mit pochendem Herzschlag wanderte ihr Blick zwischen Violetta, ihrer Stiefmutter und Johannes hin und her.

»Sie lügt!«, brach es aus Johannes heraus. »Mein Gott, Julchen ist meine Schwester. Ich würde …«

»Sie hat ihn verführt!«, zeterte Violetta und zeigte mit ausgestrecktem Zeigefinger auf die Stiefschwester. »Und er konnte sich ihrer nicht erwehren.«

Violetta hatte ihre hektischen roten Flecken im Gesicht. Julias Nackenhaare stellten sich unter den Lügen auf.

»Das ist nicht wahr«, flüsterte sie heiser.

»Mutter! Glaubt ihr nicht!«, sagte Violetta. »Ihr habt selbst immer gesagt, die beiden stehen sich krankhaft nahe, und nun habe ich es mit eigenen Augen gesehen. Julia hatte ihr Nachthemd hochgezogen, die Beine gespreizt, und Johannes lag auf ihr!«

Stille.

Julia blickte zu ihrem Bruder. Er war bleich. Zum ersten Mal in seinem Leben war er sprachlos.

»Ihr verfluchten, verdorbenen Gören!«, brüllte Rosa unvermittelt und ließ damit alle anderen zusammenzucken. »Du kleine Hure stehst sofort auf!«, herrschte sie ihre Stieftochter an. Mit zitternden Beinen gehorchte Julia.

»Frieeeda!«, schrie Rosa. »Bring mir unverzüglich den Rohrstock.«

Es dauerte nicht lange, bis die Dienerin auftauchte.

»Komm her, du liederliches Aas.« Den Rohrstock in der einen Hand, mit der anderen Julia heranwinkend, stand die Stiefmutter wie ein zorniger Derwisch da. Ihre Worte verletzten Julia.

Endlich kam Leben in Johannes. Mutig trat er vor seine Schwester.

»Keine Schläge mehr!«, rief er. Herausfordernd sah er seine Stiefmutter an. Von dem kleinen Johannes war nichts mehr übrig. Er stand da, ein hochgewachsener, breitschultriger junger Mann mit vom Holzschlagen durchtrainierten Armen. Rosa würde ihm nichts mehr anhaben können. Diese Erkenntnis erfüllte Julia mit Genugtuung.

Rosas Gesichtszüge entglitten ihr für einen Moment. Sie schien erst jetzt zu begreifen, dass sie es nicht mehr mit einem kleinen Jungen zu tun hatte. Doch sie fasste sich schnell wieder. Ihre Miene wurde steinern. »Was willst du tun? *Mich*, eine Frau, schlagen?«

»Nein, aber wenn Ihr mir keine andere Wahl lasst …«

Wie Raubtiere starrten sich die beiden in die Augen. Julia hielt angespannt den Atem an. Sie rechnete fest damit, dass sie aufeinander losgehen würden.

Abrupt wandte sich die Stiefmutter ab und der noch immer entsetzt dastehenden Frieda zu, um ihr etwas ins Ohr zu flüstern. Die Dienerin nickte langsam und entfernte sich darauf.

Julia fühlte sich unendlich hilflos. Ihr Herz hämmerte in der Brust wie ein Specht gegen einen Baumstamm.

»Geh auf dein Zimmer«, wies Rosa ihre Tochter an.

»Wieso? Ich will sehen, was passiert.« Violetta verschränkte trotzig die Arme vor der Brust.

»Ich sagte: Geh auf dein Zimmer!«

Unwillig gehorchte Violetta ihrer Mutter.

Julia tastete nach Johannes' Hand. Ihre Finger verflochten sich ineinander.

»Wenn euch euer Vater sehen könnte!«, schnaubte Rosa. »Er würde sich im Grabe umdrehen, so beschämt wäre er.«

»Violetta lügt«, rief Johannes, aufrecht stehend, seine Stiefmutter anschauend. Er hatte nichts Falsches getan und nichts, wofür er sich schämen musste.

»Du nennst meine Tochter eine Lügnerin?«, keifte Rosa.

Johannes' Kopf senkte sich mit einem Schnauben. Er ließ Julias Hand los, um seine Hände zu Fäusten zu ballen. Es war, als müsste er seine Kräfte sammeln. Dann sah er auf. »Vater hätte uns nie so schlecht behandelt wie Ihr uns.« Seine Stimme war getränkt mit Wut.

Rosa lachte auf. »Ihr habt jeden einzelnen Schlag verdient. Jedes harsche Wort von mir und jede Bestrafung war gerechtfertigt. Ihr seid eine verdorbene Brut, und das habe ich vom ersten Tag an erkannt. Diese Verdorbenheit verdankt ihr eurer Hure von Mutter.«

Julia traten die Tränen in die Augen.

Johannes platzte der Kragen. »Wagt es nicht, so von unserer Mutter zu sprechen!« Er machte einen Schritt auf Rosa zu. Sofort ließ sie den Rohrstock niedersausen. Das Holz traf Johannes an der Schulter. Reflexartig schlug er Rosa den Stock aus der Hand.

Julia riss erschrocken die Hände vor den Mund.

»Du wirst doch keine Frau schlagen!«, zeterte die Stiefmutter, als Johannes sie am Handgelenk packte.

»Du bist eine bösartige Hexe«, zischte der und verstärkte seinen Griff.

Zu seiner Überraschung verzogen sich Rosas schmale Lippen

zu einem hämischen Lachen. »Soso, eine Hexe soll ich also sein.«

Ein kalter Schauer jagte Julias Rücken hinunter. Johannes ließ die Stiefmutter los und trat einen Schritt zurück. Er war zu weit gegangen.

»Ich verfluche dich, Johannes Kaufmann. Sobald du dieses Haus verlässt, wirst du dich verwandeln in …« Rosa zögerte, ehe sie mit einem breiten Grinsen fortfuhr: »In ein Reh! Und nur einmal im Monat zu Vollmond bist du für eine Nacht lang wieder ein Mann.«

Johannes lachte auf. »In ein Reh, aber sicher.«

Ein selbstgefälliger Ausdruck zierte Rosas Gesicht. »Hältst du mich nicht für eine Hexe?« Herausfordernd sah sie ihren Stiefsohn an.

»Ammenmärchen«, erwiderte Johannes.

»Und wenn es doch stimmt?«, flüsterte Julia mit brüchiger Stimme.

Johannes drehte sich zu seiner Schwester um. »Sieh mich an, wie soll aus mir ein Reh werden?«

»Durch Zauberei«, antwortete Julia.

»Gnädige Frau, Ihr habt nach mir gerufen?« Ludwig tauchte auf.

»Ja, das habe ich«, bestätigte Rosa. »Ich will, dass du mir diese verdorbenen Kreaturen aus dem Haus schaffst.«

»Bitte?« Ludwig blinzelte irritiert. Er glaubte, sich verhört zu haben.

»Diese beiden wurden dabei erwischt, wie sie miteinander Unzucht betrieben«, erklärte Rosa mit eisiger Stimme.

Julia schoss Schamesröte ins Gesicht, obwohl kein Funken Wahrheit in den Worten lag.

»Ist das wahr?«, fragte der Diener an die Geschwister gewandt.

»Nein!«, kam es von Johannes und Julia wie aus einem Mund.

»Selbstverständlich streiten sie alles ab«, sagte Rosa mit kalter Stimme. »Sie sind nicht nur verdorben, sondern obendrein auch noch verlogen.«

»Gnädige Frau, mit Verlaub, habt Ihr es mit eigenen Augen gesehen?«, fragte Ludwig zaghaft.

»Violetta war Zeugin des Geschehens«, erwiderte Rosa in einem Tonfall, der keine Zweifel duldete.

Seufzend fuhr Ludwig sich durch den Bart.

»Los, raus aus meinem Haus!« Rosa hob ihren Rohrstock vom Boden auf.

»Können wir wenigstens noch ein paar Sachen packen?«, schluchzte Julia.

»Ihr geht mit dem, was ihr am Leibe tragt!«

»Gnädige Frau, das erscheint mir zu hart, trotz allem. Ohne Kleider, ohne Geld, das werden die beiden nicht überleben«, warf Ludwig ein.

»Und wenn sie verrecken, mir soll es recht sein«, giftete Rosa. »Außerdem könnte ich auch den Pfarrer in Kenntnis setzen. Ich bin mir sicher, ihm würde auch eine gerechte Strafe für diese verdammenswerte Vereinigung und die Blutschande einfallen. Im Grunde wäre es sogar meine Pflicht als Gläubige, aber …« Rosa schlug einen jovialen Tonfall an. »Ich tue es nicht. Im Gedenken an meinen lieben verstorbenen Gatten.«

Ludwig brummte etwas Unverständliches, das sich anhörte wie: »Euer Wort in Gottes Ohr.« Und lauter: »Kommt, Kinder, beugt euch dem Wunsch eurer Stiefmutter.«

»Nein!«, stieß Julia panisch aus. »Sie hat Johannes verhext. Wenn er das Haus verlässt, verwandelt er sich in ein Reh.«

Ludwig wirkte verunsichert, zögerlich. Sein Blick wanderte unruhig von einem zum anderen.

»Unsinn«, sagte Johannes. »Sie will uns bloß Angst einjagen.«

Amüsiert funkelten Rosas Augen. Julia sah aber nicht nur die Belustigung der Stiefmutter, sondern auch die Gewissheit ihrer Worte. Und diese Sicherheit verstärkte das ungute Gefühl in ihrem Magen. »Ich glaube ihr.« Julias Worte waren kaum mehr als ein Flüstern.

Johannes ergriff ihre Hand und drückte sie leicht. »Keine Sorge, Julchen, alles wird gut.«

Ludwig räusperte sich. »Es wird Zeit. Geht.«

Die Geschwister folgten seiner Aufforderung. Julia warf ein letztes Mal einen Blick über die Schulter. Wehmütig prägte sie sich den Anblick der Dachkammer ein, in der sie die letzten Jahre zusammen mit ihrem Bruder gelebt hatte. Beinahe so lange wie in dem Gemach, das ihre Eltern für sie hergerichtet hatten. Wehmut erfüllte sie. Die Schritte hinunter ins Erdgeschoss fühlten sich für sie an, als wäre sie auf dem Weg zur eigenen Hinrichtung. So sehr sie sich gewünscht hatte, von Rosa loszukommen, so sehr war sie nun von Angst erfüllt.

Ludwig stieß die Haustüre auf. Warmes Sonnenlicht strömte hinein.

»Na los, ihr Bälger«, forderte Rosa gehässig. »Raus mit euch!«

»Ihr hört die gnädige Frau«, setzte Ludwig nach.

»Bitte sagt, dass der Fluch nur ein Scherz ist!«, flehte Julia verzweifelt.

Rosa schwieg, aber ihre Mundwinkel bogen sich süffisant nach oben.

»Mutter!« Violetta kam die Treppe hinuntergerannt. »Ihr lasst sie einfach so gehen? Zusammen?!«

Rosa drehte sich zu ihrer Tochter um. »Die beiden werden nie miteinander glücklich werden.«

Die Überzeugung in der Stimme der Stiefmutter ließ Julia erschaudern. Rasch blickte sie zu Johannes. Dieser bewegte sich zügig auf die Haustüre zu. Julia wollte *Nein* rufen, aber sie war wie versteinert.

»Komm, Julchen«, sagte ihr Bruder sanft. »Wir verschwinden von hier.« Er trat über die Schwelle.

Geräuschvoll sog Julia die Luft ein. Ihr Herz hämmerte so hart in der Brust, dass sie glaubte, ohnmächtig zu werden.

Nichts passierte. Johannes stand draußen auf der anderen Seite der Tür im Sonnenlicht. Sein honigblondes Haar glänzte fast golden. Er lächelte seine Schwester aufmunternd an. Streckte ihr die Hand entgegen.

Julias Magen fühlte sich an wie eine Schlangengrube, als sie einen Schritt vortrat, um Johannes' Hand zu ergreifen.

»Das ist nicht gerecht«, plärrte Violetta. »Johannes soll bleiben! Schick Julia weg, aber nicht ihn!«

»Halt den Mund!«, herrschte Rosa ihre Tochter an.

Julia nahm die Stimme wie durch Watte hindurch wahr. Sie berührte Johannes' Fingerspitzen, als ein Schauer seinen Körper erbeben ließ. Er krümmte sich wie unter Schmerzen zusammen und keuchte.

»Nein, nein«, flüsterte Julia. Mit vor Entsetzen geweiteten Augen musste sie mit ansehen, wie ihr Bruder sich in ein Reh verwandelte.

Hinter sich hörte sie Rosa lachen. Mit Tränen in den Augen drehte sich Julia zur Stiefmutter um. »Wie könnt Ihr so grausam sein?!«

Rosa fuhr sich mit der Hand durch das bereits ergraute Haar. »Oh, ich war noch gnädig. Ich hätte ihn auch in einen Wolf verwandeln können, der dich auffrisst.«

Die Tränen rannen über Julias Wangen. Mit hängenden Armen stand sie da, bis etwas Feuchtes gegen ihre Hand stieß. Es war Johannes, das Reh, der sie mit der Nase anstupste. Julia schluchzte verzweifelt auf.

»Weine nicht«, sagte das Reh mit der vertrauten warmen Stimme ihres Bruders.

»Du kannst reden?«, weinte Julia und fiel vor ihm auf die Knie, die Arme um den Hals des Tieres geschlungen.

»Da seht ihr meine Gnade«, spottete die Stiefmutter. »Ich hätte ihn auch in ein stummes Reh verwandeln können.«

»Eines Tages werdet Ihr dafür büßen!«, drohte Johannes.

Rosa machte eine abwinkende Handbewegung. »Ja, ja, eines

Tages wirst du dies oder jenes tun. Das kennen wir alle bereits. Leere Worte. Und jetzt macht euch fort, oder ich rufe den Jäger.«

»Gnädige Frau«, meldete sich Ludwig zu Wort. »Wenn Ihr erlaubt, geleite ich die beiden vom Anwesen.«

»Nichts lieber als das«, war Rosas Antwort.

Ludwig stieß Julia sanft mit der einen Hand an, mit der anderen tätschelte er die Flanke des Rehs. »Los, ihr zwei. Macht es nicht schwerer, als es schon ist.« Und leiser fügte er an: »Johannes, geh zur Hütte im Wald. Ich werde zu euch kommen, sobald ich kann.«

Julias Nackenhaare stellten sich auf, als sie das Wort *Wald* hörte. Vor ihrem inneren Auge zogen die letzten Jahre an ihr vorbei. Die Jahre, in denen sie von Stiefmutter und Stiefschwester drangsaliert worden war, die Zeit, in der sie weniger wert gewesen war als eine Dienstmagd. Sie dachte an Johannes, der immer versucht hatte, sie zu beschützen, der sie in die Arme genommen hatte, wenn sie weinte, und der jetzt ein Dasein als Reh zu fristen hatte. Was konnte also noch Schlimmeres kommen? Vielleicht war es an der Zeit, erwachsen und mutiger zu werden, statt immer gleich zu klagen und zu jammern.

Julia blinzelte entschlossen ihre Tränen weg. Sie erhob sich, den Rücken durchgestreckt, das Kinn energisch nach vorne geschoben. Sie wollte weder Rosa noch Violetta den Triumph gönnen, dass sie litt. Gemeinsam mit Johannes und Ludwig schritt sie den Kiesweg hinunter, der sich durch die saftig grünen Rasenflächen mit den Sommerblumen wand. Sie passierten die fast mannshohe Hecke, welche das Grundstück umfriedete. Ludwig wünschte ihnen alles Gute und versprach, in den nächsten Tagen zu jener Hütte zu kommen, die er zuvor erwähnt hatte.

Julia murmelte einen leisen Dank und fügte an: »Wir haben nicht getan, was behauptet wird.«

»Ich habe es keinen Augenblick geglaubt«, erwiderte Ludwig mit einem traurigen Lächeln.

Ohne auch nur einen Blick zurück zum Haus zu werfen, machten sich Johannes und Julia auf den Weg zum Wald.

6. Kapitel

*V*ioletta klammerte sich am Treppengeländer fest. Sie war bestürzt und aufgebracht über die Entscheidung ihrer Mutter. So hatte sie sich das nicht ausgemalt. Ihre Mutter sollte Julia wegschicken, aber nicht Johannes! Wie sollte sie ihn dazu bringen, sich in sie zu verlieben, wenn er nicht da war?

Sie knirschte mit den Zähnen und verspürte kaum Genugtuung, nicht einmal über die abgeschnittenen Haare Julias, obwohl ihre Stiefschwester in Tränen ausgebrochen war, als sie es bemerkt hatte. Violetta hatte vor der angelehnten Tür gekauert, weil sie die Reaktion nicht verpassen wollte, und während sie so wartete, war ihr der Traum von der körperlichen Vereinigung der Geschwister durch den Kopf gegeistert und mit ihm ein Plan, den sie für sehr einfallsreich und gescheit gehalten hatte. Wie sich nun zeigte, war er zu wenig bedacht gewesen. Ihre Mutter hasste nicht nur Julia, sondern auch Johannes. Die Lüge ihrer Tochter war ihr vermutlich sehr gelegen gekommen. Wobei Violetta nach wie vor dazu neigte, eine Vision gehabt zu haben von etwas, das tatsächlich irgendwann hätte passieren können. Die Vorstellung von Julia und Johannes in inniger Vereinigung verursachte ihr Übelkeit.

»Warum habt Ihr nicht Julia verwandelt?«, brach es wütend aus Violetta hervor.

Rosa schloss die Tür, ehe sie sich zu ihrer Tochter umwande. »Was hast du gesagt?«

»Warum Johannes und nicht Julia?«

Verärgert zog ihre Mutter die dunklen Brauen zusammen. »Dieser Junge hat dir beinahe das Auge ausgestochen, und trotzdem schmachtest du ihm wie ein einfältiges kleines Mädchen hinterher. Ist das die Tochter, die ich großgezogen habe?« Rosa stemmte die Hände in die Hüften und schaute sie herausfordernd an.

Violetta hasste es, wenn ihre Mutter so auf sie herabsah. Sie hasste auch, was ihre Mutter nur mit Worten in ihr auslösen konnte. Unter ihrem strengen Blick wurde sie zu einem kleinen, hässlichen, dummen Etwas erniedrigt.

»Ich bin enttäuscht von dir, Violetta Maria. Ich hätte dir mehr Geschmack und Verstand zugetraut«, fuhr Rosa fort.

Violetta klammerte sich noch mehr an das Treppengeländer. Sie fühlte sich ohnmächtig.

»Hast du geglaubt, Johannes würde sich in dich verlieben?« Rosas Stimme war schneidend.

Violettas Lippen bebten, ihre Kehle war wie zugeschnürt.

»Hast du Julias Haare abgeschnitten?«

Sie nickte.

Die Mutter lachte freudlos auf. »Hast du geglaubt, wenn du ihr das Haar kürzt, dass Johannes sich dann in dich verliebt?«

Tränen stiegen Violetta in die Augen.

»Du hast es wirklich geglaubt«, sagte ihre Mutter leise und voller Enttäuschung.

»Ihr hättet mir einen Liebestrank brauen können«, platzte es aus Violetta heraus.

»Und dann? Was hättest du davon?«, fragte Rosa.

»Ihr habt ihren Vater doch auch verzaubert!«

Die Mutter schüttelte den Kopf.

»Das behauptet die Dienerschaft«, erwiderte Violetta.

»Richard hat mich genommen, weil er eine Frau brauchte, und ich habe ihm gefallen. Ich weiß, dass er mich nicht geliebt hat, aber es war mir egal. Und weißt du, wieso?« Rosa sprach die Worte leise aus und sah sich um, da sie nicht von den Bediensteten belauscht werden wollte. »Ich wollte einen reichen Mann. Richard Kaufmann war reich, gut aussehend, angesehen. Einen Mann aus Liebe zu heiraten, ist töricht.«

»Weshalb?«, fragte Violetta mit brüchiger Stimme.

Nun wurde der Blick ihrer Mutter etwas sanfter. Sie legte ihrer Tochter einen Arm um die Schulter. »Komm.« Sie stiegen die Treppe hinauf. Rosa führte Violetta in ihr Gemach. »Setz dich.« Sie deutete auf das Ensemble der Sitzmöbel, das aus zwei Ohrensesseln und einem Beistelltischchen bestand.

Violetta folgte der Aufforderung. Ihre Mutter nahm ihr gegenüber Platz.

»Es ist höchste Zeit, dass wir dieses Gespräch miteinander führen«, erklärte Rosa.

Violetta spürte, wie sich ihr Magen verknotete.

»Als ich deinen Vater kennenlernte, war ich sechzehn Jahre alt. Er war ein wunderschöner Mann mit dunklem Haar und stahlblauen Augen.«

»Aber Va…«

»Hör mir zu!«, schnitt ihr die Mutter das Wort ab. »Wir haben uns auf dem Markt gesehen. Er half seinem Vater am Stand beim Verkaufen von Gemüse. Unsere Blicke trafen sich. Ich verliebte mich in ihn. Folgte ihm in den Wald, ließ mich von ihm verführen. Er stahl meine Jungfräulichkeit und mein Herz, aber er schenkte mir dich, meine süße Violetta.« Die Mutter lächelte.

Die Tochter zupfte nervös an einem Häutchen am Daumennagel.

»Als ich bemerkte, dass ich guter Hoffnung war, wollte ich es sofort deinem Vater sagen. Ich war so glücklich in diesem Augenblick, doch als ich ihn fand, lag er in den Armen einer anderen Frau.«

Violettas Augen weiteten sich. Vor ihrem geistigen Auge sah sie Julia und Johannes, wie sie sich in den Armen lagen. Nicht unzüchtig, aber dennoch für ihren Geschmack zu nahe.

Gleichzeitig dachte sie wieder an den Traum oder die Vision. Julia und Johannes beim unzüchtigen Beischlaf. Violetta schauderte. Sie konnte sich lebhaft vorstellen, was es für ihre Mutter bedeutet haben musste.

»Ich war am Boden zerstört«, fuhr Rosa fort. »Glücklicherweise war deine Großmutter eine kluge und äußerst raffinierte Frau. Sie fand Hermann als Heiratskandidaten für mich. Er war damals schon ein Säufer, aber er hatte viel Geld und war mehr als willig, mich, ein hübsches junges Mädchen, zu seiner Frau zu nehmen. In der Hochzeitsnacht war er betrunken. Ihm fiel nicht auf, dass ich keine Jungfrau mehr war.«

Traurigkeit erfüllte Violetta. »Wie hieß mein Vater?«

»Magnus. Er ist tot. Seine Hurerei ist ihm zum Verhängnis geworden«, lachte Rosa schadenfroh auf. »Er hat sich mit einer verheirateten Frau eingelassen. Ihr eifersüchtiger Mann hat ihn niedergestochen.«

Schmerzlich zog sich Violettas Herz zusammen. Ihr Kopf senkte sich schwer unter der Last der Wahrheit. Es war zu viel der Wahrheit, zu viele der Geheimnisse, die an diesem Tag gelüftet wurden. In ihrer Brust wurde es eng.

»Hermann wurde aber schnell zur Belastung, und ich machte mir Sorgen, dass er unser ganzes Geld versaufen und verspielen würde«, sagte ihre Mutter in nüchternem Tonfall. »Also habe ich ihm einen Stoß versetzt, als er oben am Treppenabsatz stand. Es war einfach, und niemand stellte Fragen zu seinem Tod.« Ein kaltes Lächeln zeigte sich auf ihren Lippen.

»Wir Frauen sind viel stärker und klüger als Männer, die sich bloß von ihren Trieben leiten lassen«, erklärte Rosa. »Lass dich nie von einem Mann zum Narren halten, mein Kind. Mit Johannes wärst du nur in dein Verderben gerannt.«

Violetta schloss ihre Hände zu Fäusten. Die Nägel bohrten sich in ihre Handflächen. Sie glaubte fest daran, mit Johannes glücklich werden zu können, auch wenn er im Augenblick nur Augen für seine Schwester hatte.

»Darum suche dir deinen zukünftigen Gatten weise aus. Ich würde dir den jungen Schneider ans Herz legen.« Rosa lächelte. »Seine Eltern wären erfreut, dich als ihre Schwiegertochter in der Familie aufzunehmen.«

Violetta dachte an Eusebius. Ihre Mutter behauptete, aus dem linkischen Jungen sei ein stattlicher Bursche geworden, aber sie zweifelte stark daran. Ihr schauderte, wenn sie daran dachte, irgendeinen Mann zu nehmen. Sie wollte Johannes. Er war wunderschön mit seinem goldenen und zerzausten Haar. Sein Gesicht war kantig, und sie liebte das Grübchen in seinem Kinn. Wenn er lachte, entblößte er ebenmäßige, weiße Zähne. Außerdem war Johannes mutig wie ein Ritter des Königs. Er würde die Frau, die er liebte, beschützen, und genau solch einen Mann wünschte sie sich. Einen mutigen, wohlgestalteten Mann. Egal was ihre Mutter sagte, sie wollte nicht aus durchdachten, berechnenden Gründen heiraten, sondern aus Liebe! Nur weil ihre Mutter schlechte Erfahrungen gemacht hatte, musste es ihr nicht gleich ergehen. Auf keinen Fall würde sie Johannes aufgeben. Sie würde einen Weg finden, den Fluch aufzuheben. Aber dafür brauchte sie Zeit, Fingerspitzengefühl und das Vertrauen ihrer Mutter.

Innerlich lächelte Violetta. Sie hatte einen Entschluss gefasst und dieser Entschluss stärkte ihr Selbstbewusstsein.

7. Kapitel

Sie näherten sich dem Wald. Die Nadel- und Laubbäume hoben sich dunkelgrün gegen den Himmel ab. Julia erinnerten sie an grimmige Riesen, die ein Reich im Inneren ihres Kreises beschützten. Ein Reich voller Mysterien und Gefahren. Kälte kroch ihren Rücken hinunter.

»Was ist das für eine Hütte, von der Ludwig sprach?«, erkundigte sie sich.

»Wir haben sie einmal zufällig entdeckt«, erzählte Johannes. »Sie liegt gut versteckt neben einer kleinen Lichtung. Es gibt eine Quelle hinter der Kate. Es wird dir gefallen.«

Zweifelnd sah Julia ihren Bruder an.

»Glaub mir«, versuchte Johannes, ihre Bedenken zu zerstreuen. »Es wird alles gut werden.«

»Manchmal habe ich das Gefühl, wir sind dazu verdammt, unglücklich zu sein.« Wütend kickte Julia einen Tannenzapfen beiseite.

»Nein«, sagte Johannes entschieden und blieb stehen. »Daran mag ich nicht glauben. Es wird besser werden, und ich werde alles in meiner Macht Stehende dafür tun.«

»Und wie?«, fuhr Julia ihren Bruder an. »Du bist ein Reh!«

Schweigend einander ansehend standen die Geschwister am Waldrand.

»Ich weiß es auch nicht«, erwiderte Johannes kleinlaut. »Es tut mir leid.«

»Mir tut es auch leid.« Julia ging vor dem Reh auf die Knie

und streichelte ihm zaghaft über die Nase. »Ist es weit bis zu dieser Hütte?«

»Zwei Stunden Fußmarsch«, meinte Johannes.

Julia nickte. Entschlossen stand sie auf. »Wir sollten das Beste aus der Lage machen. Immerhin sind wir Rosa und Violetta los.«

»Das will ich doch meinen«, stimmte ihr Bruder zu.

Julias Herzschlag beschleunigte sich, als sie den Wald betraten. Für einen schrecklichen Augenblick lang erlag sie dem Irrglauben, hinter der nächsten Tanne könnte ein hungriger Wolf lauern. Das Knacken im Geäst trug nicht gerade dazu bei, ihre Angst zu besänftigen. Sie dachte an bösartige Kobolde und Hexen.

Johannes schien ihre Gedanken zu erraten, denn er sagte: »Ludwig und ich sind schon so oft im Wald gewesen, außer wilden Tieren, Holzfällern und Jägern gibt es hier nichts.«

Julia presste die Lippen zusammen.

»Das Rascheln kommt von Vögeln, Mäusen oder Eichhörnchen, und die magst du doch.«

»Selbstverständlich mag ich sie.«

»Richte deine Aufmerksamkeit auf das Schöne. Ich war immer gern mit Ludwig hier. Wir haben kaum miteinander gesprochen und einfach nur den Wald eingeatmet.«

Julia lächelte. »Und wie geht das?«

»Schließ die Augen.«

Sie stieß erst einen Seufzer aus, ehe sie seiner Aufforderung nachkam.

»Und jetzt atme bewusst ein.«

Julia tat, wie ihr geheißen wurde. Sie nahm drei, vier Atemzüge.

»Was riechst du?«

»Tanne, Harz und Erde.«

»Was hörst du?«

Julia sammelte sich.

»Das Rauschen der Blätter, wenn der Wind sie streichelt. Rascheln im Dickicht. Vogelstimmen.« Ein Lächeln breitete sich auf ihrem Gesicht aus, ehe sie den Kopf schüttelte.

»Was ist?«, wollte Johannes wissen.

»Ich fühle mich frei«, erwiderte sie. »Die Geräusche, der Geruch, es ist irgendwie beruhigend.«

Nun lächelte auch Johannes, sofern man bei einem Reh von lächeln reden konnte. »Der Wald wird einen Platz in deinem Herzen bekommen.«

Julia zuckte mit den Schultern. »Ach ...« Sie war noch nicht ganz überzeugt von Johannes' Worten.

Die Geschwister setzten ihren Weg fort, und je tiefer sie in den Wald hineinkamen, umso mehr fiel die Anspannung von Julia ab. Sie erfreute sich an den Eichhörnchen, die ihren Weg kreuzten, lauschte dem Specht, der mit seinem spitzen Schnabel irgendwo einen armen Baum bearbeitete. Etwas später pflückte Julia Brombeeren, während Johannes zaghaft Blätter fraß. Die Sonne erreichte den höchsten Punkt. Warm schickte sie ihre Strahlen zwischen den Baumwipfeln hindurch. Mit der Zeit wurden die Geschwister vom Durst gepeinigt.

»Es ist nicht mehr weit, dann können wir das kühle Wasser der Quelle trinken«, sagte Johannes frohen Mutes. Seine Zuversicht drohte jedoch zu schwinden, als er nicht sofort die Kate fand. Julia wurde von Unruhe erfasst. Schreckliche Bilder schossen durch ihren Kopf, wie sie im Wald übernachten mussten, ohne Dach über dem Kopf. Den Bären und Wölfen hilflos ausgeliefert. Tränen der Verzweiflung wollten in ihr aufsteigen. *Nein!*, sagte sie im Geiste energisch zu sich selbst. Sie wollte nicht länger das weinerliche Julchen sein.

»Gibt es irgendetwas Auffallendes, an das du dich erinnerst?«, fragte Julia. »Einen Baum, ein Stein ...«

»Aber ja doch!«, rief Johannes und machte ein paar schnelle, anmutige Sätze nach vorne. Julia hatte Mühe, ihm über die Baumstümpfe und Wurzeln hinweg zu folgen.

»Hier ist es.«

Ein Findling, mit Moos überwachsen, lag inmitten von Brombeersträuchern und Tannen. Wie ein Tier im Winterschlaf schien er sich dort eingenistet zu haben und war leicht zu übersehen.

»Julchen, komm hier entlang«, rief Johannes.

Links von dem großen Stein gab es einen Durchgang. Ein Reh konnte mit gesenktem Kopf gut hindurchgehen. Julia musste sich etwas bücken, um kurz darauf auf der Lichtung zu stehen. Die Kate stand nahe einer Felswand, die sich hinter ihr erhob, angeschmiegt wie ein Kätzchen, fast vollständig verborgen hinter Tannen und Laubbäumen.

»Ich habe solchen Durst«, stöhnte Julia.

»Folge mir.«

Hinter der Kate sprudelte direkt aus dem Felsen eine Quelle in einen Bach, der an dem Gebäude vorbeiführte und in der Tiefe des Waldes verschwand.

Gierig schöpfte Julia mit den Händen das kühle Wasser. Sie spritzte sich etwas davon auch ins Gesicht.

»Bist du dir sicher, dass hier niemand wohnt?«, fragte sie, während sie ihren Blick schweifen ließ. Dass sie jahrelang der Witterung ausgesetzt war, sah man der Hütte an, und doch war sie nicht in einem so miserablen Zustand, wie es von einem verlassenen Gebäude zu erwarten gewesen wäre.

»Ja, ich bin mir sicher«, meinte Johannes.

Langsam bewegte sich Julia von der Quelle weg. »Hier hat einst jemand Gemüse und Beeren angebaut.« Sie deutete auf die Überreste eines Beetes. Himbeeren hatten einen großen Teil eingenommen, aber auch Bohnen rankten sich an die Kate. Julia entdeckte zu ihrer Freude noch anderes, das trotz der Verwahrlosung prächtig gedieh. Erleichterung machte sich in ihr breit. Sie würden nicht hungern müssen – vorerst zumindest.

»Johannes, zum ersten Mal bin ich froh, dass Rosa mich stets dazu verdonnert hatte, im Garten zu helfen.« Sie drehte sich nach ihm um. Für einen Moment hatte sie vergessen, dass er nun ein Reh war, umso größer war der Schmerz, als sie ihn sah.

»Was ist?«, fragte Johannes, dem ihr Gesichtsausdruck nicht entgangen war.

»Ach, bloß alte Erinnerungen«, erwiderte Julia ausweichend.

»Komm«, sagte Johannes. »Zeit, unser neues Daheim von innen zu erkunden.«

Julia folgte ihrem Bruder. Ihr Herz schlug schneller, als er sie bat, die Tür zu öffnen. Sie schob den Riegel zurück. Ihre Augen brauchten einen Augenblick, ehe sie sich an das Dämmerlicht gewöhnt hatten.

Johannes drückte sich an ihr vorbei. »Es gibt drei Fenster. Öffne sie, dann wird es freundlicher«, versprach er seiner Schwester.

Julia tappte an Möbelstücken vorbei und öffnete ein Fenster nach dem anderen. Schließlich konnte sie sich die Zeit nehmen, das neue Zuhause eingehender zu betrachten. Es gab einen gusseisernen Kochofen und direkt davor einen roh gezimmerten Tisch mit zwei Hockern. Ein wenig Geschirr war vorhanden, aber alles von einer Schicht Staub bedeckt. Spinnenweben hingen von der Decke.

»Schau, hier ist eine Schlafgelegenheit«, rief Johannes und stupste den Berg aus Fellen an.

Mit gerümpfter Nase trat Julia heran. »Kein Bett«, stellte sie mit trockener Stimme fest.

»Aber warme Felle. Sie werden uns im Winter wärmen«, versuchte Johannes, dem Ganzen etwas Gutes abzugewinnen.

»So zuversichtlich wäre ich nicht«, meinte Julia. Mit spitzen Fingern hob sie die Felle hoch, und prompt sprang eine Maus daraus hervor. Mit einem schrillen Schrei machte sie einen Satz zurück.

Johannes lachte, obwohl er selbst erschrocken zurückgezuckt war.

»Das ist nicht lustig«, empörte sich Julia kichernd.

So plötzlich, wie die beiden in Gelächter ausgebrochen waren, so jäh kippte die Stimmung wieder um und wich stiller Ernsthaftigkeit.

Julia sah sich erneut in der Kate um. »Es gibt viel zu tun«, meinte sie schließlich.

»Ja«, bestätigte Johannes, und leiser fügte er an: »Denkst du ... Glaubst du, du wirst dich hier wohlfühlen?«

Julia lächelte. »Mit dir an meiner Seite, ja.«

»Obwohl ich ein Reh bin?«, fragte er stockend.

»Aber selbstverständlich.« Julia umarmte ihren Bruder, so gut es möglich war.

Die nächsten Tage verbrachten die Geschwister damit, die Hütte auf Vordermann zu bringen. Johannes half, soweit er konnte. Mittlerweile sah Julias Nachthemd ziemlich schmutzig aus. Mehrere Male blieb sie irgendwo damit hängen, und so war es schon bald an einigen Stellen eingerissen.

»Dieses lästige Ding«, beklagte sie sich. »Ich wünschte, ich könnte mich dessen entledigen.«

»Das könntest du«, meinte Johannes. Seine Mundwinkel bogen sich nach oben. »Außer mir sieht dich hier niemand.«

Julia sah ihn vorwurfsvoll an. »Ludwig wollte kommen.«

Johannes seufzte. »Wie wahr. Wo mag er bloß stecken?«

Ein Tag später tauchte Ludwig auf, als hätte er ihre Worte aus der Ferne vernommen. Er kam schwer bepackt und schwitzend bei den Geschwistern an.

»Ludwig!« Julia ließ das Holz fallen, das sie auf ihren Armen getragen hatte. Sie fiel dem Mann um den Hals.

»O Mädchen, wie siehst du aus?« Der Diener schüttelte ungläubig den Kopf.

Julia sah an sich herunter. Das einst weiße Nachthemd

war mit Flecken übersät und an manchen Stellen völlig zerschlissen.

»Gut, dass ich hergekommen bin. Wo ist dein Bruder?«

»Hier!« Johannes eilte herbei.

»Ein Teil von mir hat sich gewünscht, aus dir wäre wieder ein Mann geworden«, gestand Ludwig.

»Das hätte ich mir auch gewünscht«, erwiderte Johannes, und Julia seufzte zustimmend.

»Dann wirst du den Bogen nicht gebrauchen können«, sagte Ludwig und nahm die Waffe von seiner Schulter.

»Ich könnte ihn benutzen«, meinte Julia.

»Weißt du denn, wie man damit umgeht?«, wollte Ludwig wissen.

»Ich kann es lernen. Ich muss es lernen. Ich kann mich nicht nur von ein paar Beeren ernähren – vor allem im Winter nicht.«

»Wahre Worte«, meinte Ludwig und übergab Julia die Waffe und den Köcher. Sie nahm beides andächtig entgegen.

»Ich habe noch Kleidung mitgebracht und etwas zu essen.«

»Ludwig, du bist der Beste!«, strahlte Julia.

Der Mann lächelte.

»Wir stehen in deiner Schuld«, sagte Johannes.

»Ach.« Ludwig winkte ab. »Hier sind eure neuen Kleider.« Er packte die Sachen aus.

Julia legte Pfeil und Bogen zur Seite, um sich die Kleidungsstücke anzusehen.

»Das sind unsere Sachen«, freute sie sich.

»Kleider, die ich vorerst nicht mehr tragen kann«, bemerkte Johannes mit bitterem Ton in der Stimme.

»Tut mir leid«, murmelte Ludwig. »Ich habe aber auch noch Proviant dabei. Frieda bestand darauf.«

Julia sah ihren Bruder besorgt an.

Ludwig entging der Blickwechsel zwischen den Geschwistern nicht. »Keine Sorge, ich habe ihr nicht verraten, wo ihr euch versteckt. Euer Geheimnis ist bei mir gut aufgehoben.« Ludwig knüpfte die Tücher auf, in denen die Köstlichkeiten eingewickelt waren. Frisches Brot, getrocknetes Fleisch, Aprikosen und Erdbeeren aus dem Garten. Julia lief das Wasser im Mund zusammen, und als Ludwig noch Gläser mit eingemachtem Gemüse enthüllte, brach sie in Tränen der Freude aus. Erneut fiel sie ihm um den Hals.

»Du bist wirklich der Beste«, sagte Johannes, die Öhrchen freudig hin und her bewegend.

»Hört auf, Kinder, ihr macht mich ja ganz verlegen«, lachte Ludwig. »Ich muss leider gehen. Ich will keinen Verdacht wecken. Sobald es mir aber möglich ist, werde ich euch erneut besuchen«, versprach er. »Sagt mir, was ich euch für das nächste Mal mitbringen soll.«

»Samen, um Gemüse anzupflanzen«, erwiderte Julia. »Rosenkohl, Feldsalat und Fenchel sollte ich noch aussäen können, bevor der Herbst anbricht.«

»Habt ihr genügend Werkzeug?«, wollte Ludwig wissen.

Johannes nickte, was immer etwas lustig aussah und bestimmt keine typische Bewegung eines Rehes war.

Julia musste stets schmunzeln, wenn er es tat.

»Eine Axt ist da, eine Schaufel, Hammer, sogar ein paar Nägel«, antwortete Johannes.

Ludwig fuhr sich nachdenklich mit der Hand durch den Bart. »Noch haben wir Sommer, aber ich mache mir Gedanken, wie ihr hier draußen den Winter übersteht.« Sorgenfalten zeichneten sich auf seiner Stirn ab.

Julia verschränkte die Arme vor der Brust. »Daran wage ich gar nicht zu denken«, flüsterte sie, und unwillkürlich überkam sie ein Frösteln.

»Solltet ihr aber«, meinte Ludwig. »Sammelt so viel Holz, wie ihr könnt, und sorgt dafür, dass es trocken bleibt. Das Essen ist auch wichtig. Ihr braucht Weizen für Brot, ihr …« Ludwig brach ab. »Himmelherrgott, ihr bräuchtet noch so vieles. Ich werde schauen, dass ich euch das Wichtigste bis zum Herbstende hergebracht habe.«

»Wenn ich … wir dir irgendwie helfen können …«, setzte Johannes an, wurde aber von ihm unterbrochen.

»Ich kriege das schon hin, und sonst lasse ich es euch wissen.«

Der Abschied fiel kurz aus. Julia bedankte sich unter Tränen der Rührung, und auch Johannes musste ein paar Mal schlucken. Sogar Ludwig blinzelte ein paar Tränchen weg, als er ging.

8. Kapitel

*V*ioletta konnte nicht schlafen. Immer wieder sah sie Johannes und Julia vor sich, wie sie ineinander verschlungen im Bett lagen, und sie hörte Julias lustvolles Stöhnen. Sie verabscheute das Geräusch, aber sie konnte es nicht mehr aus ihrem Kopf verbannen. Ausgerechnet Julias dünnes Stimmchen! Sie hasste ihre Stiefschwester, seit sie denken konnte. Julchen hier, Julchen da. Erst war sie der Liebling des Vaters gewesen, dann der Liebling von Johannes und der Dienerschaft und von jedem, der zu Besuch kam. Kaum einer entzückte sich nicht über ihre großen, braunen Augen mit den langen Wimpern, ihre zierliche Gestalt, ihr hübsches Lächeln und das wunderschöne gewellte Haar. Violetta hatte jeden Augenblick beim Abschneiden dieser Strähnen genossen. Im Nachhinein hätte sie wohl besser daran getan, mit der Schere Julias Gesicht zu verunstalten, dann wäre Johannes sicherlich die Lust vergangen, sie anzusehen. Und ansehen tat er sie zu viel, das stand für Violetta fest. Auch wenn er behauptete, in ihr nur eine Schwester zu sehen, wusste sie es besser: Johannes war empfänglich für Julias Verführungsversuche. Und nachdem Violetta diese Vision gehabt hatte – dessen war sie sich sicher –, war es umso wichtiger, Johannes möglichst schnell wieder bei sich zu haben. Ohne Julia!

Violetta schlug die Decke zur Seite. Sie konnte nicht länger im Bett liegen. Sie setzte sich ans Fenster, um der aufsteigenden

Sonne zuzuschauen, wie sie die Felder vor dem Haus in ein goldenes Licht tauchte. Sie öffnete das Fenster und atmete die frische Morgenluft ein, als sie das Knarren der Haustüre hörte. Gespannt beugte sie sich etwas vor und entdeckte Ludwig und Frieda.

»Grüß die beiden von mir«, sagte die Köchin leise. »Möge Gott sie beschützen.«

»Ich werde es ihnen ausrichten«, versprach Ludwig. »Nun muss ich mich aber auf den Weg machen. Es liegt ein langer Fußmarsch vor mir.«

Trotzig ballte Violetta ihre Hände zu Fäusten. Dieser elende Diener! Ihre Gedanken überschlugen sich. Sollte sie dem Mann folgen? Im ersten Moment wollte sie es, aber dann wurde ihr klar, dass ihre Mutter sie suchen würde. Und wie sollte sie Rosa plausibel erklären, wo sie die ganze Zeit über gewesen war? Violetta befürchtete, dass ihre Mutter eine Lüge sofort durchschauen würde. Also entschied sie sich dagegen.

Am Fenster stehend sah sie Ludwig nach, wie er im Wald verschwand. Der Wald – er erschien Violetta als ein taugliches Versteck. Er war riesig, erstreckte sich weit über das Land hinweg. Allzu weit entfernt konnten Johannes und Julia aber auch nicht stecken, sonst wäre der Diener wohl nicht zu Fuß aufgebrochen.

Violetta drehte sich vom Fenster ab. Sie musste herausfinden, wie sie den Fluch von Johannes nehmen konnte. Wenn sie das schaffen könnte, dann würde sie ihn bestimmt für sich gewinnen. Dafür musste sie aber ihre Mutter hintergehen.

Später saß Violetta am Frühstückstisch. Rosa wirkte gelöster, seit die Geschwister nicht mehr da waren.

»Die beiden waren mir schon lange ein Dorn im Auge«, hatte sie am ersten Morgen, nachdem die Geschwister fortgejagt worden waren, verkündet und sich dann zufrieden wieder ihrem Haferbrei gewidmet.

Violetta beschloss, sich die gute Laune ihrer Mutter zunutze zu machen.

»Mutter, ich habe mich entschieden. Ich will eine starke Frau werden, wie Ihr es seid. Wenn Ihr findet, Eusebius sei der Mann, der für mich geeignet ist, so will ich ihn gerne treffen.«

Erfreut legte Rosa den Löffel neben die Schüssel und sah ihre Tochter lächelnd an. »Welch erheiternde Worte am Morgen. Du bist doch noch zu Sinnen gekommen.«

Violetta nickte. »Ich habe viel und lange in den letzten Tagen nachgedacht. Meine Verliebtheit Johannes gegenüber war in der Tat närrisch.«

»Eusebius wird dir ein guter Ehemann sein, und wenn nicht, so wirst du Wege finden, sich seiner zu entledigen.«

Violettas Herz machte einen Hüpfer in der Brust. »Mittels Zauberei?«

»Die Hexerei wird dir erst zugänglich sein, wenn ich tot bin«, erklärte Rosa. »Sollte aber keine irdische Möglichkeit bestehen, so werde ich dir selbstverständlich mit Rat und Tat zur Seite stehen.«

Violetta war enttäuscht. Sie wollte nicht warten, bis ihre Mutter starb, das konnte noch Jahre dauern! Mit Mühe schaffte sie es, Haltung zu bewahren. »Das weiß ich zu schätzen.«

»Selbstverständlich ist es trotzdem wichtig für dich, zu wissen, wie du mit der Hexenkraft einmal umzugehen hast«, sagte die Mutter.

Violetta nickte.

»Das Wichtigste ist der Grimoire. Das Hexenbuch. Es gehörte einst deiner Großmutter und davor ihrer Mutter. Jede hat etwas in dem Buch ergänzt. Viel Kraft und Wissen stecken darin.«

Eine Gänsehaut breitete sich angenehm auf Violettas Unterarmen aus. Sie konnte es kaum erwarten, den Grimoire in den Händen zu halten.

»Als meine Mutter starb«, erinnerte sich Rosa, »ist ihre

Hexenkraft auf mich übergegangen. Es war eine ungeheuerliche Kraft, die wie ein Sturm durch mich hindurchraste. Sie hatte mich, als ich im gleichen Alter war wie du, in der Hexenkunst unterwiesen, aber im Grunde genommen ist es eine reine Förmlichkeit. Mein Wissen und jenes aller Ahninnen wird dir nach meinem Tod zur Verfügung stehen.« Rosa lächelte. »So wie sie derzeit mir zur Verfügung steht.«

Kälte breitete sich um Violettas Nasenspitze herum aus, als ihr bewusst wurde, dass es nur einen Weg gab, um den Fluch von Johannes zu nehmen. Die Kälte dehnte sich von ihrer Nasenspitze auf ihr ganzes Gesicht aus, strömte durch all ihre Glieder. Sie musste ihre Mutter töten, um an jene Macht zu gelangen, nach der sie drängte und die sie brauchte.

9. Kapitel

*D*ie Tage verstrichen, und Julia und Johannes gewöhnten sich an ihr Leben im Wald. Manchmal hatte Johannes das Bedürfnis zu rennen und ließ seine Schwester kurz alleine, um sich auszutoben. Wenn er von seinen Streifzügen zurückkam, war er oft aufgelöst und machte sich Sorgen. Mitunter äußerte er dann Bedenken: »Was ist, wenn ich vergesse, ein Mensch gewesen zu sein? Was ist, wenn ich plötzlich nicht mehr sprechen kann?«

Julia schüttelte jedes Mal entschieden den Kopf. »Nein, das wird nicht geschehen. Du wirst immer du sein.«

Manchmal war es leicht, ihren Bruder von ihren Worten zu überzeugen. Manchmal aber verlor er sich fast in seinen Befürchtungen und brach sogar in Tränen aus. Ihr starker, großer Bruder, der immer davon geträumt hatte, ein Ritter zu werden! Es brach Julia schier das Herz, ihn so zu sehen. Irgendwie brachten sie es aber immer fertig, einander Mut zu machen und die Hoffnung nicht zu verlieren. Und schließlich gab es noch die Vollmondnacht, in der Johannes für eine kurze Zeitspanne seine menschliche Gestalt zurückerhalten würde.

Jeden Abend blickten die Geschwister zum Himmel und betrachteten voller Vorfreude den sich füllenden Mond.

Ludwig hatte Julia zwar ein Kleid mitgebracht, aber das lag in der Kate in einer Truhe. Julia genoss es, in den Hosen und dem Hemd ihres Bruders herumzulaufen. Seine Kleidung war im Wald viel praktischer. Als sie zum ersten Mal in dem Auf-

zug vor Johannes erschienen war, neckte er sie: »Mit den kurzen Haaren und meinen Kleidern siehst du wie ein Junge aus.«
Julia hatte sich verlegen über ihr verwuscheltes Haar gestrichen.

»Ein sehr schmächtiger Junge«, frotzelte Johannes weiter.

»Hör auf, du albernes Reh!«, rief Julia.

Ernst und mit Anerkennung in der Stimme sagte ihr Bruder plötzlich: »Ich bin stolz auf dich.«

Überrascht vom Stimmungswechsel sah Julia ihn aus großen Augen an.

»Du erträgst es, hier draußen im Wald mit mir zu leben, und fürchtest dich auch nicht mehr vor Kobolden und Hexen.«

»Ich weiß nun, dass die Hexe nicht hier im Wald haust, sondern bei uns zu Hause«, erwiderte Julia bitter.

»Wie wahr«, murmelte Johannes, und damit war ein weiterer Tiefpunkt überwunden.

Eines Tages griff Julia entschlossen nach dem Bogen. Es war der Morgen vor der Vollmondnacht. Hoffnung bewegte ihr Herz auf ungeahnte Weise. Sie fühlte sich, als könnte sie an diesem Tag die Welt aus den Angeln heben.

»Ich sollte endlich lernen, damit umzugehen«, erklärte sie Johannes. »Bevor das Trockenfleisch zur Neige geht.«

Ihr Bruder stimmte ihr zu.

Johannes wählte auf der Lichtung eine Stelle aus, von der aus man einen Pfeil gut auf einen der Bäume schießen konnte, und wies seine Schwester an, die richtige Position einzunehmen.

Julia versuchte, einen Pfeil einzuspannen, was gar nicht so einfach war, wie sie es sich vorgestellt hatte. Immer wieder rutschte der dünne Holzstab ab.

»Du musst dich konzentrieren«, lautete Johannes' Rat. Für seine Bemerkung kassierte er einen mürrischen Blick.

»Ruhig halten«, forderte er sie auf, als ihr der Pfeil erneut aus der Hand und damit auf den Boden fiel.

Julia schnaubte aufgebracht. »Kannst du es besser?!«

»Ich bin ein Reh«, bemerkte Johanne trocken.

»Hast du jemals mit einem Bogen geschossen?«, fragte sie herausfordernd.

»Nein, und das weißt du auch.«

»Eben, darum schweig jetzt besser oder ich nehme dich als Zielscheibe«, vermeldete Julia enerviert.

Johannes gab sich geschlagen. »Weck mich, wenn du Erfolg hattest.« Er ließ sich auf dem weichen Waldboden nieder, um ein Nickerchen zu machen.

Julia seufzte, ehe sie einen neuen Versuch unternahm. Ohne den kritischen Blick ihres Bruders gelang es ihr endlich, den Pfeil einzuspannen. Ihr Erfolg wurde untermalt von Johannes' Schnarchen. Julia schob die Zungenspitze zwischen ihre Lippen, zog die Augenbrauen zusammen, visierte mit Bedacht den Baum vor sich an. Sie hielt den Atem an, als sie die Sehne losließ. Der Pfeil fiel wie ein abgebrochener Ast direkt vor ihr ins Gras.

Schallendes Gelächter erklang. Julia sah verärgert zu ihrem Bruder. Er schien gerade aus seinem Nickerchen hochgeschreckt worden zu sein, denn er blinzelte verschlafen, während er sich umsah.

Julia begriff, dass das Lachen nicht von Johannes gekommen war. Verwirrt blickte sie sich um und entdeckte einen groß gewachsenen Jüngling mit dunklem Haar. Seine Gewänder waren von feinstem Stoff, das erkannte sie selbst aus der Distanz.

»Sag nichts«, raunte sie ihrem Bruder zu.

»Keine Sorge, ich will ja nicht im Zirkus landen«, erwiderte Johannes leise.

Der Unbekannte kam näher. »So wird das aber nie was, Junge«, sagte er grinsend.

Julia runzelte verärgert die Stirn. Erst lachte der unverschämte Bursche und nun nannte er sie auch noch einen Jungen! Dann erinnerte sie sich, dass ihr einst langes Haar kurz war und sie in den Kleidern ihres Bruders dastand. Sie überlegte sich, dass es möglicherweise ein Vorteil war, für einen Jungen gehalten zu werden.

»Schau nicht so böse«, sagte der Fremde in versöhnlichem Tonfall. Nur noch zwei Schritte trennten sie voneinander.

Julias Herzschlag beschleunigte sich. Die Augen des jungen Mannes waren moosgrün. Er hatte einen sehr sinnlichen Mund, der ihm etwas Verführerisches und zugleich Eigenwilliges verlieh.

»Du machst dich über mich lustig«, beschwerte sich Julia mit tief verstellter Stimme.

Johannes, der neben ihr gestanden hatte, beschloss, sich abschirmend vor sie zu schieben.

»Nanu, ein Reh als Beschützer«, stellte der Unbekannte fest und blickte Johannes verwundert an.

»Was dagegen?«, gab Julia gereizt von sich. Dieser freche Kerl drang in Johannes' und ihr Versteck ein, verspottete erst sie und dann ihren Bruder.

Abwehrend hob der junge Mann die Hände in die Höhe. »Nein, überhaupt nicht. Es ist nur ungewöhnlich. Mir war nicht bekannt, dass sich ein Reh zähmen lässt.«

»Wir sind wie Bruder und Schwester«, erwiderte Julia und fügte an: »Wir sind gemeinsam aufgewachsen.«

Der Fremde zog eine Augenbraue hoch und nickte. Für einen Moment senkte sich unangenehmes Schweigen herab. Julia fuhr sich gleichzeitig wie der Mann verlegen durch das Haar, und Johannes gab ein Schnauben von sich.

»Ich wollte mich nicht über dich lustig machen«, brach der Fremde die Stille. »Es sah einfach so komisch aus, da konnte ich mich nicht beherrschen. Gleichzeitig fühlte ich mich an meine ersten Versuche mit dem Bogen erinnert.« Er lächelte. Es war ein gewinnendes Lächeln, das sich in seinen grünen Augen widerspiegelte und Julias Knie weich werden ließ.

Die Tatsache, dass ihre Knie zitterten und sich in ihrem Magen ein flaues Gefühl bemerkbar machte, bereitete ihr Sorge. Harscher als beabsichtigt entfuhr ihr: »Was suchst du hier?« Sie machte einen Schritt zurück, während Johannes vortrat, seinen Kopf hob und eine grimmige Miene aufsetzte.

»Nichts«, antwortete der junge Mann. »Ich bin lediglich durch den Wald gestreift und ...«, er senkte zerknirscht seinen Blick, »ich befürchte, ich habe mich verlaufen.«

Johannes schnaubte erneut.

»Verlaufen?«, echote Julia.

»Ich fürchte zu meiner Beschämung, ja, und wenn du lachen willst, dann bitte tue es.«

Julia schüttelte den Kopf. »Warum sollte ich lachen? Der Wald ist groß und ...«, sie brach ab, räusperte sich, um ihre Stimme wieder eine Oktave tiefer klingen zu lassen, »... und unübersichtlich.«

»In der Tat«, stimmte der Fremde zu. »Wenn du magst, kann ich dir zeigen, wie du mit dem Bogen umzugehen hast.«

Julia zögerte, die Stirn gerunzelt. »Warum streift ein fein gekleideter Herr so alleine durch den Wald?«

»Feine Kleider.« Der junge Mann lachte. »Vielleicht habe ich sie gestohlen? Wer weiß das schon.«

Julia wusste nicht, wie sie die Bemerkung aufnehmen sollte, und blickte zu ihrem Bruder. Es war erstaunlich, wie sein Rehblick seine Gefühle spiegeln konnte. Jetzt zum Beispiel stand ihm das Misstrauen ins Gesicht geschrieben.

»Darf ich mich vorstellen: Melchior. Auf der Flucht vor dem Schicksal.« Er verneigte sich leicht. »Und du bist?«

»Ich?«, krächzte Julia. »Ich bin ... äh ... Julian.«

Melchior musterte sie. »Soso, Julian. Ein schöner Name für einen zierlichen, hübschen Jungen wie dich.«

»Du machst dich schon wieder über mich lustig«, brauste Julia auf. »Und was soll das heißen, auf der Flucht vor dem Schicksal?«

Melchior wurde ernst. »So gut kennen wir uns noch nicht.«

»Pah!«, schnaubte Julia.

»Wir könnten uns aber besser kennenlernen«, meinte Melchior. »Ich zeige dir, wie du den Bogen richtig gebrauchst, und vielleicht werden wir Freunde.«

Julias Mine verfinsterte sich. Melchior war vielleicht hübsch anzuschauen mit seinem kantigen Gesicht, den leuchtenden Augen und dem zum Küssen einladenden Mund, aber ansonsten war er anstrengend und großspurig. Ein reicher, verwöhnter Junge – ohne Zweifel.

»Du schaust mich wieder so missmutig an«, sagte Melchior ohne Spott in der Stimme, und dann fügte er hinzu: »Ich bin nicht gut darin, Freunde zu finden. Sie finden *mich*, weil sie wissen, wer ich bin. Ich muss mir keine Mühe geben. Deswegen bin ich ein Tölpel.« Seine moosgrünen Augen wurden dunkel wie ein Teich.

Julia glaubte ihm. Seine plötzliche Ehrlichkeit war entwaffnend. »Und wer bist du?« Sie sah ihn neugierig an.

Melchior lächelte. »Die Frage ist dein voller Ernst?«

Julia nickte.

»Ich bin einfach ein Bursche, der sich verlaufen hat, dessen Gewänder sehr wohl aus feinem Stoff sind, aber …«

»Vielleicht bist du aber auch bloß ein Geschichtenerzähler«, fiel ihm Julia ins Wort.

Melchior zuckte mit den Schultern. »Bist du gewillt, mir zu erzählen, warum du alleine mit einem Reh im Wald wohnst?«, fragte er Julia.

Johannes stieß seine Schwester mit der Nase energisch an.

»Ich glaube, das Reh rät dir, Nein zu sagen«, schmunzelte Melchior.

»Es gibt nichts, was ich einem Fremden erzählen möchte.«

Der junge Mann lachte laut.

»Und soll ich dir nun das Bogenschießen beibringen?«, fragte er. »Vorausgesetzt, dein Reh ist damit einverstanden.«

Julia blickte Johannes an, und in dessen Augen war ein klares Nein zu lesen. Ein Nein, das Julia überging. Melchior sollte bleiben. So nervig er war, so faszinierend war er auch. Er bot eine willkommene Zerstreuung.

»Zeig mir, wie ich einen Pfeil abschießen kann«, sagte Julia entschlossen.

»Ich zeige dir nicht nur das«, versprach Melchior. »Am Ende wirst du dein Ziel auch treffen.«

Julia nahm den Pfeil vom Boden auf, und der junge Mann erklärte ihr mit ruhiger Stimme, wie sie den Bogen zu halten hatte.

»Und nun spanne den Bogen.« Er trat schnell hinter sie, legte seine Hand über ihre, welche die Sehne und die Pfeilspitze hielt.

»Ruhig«, flüsterte er ihr ins Ohr. Sein warmer Atem kitzelte und bescherte Julia ein seltsames Gefühl in der Magengrube. Sie dachte an seine vollen Lippen und spürte das Bedürfnis, sich umzudrehen, um ihn zu küssen, was absolut irrsinnig war. Einen Fremden küssen zu wollen …

Plötzlich schrie Melchior auf. Seine Hände lösten sich von ihr, und Julia ließ vor Schreck die Sehne los. Melchiors Körper drückte sich gegen sie, Julia verlor das Gleichgewicht und landete unsanft auf dem Boden. Als Melchior auf sie stürzte, presste es ihr alle Luft aus den Lungen.

Der junge Mann rollte sich von ihr. »Dein Reh, es hat mich getreten!«, sagte er entschuldigend. Vorwurfsvoll sah er das Tier an.

»Johannes! Wie kannst du!«, rief Julia erbost.

Mit engelsgleicher Miene blickte Johannes seine Schwester an. Gerade so, als sei er wirklich ein ahnungsloses Reh, das sich keiner Schuld bewusst war.

Melchior rieb sich die schmerzende Stelle an seinem Bein. Gleichzeitig gluckste er: »Du nennst das Reh Johannes?«

»Ja.« Julia erhob sich und klopfte sich die Tannennadeln und den Staub von der Hose. »Hast du einen besseren Namen?«

Schulterzuckend meinte Melchior: »Keine Ahnung.« Er stand auf und blickte gen Himmel.

»Ich muss mich auf den Weg machen«, meinte er. »Irgendwann sollte ich wieder zu Hause sein und …«

»… dich deinem Schicksal stellen?«, fragte Julia.

Melchior nickte. Seine grünen Augen verdunkelten sich wie ein tiefes Gewässer und schimmerten feucht. Für mehrere Herzschläge lang war es, als würde er eine Maske fallen lassen und sein wahres Gesicht zeigen. Eine verletzliche, traurige Seite, die er zuvor mit Spott und Grinsen überdeckt hatte.

»Hast du dir schon einmal gewünscht, du könntest in die Vergangenheit eingreifen und …« Er brach ab.

Julias Kehle war wie zugeschnürt. Melchior sah aus, als würde er gleich weinen. Sie trat einen Schritt vor und umarmte ihn.

Johannes zupfte energisch an ihrem Hemd. Verlegen wandte sich Julia von Melchior ab. Sie hatte impulsiv und dumm reagiert und blickte kurz zu Johannes, der sie sehr vorwurfsvoll anschaute. Mit klopfendem Herzen drehte sie sich wieder dem jungen Mann zu.

»Für was war die Umarmung?«, fragte er ernst.

»Du hast ausgesehen, als könntest du sie vertragen«, murmelte Julia mit verstellter Stimme. Sie beugte sich vor und klopfte ihm jovial auf den Oberarm, so wie sie es schon bei Ludwig gesehen hat.

Melchior neigte seinen Kopf leicht zur Seite. Seine Augen wurden zu schmalen Schlitzen, als er sie eingehend betrachtete. Sie fühlte sich unter seinem musternden Blick sehr unwohl.

»Du bist ein außergewöhnlicher Bursche, Julian«, bemerkte Melchior und fügte an: »Vielleicht sehen wir uns wieder. Sofern ich heil aus diesem Wald herauskomme.«

»Wir könnten dir den Weg zeigen. Wohin willst du?«

»Nach Meri«, antwortete Melchior.

»Meri«, wiederholte Julia. Erinnerungen an Rosa und Violetta kamen auf. »Das liegt drei Stunden entfernt.«

Johannes stupste seine Schwester an. Verwundert blickte sie zu ihm hinunter. Wieder stupste er sie an. Julia stolperte und machte ein, zwei Schritte zurück. Johannes folgte ihr mit auffforderndem Blick.

»Entschuldige uns«, sagte Julia zu Melchior. Sie verschwand mit Johannes hinter einem Gebüsch.

»Was ist?«, fragte sie ihren Bruder.

»Ich mag den Kerl nicht! Er ist ein Aufschneider.«

»Aber wir können ihn doch nicht alleine im Wald herumirren lassen«, meinte Julia.

Johannes seufzte. »Na schön, aber ich will, dass du hierbleibst. Ich begleite ihn an den Waldrand.«

»Wieso?«, fragte Julia.

»Ich bin schneller wieder zurück. Wenn wir gemeinsam gehen, würde das viel mehr Zeit in Anspruch nehmen.«

Julia wusste, dass er recht hatte. Johannes war buchstäblich flink wie ein Reh.

»Du wirst ihn aber nicht wieder treten?«, fragte Julia besorgt.

»Nein.«

»Versprochen?«, hakte sie nach.

»Ja, versprochen«, versicherte Johannes.

»Dann bin ich einverstanden«, willigte sie ein.

Melchior blickte sie erwartungsvoll an, als sie zu ihm zurückkehrte.

»Johannes wird dich bis an den Waldrand bringen«, erklärte sie ihm.

Misstrauisch blickte Melchior das Reh an.

»Er kann das, vertraue mir.«

»Danke«, sagte Melchior. »Für das Geleit durch dein Reh und für die Umarmung.«

»Ach ...« Julia senkte verlegen den Kopf. Ihre Wangen fühlten sich verräterisch heiß an.

»Darf ich wiederkommen?«, fragte Melchior mit einem Lächeln auf den Lippen.

»Wenn du hierher zurückfindest?«

»Das werde ich«, sagte er mit entschlossener Stimme.

10. Kapitel

Nachdem Johannes und Melchior gegangen waren, ließ Julia sich auf den Boden sinken. Ausgestreckt lag sie da und blickte zum Himmel empor. Vögel zogen ihre Bahnen, Wolken schwebten, sich ständig neu formend, über sie hinweg. Julias Gedanken waren den Wolken nicht ganz unähnlich. Sie schwebten durch ihren Kopf, formten sich, mal diffus, mal klar. Sie sog die frische Waldluft ein. Sie war ganz alleine hier draußen in der Abgeschiedenheit, und als ihr das klar wurde, brach sie in Gelächter aus. Sie fuhr sich mit den Händen über den Kopf und begriff, welche Wandlung mit ihr geschehen war. Sie setzte sich auf, betrachtete ihre Kleidung und sagte laut: »Sieh dich an: alleine in Männerkleidung im Wald. Noch vor wenigen Wochen hättest du ihn vor lauter Angst nicht einmal betreten.«

Ihre Stimme klang seltsam fremd in der Stille, und sie spürte etwas Stolz, an den Geschehnissen gewachsen zu sein. Sie nahm den Bogen auf und dachte an Melchiors Ratschläge, konzentrierte sich, ehe sie die Sehne losließ. Dieses Mal schoss der Pfeil nach vorne, flog bis kurz vor den Baum, den sie sich als Ziel ausgesucht hatte. Julia jubelte. Sie nahm sich einen weiteren Pfeil und versuchte es erneut. Einen um den anderen schoss sie ab, bis der Köcher leer war. Kein einziger traf den Baum, aber der letzte streifte immerhin den Stamm. Zufrieden sammelte sie die Pfeile ein.

Während Julia an ihrem Können als Bogenschützin feilte, führte Johannes Melchior durch den Wald. Das plötzliche Auftauchen dieses dunkelhaarigen Schönlings schmeckte ihm wie bittere Medizin auf der Zunge. Was ihm aber besonders zu schaffen machte, war die Art und Weise, wie Julia diesen Schnösel angesehen hatte. Seine gutherzige kleine Schwester ließ sich von diesem Großmaul beeindrucken. So einen Mann wollte er nicht für Julchen. Sie brauchte einen verlässlichen, warmherzigen Mann, und so einen würde er für sie eines Tages finden, dessen war er sich sicher.

Johannes hoffte, Melchior nie wiederzusehen.

»He, Reh!«, rief der Taugenichts.

Johannes legte die Ohren nach hinten und schritt weiter voran. Je schneller er den Kerl loswurde, umso besser.

»Johannes, so bleib doch stehen!«, rief Melchior.

Mit einem innerlichen Seufzer wandte sich der Angesprochene um.

»Du musst mich nicht bis nach Meri begleiten.«

Misstrauisch kniff Johannes die Augen zusammen. Was hatte das zu bedeuten?

»Ab hier kenne ich mich wieder aus.«

Johannes neigte den Kopf zur Seite. Was für ein Spiel trieb dieser Bursche mit ihm?

Abwehrend hob Melchior die Hände in die Höhe. »Es war keine Lüge, ich hatte mich wirklich verirrt. Diese Stelle hier erkenne ich aber wieder. Schau, diese vier kleinen Tannen, die so nah beieinanderstehen. Und da der Weg. Den bin ich bereits gegangen.«

Johannes musste sich auf die Zunge beißen, um keine spitze Bemerkung fallen zu lassen.

»Im Augenblick siehst du aus wie ein bockiges Pferd«, bemerkte Melchior. Ein Grinsen machte sich auf seinem Gesicht breit.

Und wie ein bockiges Pferd würde ich dich gerne treten, dachte Johannes mürrisch.

»Es gibt keinen Grund, mir so feindselig gesinnt zu sein«,

sagte Melchior in beschwichtigendem Tonfall. »Es ist nur so, dass dort weiter hinten meine Männer das Lager aufgeschlagen haben. Wenn sie dich sehen, würden sie dich vielleicht als Abendessen wollen, und wie sollte ich deiner reizenden Besitzerin erklären, was mit dir geschehen ist, ohne dass sie mich hasst?«

Johannes' Gesichtszüge entglitten ihm. Melchior war nicht auf Julias Schauspiel hereingefallen.

»Schau nicht so überrascht. Julian hat zu weiche Gesichtszüge für einen Jungen. Die Stimme hat sie gekonnt verstellt, und für eine Weile, ja, da war ich in der Tat etwas unsicher«, lachte Melchior leise auf. »Aber als sie mich umarmt hat, da habe ich etwas gespürt, was auf keinen Fall einem Mann gehören kann.« Er zwinkerte Johannes zu.

Der schürzte drohend seine Lippen. Er hätte dem Mistkerl am liebsten einen Faustschlag verpasst, hätte er Hände gehabt ... oder einen weiteren Tritt in den Hintern. Aber er hatte Julia versprochen, den jungen Mann sicher aus dem Wald hinauszugeleiten, und dieses Versprechen zählte mehr als jeder Zorn.

»Ich spüre deine Feindseligkeit mir gegenüber«, sagte Melchior. »Die ist jedoch völlig unbegründet. Ich bin kein so übler Kerl, wie du denkst.« Seine Stimme hatte ein warmes Timbre und war frei von der Blasiertheit, die zuvor manchmal mitgeschwungen hatte. »Ich mag das Mädchen sehr und würde euch gerne wieder besuchen, sofern ich den Weg zurückfinde ...«

Hoffentlich nicht, dachte Johannes.

»Wie dem auch sei«, meinte Melchior und zog eine Halskette unter dem Hemd hervor. Johannes sah, dass daran ein Ring hing. »Ich möchte dir das mitgeben.« Er löste die Kette von seinem Nacken. Melchior ging vor Johannes auf die Knie, um ihm den Ring vor die Schnauze zu halten.

»Das ist mein Siegelring«, erklärte Melchior. »Der flammende Baum ist unser Familienwappen, und das M unter den Wurzeln steht für meinen Namen.«

Johannes kannte das Wappen. In Meri war es überall zu sehen.

»Ich möchte dir die Kette für das Mädchen, das sich Julian nennt, mitgeben. Wenn sie Hilfe braucht, dann soll sie den Ring vorzeigen und nach mir verlangen.«

Melchior legte die Kette um Johannes' Hals. »Ich hoffe, du kannst ihr das alles erklären.« Er stand auf und kratzte sich etwas ratlos am Kopf. »Keine Ahnung, wie ihr euch verständigt, aber ich glaube, irgendwie macht ihr es möglich.«

Innerlich verdrehte Johannes die Augen. Er dachte nicht daran, Julia den Ring zu zeigen, und schon gar nicht, irgendetwas von dem zu erzählen, was Melchior ihm gesagt hatte.

»Auf bald!« Mit diesen Worten schritt der nervtötende Bursche davon.

Johannes sah ihm nach und hoffte, es würde das letzte Mal sein, dass er ihn sah. Dann machte er sich auf den Rückweg. Sein Schritt wurde immer beschwingter. Heute Nacht war endlich Vollmond. Er malte sich aus, wie es sein würde, endlich wieder auf zwei Beinen zu stehen und zwei Hände zu haben.

Kurz bevor er die Hütte erreichte, scharrte er am Fuße einer Weißtanne ein Loch und schüttelte die Kette über seinen Kopf. Mit der Nasenspitze schubste er das Schmuckstück hinein und vergrub es, so gut er es mit seinem Huf konnte.

Als er die Lichtung betrat, saß Julia im Gras und war gerade dabei, sich einen Kranz aus Blumen zu flechten. Dünne Strahlen der untergehenden Sonne schienen direkt auf sie und tauchten sie in ein warmes, mystisches Licht. Für mehrere Herzschläge blieb Johannes stehen und betrachtete sie. Er kniff die Augen zusammen, um sie gleich wieder zu öffnen. Wie ein Traum erschien ihm die Szenerie. Er konnte sich nicht erinnern, wann seine Schwester derart gelassen und glücklich gewirkt hatte. Mit der falschen Beschuldigung hatte Violetta ihnen einen Gefallen getan. Wenn er jetzt nur er selbst wäre und nicht in dieser vermaledeiten Rehgestalt gefangen … Wut wollte in ihm hochsteigen, aber da drehte Julia sich ihm zu, entdeckte ihn, und ihr Lächeln wurde breiter. Die Wut verflog.

»Die Sonne geht unter«, sagte Julia mit ihrer weichen Stimme.

»Ja«, lächelte Johannes. »Wollen wir draußen warten und etwas essen?«

Julia nickte. Sie stellte sich ein bescheidenes Mahl aus Käse, Beeren und Trockenfleisch zusammen. Johannes knabberte neben ihr ein paar Grashalme und naschte von den Beeren. Viel essen mochte er nicht, und auch Julia schien keinen rechten Appetit zu haben. Er sprach sie darauf an.

»Mein Herz schlägt mir bis zum Hals«, gestand sie ihm. »Ich hoffe und fürchte die Nacht so sehr.«

»Du zweifelst, dass ich ein Mensch werde?«, schlussfolgerte Johannes.

Julia nickte.

»Ich auch«, gestand Johannes. Und um ein heiteres Thema anzuschlagen, fügte er hinzu: »Erinnerst du dich, wie Vater mir beibrachte, ein Feuer zu machen?« Johannes legte sich auf den Boden.

Julia lächelte. »Selbstverständlich. Es war einer der schönsten Abende, an die ich mich erinnern kann. Er hat uns von seinen Reisen berichtet, von den Abenteuern.«

»Ob er wirklich alles so erlebt hat, wie er uns erzählte?«, fragte Johannes, doch ehe Julia antworten konnte, fuhr er fort: »Für mich war er immer ein Held, und dann, als er sich von diesen Banditen töten ließ, war ich enttäuscht von ihm.« Johannes sah seine Schwester nicht an, während er sprach. Sein Blick war in die Ferne gerichtet, die Augen schimmerten feucht. Er blinzelte drei, vier Mal heftig. Seit er denken konnte, hatte er zu seinem Vater aufgesehen. Richard Kaufmann, groß, blond, mutig, stolz. In seinen Augen der perfekte Mann – aber was hatte Ludwig gesagt? Der Stolz sei der Untergang des Vaters gewesen. Johannes gefiel dieser Gedanke nicht, aber er berührte auch etwas in ihm. Etwas, das ihm sagte, dass ein Körnchen Wahrheit darin lag.

»Er war nur ein Mensch, Johannes. Wie du und ich, so hatte auch er seine Schwächen«, riss Julia ihn aus seinen Gedanken.

Johannes seufzte. »Ich denke gerade an Ludwigs Worte. An die falsche Tapferkeit, wie er es genannt hat. Denkst du, mein Stolz ist schuld daran, dass ich jetzt bin, was ich bin?« Er fixierte Julia. Ihm entging nicht, dass sie einen Moment lang auf ihre Unterlippe biss, ehe sie den Kopf schüttelte.

»Rosa hat stets einen Grund gesucht, sich auf eine einfache Weise unserer zu entledigen. Sie hatte nicht den Mut, uns zu töten. Violettas Lüge kam ihr gerade recht.«

Was seine Schwester sagte, stimmte, aber er glaubte auch, dass sein Stolz einen Teil dazu beigetragen hatte.

»Sieh nur!«, hauchte Julia. Ihr ausgestreckter Zeigefinger deutete zum Himmel, der sich erst rosa, dann rot färbte, als würde die versinkende Sonne blutige Tränen weinen.

Johannes' Herz hämmerte hart in seiner Brust. »Ist es wirklich möglich …«, brachte er mit brüchiger Stimme hervor.

»Ich hoffe es«, flüsterte Julia hoffnungsvoll.

Johannes hielt den Atem an, als die Sonne hinter den Bäumen verschwand und der Mond sich über den Wipfeln zeigte. Sein Puls raste. Er sah zu Julia, die ihn erwartungsvoll anschaute.

»Ich bin immer noch ein Reh …« Es war keine richtige Frage, eher eine Feststellung. Johannes' Kopf sank enttäuscht auf seine Vorderläufe.

»Es tut mir leid«, sagte Julia, und kaum hatte sie die Worte ausgesprochen, durchzuckte Johannes ein Schmerzensblitz, der seinen Rehkörper erzittern ließ. Das Fell fiel von ihm ab wie ein Mantel, den er einfach abstreifte. Johannes blickte ungläubig auf seine Arme, seine Hände. Vorsichtig stützte er sich ab, um sich aufzurichten. Auf wackligen Beinen stehend betrachtete er seinen nackten Körper voller Glückseligkeit.

Er sah zu Julia, die mit Tränen der Freude in den Augen dastand und ein breites Lächeln auf den Lippen trug.

»Julchen, mein Julchen.« Johannes breitete die Arme aus.

Seine Schwester fiel ihm stürmisch um den Hals. Lachend schaffte er es gerade noch so, stehen zu bleiben.

Julia errötete und löste sich aus der Umarmung. »Du bist nackt«, sagte sie.

Nun wurde auch Johannes verlegen. Schnell legte er seine Hände über sein Geschlecht.

»Es tut mir leid, ich war so außer mir vor Freude.« Er schüttelte grinsend den Kopf. »Julchen, ich brauche Kleidung!«

»*Die* trage ich«, neckte sie ihren Bruder. »Soll ich dir mein Kleid holen?«

»Ludwig hat mehr als nur eine Hose und ein Hemd gebracht«, erinnerte Johannes seine Schwester.

»Ich hätte dich gern im Kleid gesehen«, kicherte sie.

»Die Waldluft lässt dich unverschämt werden«, schimpfte Johannes spielerisch.

»Kann sein«, rief Julia und hüpfte bereits wie ein kleines Mädchen freudig davon, um ihrem Bruder die Kleidung zu holen. Wenig später kehrte sie zu Johannes zurück. Während er sich anzog, blickte sie auf ihre Füße hinunter.

»Was für ein Gefühl«, jubilierte Johannes. »Stoff auf meiner Haut. Ach, wie sehr wünschte ich mir, ein Mensch zu bleiben.«

»Es wäre zu schön«, seufzte Julia. Sie ließ sich auf den Boden sinken. Ihr Bruder tat es ihr gleich. Knie an Knie saßen sie einander gegenüber.

»Hat Melchior noch irgendetwas gesagt?«, fragte Julia.

»Seinen Dank, das ist alles«, erwiderte ihr Bruder.

Enttäuschung flutete sie. »Denkst du, er wird wieder hierherkommen?«

Johannes zuckte mit den Schultern.

Julia seufzte. Ein Seufzer, der ihrem Bruder sauer aufstieß.

»Er hat dir gefallen, nicht wahr?«

Julia blickte schräg zu ihm auf. Der Mond beschien ihr Gesicht gerade so gut, dass er sehen konnte, wie rot ihre Wangen waren. »Fragst du dich nie, wie es sein könnte, mit einer Frau zusammen zu sein?«, fragte Julia zögerlich. »Sie zu küssen … mit ihr …«

»… zu schlafen«, ergänzte Johannes.

Seine Schwester nickte.

»Soll ich dir etwas verraten?«, fragte er und beugte sich dabei verschwörerisch vor.

»Du hast es schon gemacht?«

Johannes schüttelte den Kopf. »Aber zugesehen. Manchmal, wenn ich Ludwig in die Stadt begleitete, hat er Wichtiges zu tun, bei dem ich nicht dabei sein kann. Irgendwann bin ich ihm heimlich gefolgt bis zu einem Freudenhaus. Du weißt, was das ist?«

»Nein.«

»Frauen bieten dort gegen Geld ihre Dienste an«, erklärte Johannes. »Ich bin auf eine Mauer geklettert und habe durch ein Fenster geblickt.«

»Und was hast du gesehen?«, wollte Julia wissen, die fast vor Spannung platzte. »Ludwig und eine Frau?«

Ihr Bruder lachte auf. »Gott sei Dank nein. Es waren mir Unbekannte, die sich miteinander vergnügten. Sie küssten sich, und die Frau beglückte den Mann mit dem Mund.«

Julia runzelte die Stirn.

»Das ist wie ein Kuss, aber weiter unten.« Er deutete zu seinem Schritt.

Julias Wangen brannten heiß, hatte sie doch gerade erst ihren Bruder vollkommen nackt gesehen. »Ist das nicht merkwürdig?«, fragte sie ihn.

»Und wie, aber ihm schien es viel Vergnügen zu bereiten«, grinste Johannes breit.

»Hast du schon einmal ein Mädchen geküsst?«, fragte Julia weiter.

»Ja.«

»Wen?«

»Ein Mädchen in der Stadt, Josefina. Wir kamen ins Gespräch, als ich auf Ludwig wartete.« Johannes' Blick schweifte in die Ferne. »Es war ein schöner Kuss gewesen.«

»Hast du sie wiedergesehen? Warst du in sie verliebt?«

»Nein, ich wollte, ehrlich gesagt, einfach einmal ein Mädchen küssen«, gestand er ihr.

Julia seufzte sehnsüchtig.

»Soll ich dich küssen?«, fragte Johannes.

»Du bist mein Bruder!« Julia schüttelte den Kopf.

»Findest du mich so abstoßend?«, fragte er halb neckend, halb ernst.

»Nein, aber es wäre eigenartig«, überlegte Julia und tippte sich mit dem Zeigefinger gegen die Lippen. »Obwohl ich schon gerne wüsste, wie so ein Kuss ist.« Sie ließ den Finger sinken. Johannes nutzte den Augenblick und küsste sie schnell auf den Mund.

Ein Schauer jagte Julias Rücken hinunter. Die Lippen ihres Bruders waren angenehm weich und warm.

»Das ist seltsam und zugleich schön«, kicherte sie.

Johannes lächelte zwinkernd. »Jetzt weißt du, wie es geht.«

Obwohl Julia und ihr Bruder die Nacht, in der er ein Mensch war, nutzen wollten, wurden sie irgendwann müde, ob sie es wollten oder nicht. Sie begaben sich in die Kate und kuschelten sich nebeneinander in die Felle.

11. Kapitel

Eigentlich wollte Johannes so lange wie möglich wach bleiben, um seine kurze Zeit als Mensch richtig auskosten zu können, aber er schlief noch vor seiner Schwester ein. Während Julia seinen regelmäßigen Atemzügen lauschte, kreisten ihre Gedanken um den bevorstehenden Winter. Würden sie ihn überstehen, ohne zu erfrieren oder zu verhungern? Und wenn der Winter einmal vorbei war, würde der nächste nicht auf sich warten lassen. Julia fühlte sich mittlerweile zwar wohl im Wald, aber auf immer in der Abgeschiedenheit zu leben? Nein, das entsprach nicht ihrer Vorstellung vom Leben. Aber wo sonst konnte sie mit Johannes, einem Reh, ein Dasein führen?

Mit einem Mal fühlte es sich für sie an, als hätte Rosa über sie gesiegt und würde triumphierend ihre Faust um ihr Herz schließen. Ein Gedanke, der unbequem war wie ein Steinchen im Schuh. Julia versuchte ihn abzuschütteln. Sie entschied, dass noch nicht aller Tage Abend war! Vielleicht würde es irgendwo jemanden oder etwas gegen den Fluch geben, und darum sollte sie sich kümmern. Nicht darum, ob Rosa gewonnen hatte.

Mit diesem Gedanken glitt Julia schließlich in die Traumwelt. Sie stand mit Melchior auf der Lichtung. Von Johannes fehlte jede Spur.

»Konzentrier dich!«, wies Melchior sie sanft an. Seine Lippen kitzelten ihren Ohrenbogen, während sich sein Körper gegen den ihren presste.

»Du konzentrierst dich nicht richtig«, bemängelte er. Erneut streiften seine Lippen ihr Ohr. Es fühlte sich wie eine Liebkosung an. Mit seiner Nähe, der Wärme seines Körpers, brachte er sie fast um den Verstand. Sie stellte sich vor, wie es sein könnte, wenn sie seine vollen Lippen küsste.

»Auf was wartest du?«, fragte Melchior. Seine tiefe Stimme war rau, auffordernd und anzüglich zugleich.

Julia warf Bogen und Pfeil von sich.

»Julia …« Weiter kam er nicht. Julia stellte sich auf die Zehenspitzen. Die Hände auf seinen Schultern, so drückte sie hungrig ihren Mund auf den seinen.

»O Julia!«, keuchte Melchior, als sie den Kuss beendete. Er kannte ihren Namen, hielt sie nicht für einen Jungen.

Diese Erkenntnis katapultierte Julia aus ihrem Traum. Sie schreckte hoch. Verwirrt und erregt zugleich. Ihre Fingerspitzen tasteten über ihre Lippen, die sich geschwollen wie von einem leidenschaftlichen Kuss anfühlten. Es war selbstverständlich Einbildung und dennoch … Der Traum hatte etwas in ihr geweckt, das eine Art Sehnsucht in ihr auslöste.

Ihr Blick fiel auf ihren Bruder, der immer noch schlief. Julia erhob sich vom Nachtlager und trat hinaus vor die Kate. Sie ging ein paar Schritte, bis sie zu der Lichtung kam. Kühle Nachtluft streichelte ihr Gesicht. Sie fröstelte und blickte zum Himmel hinauf. Der Mond begann seine Wanderung abwärts. Es würde nicht mehr lange dauern, und der neue Tag würde anbrechen. Julia beschloss, zurück in die Hütte zu gehen und ihren Bruder zu wecken. Bestimmt wollte er seine Menschengestalt noch etwas auskosten.

Gerade als sie sich abdrehte, hörte sie Stimmen. Laute, grölende Stimmen. Ihr Herzschlag setzte aus. Ihre Gedanken indes überschlugen sich. Zwischen den Bäumen sah sie Lichter, die von Fackeln oder vielleicht auch von Laternen herrührten. Endlich erwachte Julia aus ihrer Erstarrung. Sie rannte in die Hütte und rüttelte an Johannes' Schultern.

Benommen setzte dieser sich auf.

»Da kommen Leute, den Stimmen nach sind es Männer!«, rief sie aufgeregt.

Johannes blinzelte, dann kamen ihre Worte endlich in seinem schlaftrunkenen Geist an. Sofort war er hellwach, sprang auf.

»Was wollen wir machen?«, fragte Julia besorgt. Bis eben noch hatte sie sich hier geborgen und sicher gefühlt, und nun … Es war so, als wäre Johannes und ihr keine Ruhe vergönnt.

»Wir gehen hinaus«, flüsterte ihr Bruder. »Folg mir.« Er öffnete vorsichtig die Tür. Zwischen den Bäumen waren Schatten auszumachen.

»Sehen sie uns?«, fragte Julia ängstlich.

Statt zu antworten, packte Johannes sie an der Hand und zog sie hinter die Kate zur Quelle. Auf dem Weg dorthin ließ er sie los, um seine beiden Hände in den weichen Humus des Beetes zu graben. Ehe Julia sich versah, hatte er ihr Erde ins Gesicht geklatscht.

»Was soll das?«, wisperte sie aufgebracht.

»Tarnung«, antwortete Johannes. »Damit niemand sieht, dass du eine Frau bist.«

»Aber Melch…«

»Hat die Maskerade durchschaut«, fiel Johannes ihr ins Wort. »Er hat es mir gesagt.« Er packte Julia am Handgelenk und zerrte sie mit sich hinter einige Sträucher.

»Er hat dir das gesagt?«, fragte Julia irritiert.

»Es war wohl mehr ein Selbstgespräch als eine Unterhaltung mit mir. Schließlich habe ich brav das Reh gemimt.«

Julia fiel der säuerliche Tonfall in seiner Stimme auf. »Du magst ihn nicht«, stellte sie fest.

»Nein, aber das spielt keine Rolle«, meinte Johannes. »Wichtiger ist, wer diese Gestalten sind.« Er lugte vorsichtig hinter einem Gebüsch hervor.

»Schönes Plätzchen«, sagte eine tief dröhnende Stimme, und eine andere meinte: »Erik, ich habe vorhin etwas gesehen.

Ich könnte schwören, da hat sich jemand aus der Hütte geschlichen.«

Julias Herz krampfte sich zusammen. Aus geweiteten Augen sah sie ihren Bruder an. Er war blass.

»Ansgar, Malte, schaut euch um. Raik und ich überprüfen die Hütte.«

»Wird gemacht!« Die Geräusche von schnellen, schweren Schritten erfüllten die Nacht.

»Wir sollten weg«, raunte Julia.

Johannes nickte. »Aber langsam und vorsichtig.«

Sie waren nicht weit gekommen, als Julia auf einen Ast trat, der zerbrach. Das Knacken klang in der Stille der Dunkelheit unendlich laut. Entsetzt schlug sie die Hände vor den Mund, um nicht aufzuschreien. Sie verharrte und mit ihr Johannes.

»Da war etwas!«, hörten sie einen der Männer sagen. Und dann waren die Schritte plötzlich ganz nahe.

»Lauf!«, flüsterte Johannes. Julia rannte los. Er überholte sie und rief: »Schneller!«

Sie biss die Zähne zusammen, beschleunigte. Doch es reichte nicht. Jemand warf sich auf sie und riss sie zu Boden. Sämtliche Luft wich aus ihren Lungen.

Johannes blieb stehen, sah sich suchend um und entdeckte einen Ast. Er hob ihn auf und näherte sich dem grobschlächtigen Kerl, der auf seiner Schwester lag. Der Unbekannte richtete sich auf, packte Julia am Kragen ihres Hemdes und zwang sie, aufzustehen. Mit schmerzverzerrtem Gesicht erhob sie sich. Alles tat ihr weh.

»Leg den Ast zur Seite, Bürschchen«, sagte der Mann. Er war größer als Johannes und bewaffnet. An seinem Gürtel steckte ein Halfter mit einem Dolch. Von seinem Nasenrücken aus zog sich eine wulstige Narbe über die linke Gesichtshälfte.

»Nein«, sagte Johannes, den Ast hoch erhoben.

»Ich werde dem Kleinen hier den Hals brechen, wenn du den Stock nicht fallen lässt.«

Johannes' Eingeweide zogen sich zusammen. Unwillkürlich musste er daran denken, wie er schon einmal versucht hatte, mit einem Ast Schwert zu spielen. Er erinnerte sich auch an den Ausgang der Geschichte und Ludwigs Worte über falschen Stolz. Er sah Julias ängstlichen Blick. Mit einem Schnauben ließ er den Ast zu Boden fallen.

»Männer, kommt her. Ich habe hier zwei gefunden.«

Es dauerte nicht lange, und die drei anderen kamen hinzu. Julia wurde von dem Narbengesicht grob am Arm festgehalten, während Johannes mit geballten Fäusten dastand und sich so ohnmächtig fühlte wie nie zuvor. Der Mond war kaum noch zu sehen, und ihm war klar, dass er jeden Augenblick wieder zu einem Reh werden würde.

Die drei anderen Kerle waren genauso groß und breit gebaut wie ihr Kumpan. An ihren Gurten hingen Schwerter, und einer trug sogar eine Armbrust bei sich.

»Was seid ihr für welche?«, fragte der Mann mit dem dunklen schulterlangen Haar. Er besaß kleine listige Augen und eine markante Adlernase über einem schmalen Mund. Seine Stimme war dröhnend. Er packte Julia am Kinn und starrte sie mit zusammengezogenen Brauen an. »Was bist du für ein schmutziger, kleiner Bastard?« Sein Atem roch nach Bier.

Angewidert hätte sich Julia am liebsten abgedreht, aber ihr war klar, dass es ein Fehler wäre.

»Er kann nicht reden«, warf Johannes ein.

»Und wer bist du?« Der Kerl – Johannes glaubte sich zu erinnern, dass die anderen ihn Erik genannt hatten – drehte sich von Julia ab.

»Sein Bruder«, antwortete Johannes, und mutig fügte er an: »Und wer seid ihr?«

Erik und seine Freunde brachen in Gelächter aus. »Das geht dich einen Dreck an!«, herrschte der Riese ihn an. Er trat vor Johannes, sodass nur noch eine Armeslänge sie trennte.

Johannes' Herzschlag stockte, als er die Kette um den Hals des

Mannes sah. Ein keltisches Kreuz, wie es sein Vater getragen hatte. Ein Geschenk eines Priesters aus Irland, so hatte es ihm sein Vater erzählt. Johannes konnte sich gut daran erinnern, dass sein Vater den Anhänger unter dem Hemd getragen hatte. Das Kreuz zeigte auf der Rückseite eine Triqueta, das Zeichen der Dreifaltigkeit.

»Was ist auf der Rückseite?«, fragte Johannes.

»Von was?«, fragte der Kerl.

»Des Kreuzes, das du trägst. Woher hast du es?«

Der Mann blickte auf seine Brust und nahm das Kreuz in die Hand. »Hübsch, nicht? Hab es vor Jahren einem reichen Kaufmann abgenommen, der es nicht mehr brauchte.« Er drehte es hin und her, und im Schein des Mondes sah Johannes, dass in das Kreuz die Triqueta eingeprägt war. Er hatte das Gefühl, der Boden würde unter seinen Füßen weggezogen. Das war die Räuberbande, die seinen Vater auf dem Gewissen hatte! Johannes stützte sich an einem Baumstamm ab. Er presste die Lippen fest aufeinander und schluckte aufsteigende Tränen der Wut hinunter.

»Was ist, Kleiner, ist dir nicht gut?«

»Mörder!«, stieß Johannes zwischen zusammengebissenen Zähnen hervor.

»Was war das?«, fragte Erik. Er legte Johannes eine seiner Pranken auf die Schulter und drückte zu.

Johannes schrie: »Mörder!« Er griff nach dem Dolch im Halfter des Mannes, zog ihn heraus und stieß damit zu. Der Räuber wich aus, aber die Klinge verletzte ihn an der Seite.

»Hurensohn!«, fluchte der Mann und schlug Johannes den Dolch aus der Hand.

»Mach ihn fertig, Erik«, grölten die anderen.

Erik schwang seine Faust und traf Johannes in den Bauch. Dieser sackte zusammen.

Julia schrie auf.

Erstaunt drehte Erik sich zu ihr um. »Soso, ich dachte, du kannst nicht sprechen.«

Julia brannten Tränen in den Augen. Sie antwortete nicht.

»Ansgar, war das der Schrei eines Jungen?«, fragte Erik mit einem breiten Grinsen.

»Verdammt, nein, das klang wie ein Mädchen«, erwiderte der Angesprochene.

»Ja, den Eindruck hatte ich auch«, meinte Erik, während er auf Julia zuging.

Ihr Herz wummerte schnell in der Brust.

Erik zog aus seiner Hosentasche ein Tuch, das schon ziemlich schmutzig war. Er spuckte hinein und wischte Julia damit über das Gesicht, die sich heftig wehrte, aber von Ansgar festgehalten wurde. Die Tränen, die über ihre Wangen liefen, vermischten sich mit Eriks Speichel.

»Ich glaube, unter dem Dreck versteckt sich etwas ganz Hübsches«, meinte der Räuber, und an seine Kumpels gewandt sagte er: »Es wird doch wieder Zeit, dass wir etwas Hübsches bekommen. Habe ich recht?«

»O ja«, stimmten ihm seine Begleiter zu.

Julia schrie um Hilfe und sah sich nach Johannes um. Der rappelte sich auf, sammelte all seine Kraft und sprang Erik von hinten an, der nach vorne niederfiel. Die beiden Männer rangen miteinander, wanden sich auf dem Boden. Doch bald lag Johannes unten, und Erik ließ seine Fäuste auf ihn niederprasseln.

Julia schrie und weinte. Sie versuchte, sich zu befreien, aber sie hatte keine Chance gegen den starken Räuber, der sie festhielt.

»Du bist eine richtige Wildkatze. Ich freue mich schon auf dich«, flüsterte ihr Ansgar ins Ohr.

»Nein!« Julia trat blindlings nach hinten aus und traf den Banditen. Überrascht von ihrer Gegenwehr ließ er sie los. Julia sprang vorwärts, stürzte sich auf Erik und krallte sich in seine Schultern, damit er von ihrem Bruder abließ. Erik brach in Gelächter aus. »Hör auf mit der Liebkosung, Mädchen.« Mit

Julia auf seinem Rücken stand er auf. »Kann mir jemand die Kleine abnehmen?«, fragte er in die Runde. Der Anführer gebärdete sich, als wäre Julia nichts weiter als eine lästige Fliege.

»Komm.« Ansgar packte sie und zog sie von Erik herunter.

Fassungslos sah Julia, wie ihr Bruder zusammengekauert am Boden lag. Er hatte im Gesicht mehrere Blessuren und rührte sich nicht mehr.

»Du hast ihn umgebracht!«, schrie sie außer sich. »Du hast ihn getötet, du Scheusal!«

»Schafft das Mädchen in die Hütte«, schnaubte Erik. »Das Geschrei ist schauderhaft.«

Ansgar schulterte die sich wehrende Julia wie einen Sack Getreide.

»Und rühr sie nicht an!«, brüllte Erik ihm hinterher.

»Aber …«, wollte Ansgar einwenden, doch der Anführer der Bande fuhr ihm harsch über den Mund. »Du weißt genau, ich will keine, in der dein dreckiger Schwanz zuerst drin war.«

Malte und Raik grölten.

»Das Gleiche gilt auch für eure Schwänze!«, knurrte Erik.

Julia trommelte wütend mit den Fäusten auf Ansgars Rücken, aber ihre Schläge schienen ihn kein bisschen zu beeindrucken. Er trug sie in die Hütte und warf sie dort auf das Nachtlager.

Julia war angsterfüllt. Tränen strömten ihr über die Wangen, und als Ansgar sich zu ihr aufs Lager gesellte, eine Hand auf ihren Mund drückte, hämmerte ihr Herz so schnell und heftig, dass sie glaubte, es würde zerspringen.

Ansgar rollte seinen schweren Körper auf sie. Durch den Stoff seiner Hose drückte eine mächtige Erektion. Julia wand sich unter ihm, versuchte sich zu befreien, aber der Mann hatte viel mehr Kraft und Gewicht. Während die eine Hand auf ihrem Mund blieb, wanderte die andere unter ihr Hemd, befingerte derb ihren Busen.

»Davon hat Erik nichts gesagt«, lachte Ansgar.

Julia drehte ihr Gesicht zur Seite. Sie wollte den widerlichen Kerl nicht anschauen. Ihr Blick ging zum Fenster. Der Himmel verfärbte sich. Das erste Tageslicht schob sich in die Nacht hinein.

Johannes war nicht tot, aber alles tat ihm weh. Erik hatte einen kräftigen Schlag.

»Steh auf, Bürschchen«, forderte der Schurke. »Ich weiß, dass du noch lebst.«

Johannes öffnete seine Augen. Er sah den riesigen Mann, mit dem Kreuz seines Vaters um den Hals. Tränen der Wut füllten seine Augen. Als Kind war er hilflos gewesen, als sein Vater auf dem Weg nach Hause getötet wurde, er war hilflos gewesen, als Julia und er von Rosa drangsaliert wurden, und er war hilflos in ein Reh verwandelt worden, hilflos, als er und seine Schwester aus dem Haus, das eigentlich ihnen zustand, hinausgeworfen wurden. Und sich nun wieder in genau dieser Situation zu finden, war unendlich schmerzvoll. Noch mehr schmerzte ihn die Erkenntnis, dass Julia diesen Dreckskerlen ausgeliefert sein würde, und es blieb ihm nicht mehr viel Zeit, bis die Sonne ihren Platz am Himmel zurückeroberte.

»Nein!«, schrie Johannes wütend auf.

Erik zog die Augenbrauen zusammen. »Was war das?«

Schwankend erhob sich Johannes.

Erik trat einen Schritt vor, die Faust erhoben, als ein Schauer durch Johannes' Körper jagte.

Würde ich mich doch bloß in ein gefährliches Tier verwandeln, dachte er, ehe ein erneuter Schrei aus seiner Kehle drang und die Verwandlung einsetzte.

»Was stimmt nicht mit dir?«, herrschte Erik ihn an, und auch seine Gefolgsleute wurden unruhig.

»Der ist doch krank«, meinte Raik.

»Beim Leibhaftigen«, stieß Malte aus, als Johannes' Haut aufplatzte und darunter Fell zum Vorschein kam.

»Das ist ein Mannwolf!«, schrie Raik.

»Unfug, so etwas gibt es nicht«, widersprach Malte, aber das Zittern in seiner Stimme strafte ihn Lügen.

Als Johannes dann jedoch als Reh vor ihnen stand, brach Erik in schallendes Gelächter aus. »Und was willst du jetzt, Reh? Uns angreifen?«

Raik und Malte fielen ebenfalls in seinen Spott ein.

»Oh, wird uns das böse Reh jetzt windelweich prügeln?«, höhnte Malte.

Johannes hätte es gerne getan, aber er konnte seine Möglichkeiten wirklichkeitsnah abschätzen, so sehr es ihn auch fuchste. Er sah nur einen einzigen Ausweg: Flucht. Er rannte los, hielt aber kurz bei dem Baum an, wo er den Ring vergraben hatte, und war froh, dass er ihn nicht sonderlich sorgfältig und tief verscharrt hatte. Er schnappte sich die Kette und lief weiter. Hinter sich hörte er die aufgebrachten Stimmen der Banditen. Ein Pfeil raste knapp an seinem Kopf vorbei. Johannes rannte schneller, als er je zuvor in seinem Leben gerannt war. Einmal wagte er einen kurzen Blick hinter sich und stellte erleichtert fest, dass die Halunken ihn nicht weiter verfolgten. Trotzdem verlangsamte er sein Tempo nicht. Er musste Hilfe holen. Alleine konnte er es mit den Kerlen nicht aufnehmen.

12. Kapitel

Julia schloss die Augen, als Ansgar ihr die Kleider vom Leib riss. Sie zitterte am ganzen Körper. Wie ein hungriger Wolf war er auf allen vieren über sie gebeugt.

»Was für ein hübscher, junger Leib«, sagte er mit Gier in der Stimme.

Julia hörte Stoff rascheln. Sie verkrampfte sich, kniff die Augen zusammen und ballte die Hände zu Fäusten.

»Bitte nicht«, wimmerte sie.

»Keine Sorge, süßes Mädchen. Ich steck ihn nicht in dich rein. Erik würde ihn mir abschneiden, darauf lass ich's nicht ankommen.« Ansgar schob seinen Worten ein widerliches Lachen nach, das Julia eine Gänsehaut bescherte. Sie kniff ihre Augen noch fester zusammen, versuchte, sich an einen anderen Ort zu träumen … Eine Weile gelang ihr das auch, doch als der Atem des Banditen schneller und lauter wurde, platzte der Tagtraum. Die Wirklichkeit hatte sie wieder eingeholt.

»O ja«, schnaufte Ansgar schließlich und rollte sich grunzend von ihr herunter.

Julia öffnete ihre Augen. Ihr Körper bebte vor Scham und Ekel. Der Bandit wälzte sich mit einem zufriedenen Seufzer neben sie auf das Lager. Angespannt wartete Julia ab. Als Ansgar zu schnarchen begann, stand sie vorsichtig auf. Gerne hätte sie sich angekleidet, aber der Bandit lag auf ihren Sachen. Verzagt presste sie die Lippen zusammen. Sie ließ ihren Blick durch die Hütte schweifen, bis sie das Messer entdeckte. Es lag verheißungsvoll auf der Tischplatte. Ihre Finger schlossen sich um den Griff.

»Wag es nicht abzuhauen!«, rief Ansgar in diesem Moment.

Wie versteinert, den Rücken dem Banditen zugewandt, stand Julia da, die Waffe in der Hand. Sie konnte hören, wie Ansgar aufstand. Der Holzboden knarrte unter seinen Füßen.

»Dreh dich um!«, bellte er.

Julia gefror das Blut in den Adern. Angst und Wut erfüllten sie. Als eine Träne über ihre Wange rollte, biss sie sich entschlossen auf die Unterlippe. Sie atmete tief ein. Blitzschnell fuhr sie herum.

»Leg das Mess…« Weiter kam Ansgar nicht.

Julia machte einen Ausfallschritt und stach zu. Erschrocken keuchte sie auf, als die Klinge in das Fleisch eindrang. Sofort ließ sie das Messer los. Der Räuber heulte vor Schmerz auf.

»Verdammte Schlampe!« Er holte mit der Hand aus und verpasste Julia eine schallende Ohrfeige, die sie zu Boden warf. Die Welt drehte sich vor ihren Augen.

»Was ist hier los?« Erik stürmte in die Kate, gefolgt von Malte und Raik.

»Die Hure hat das Messer in mich gerammt!« Ansgar hielt beide Hände auf die Wunde in seinem Bauch. Blut quoll daraus hervor, tränkte seine Hände.

»Warum ist sie nackt?«, verlangte Erik zu wissen. »Hast du sie gefickt?«

»Verflucht, nein«, erwiderte der Jüngere. »Verdammt, hilft mir denn keiner von euch? Ich verblute.«

Wie eine Giftschlange schlich sich eine bösartige Idee in Julias Kopf hinein, und ehe sie sichs versah, rief sie: »Doch, das hat er!«

»Lügnerin!«, keifte Ansgar.

»*Er* lügt«, behauptete Julia weinend.

Erik ging mit schnellem Schritt auf Ansgar zu. »Es ist mein Anrecht als Anführer, die Schönen als Erster zu nehmen!«

»Ich habe sie nicht bestiegen«, verteidigte sich der Beschuldigte. »Ich habe nur etwas geguckt und gegrapscht.«

»Verdammter geiler Bock«, fluchte Erik. »Ich will, dass du sie rausbringst und sie wäschst.«

Julia hätte am liebsten laut aufgeheult. Die Banditen waren ein verschworener Haufen und ließen sich nicht gegeneinander aufbringen.

»Und was ist mit meiner Verletzung?«, warf Ansgar ein.

Erik hob das Hemd seines Kumpanes hoch und sah sich die Wunde genauer an.

»Ein Kratzer«, meinte er. »Sei kein Mädchen. Blutet kaum noch.«

»Und was ist mit dem Jungen?«, wollte Ansgar wissen.

»Das wirst du nicht glauben, wenn wir es dir erzählen«, antwortete Erik.

Malte lachte. »Das Bürschchen hat sich vor unseren Augen in ein Reh verwandelt und ist abgehauen.«

Julia atmete auf. Johannes lebte also noch!

»Wir sollten nicht allzu lange hierbleiben«, sagte Erik. »Wer weiß, wen er zu Hilfe holt.«

»Niemanden!«, rief Julia. »Er ist ein Reh und wird es bleiben bis zum nächsten Vollmond.« Sie brach in Tränen aus. Sie wollte auf keinen Fall von hier weg, falls Johannes zurückkehren würde. Rehgestalt hin oder her, vielleicht würde er ihr trotzdem helfen können, aus den Klauen der Räuber zu entkommen.

Die Banditen sahen sie erstaunt und zweifelnd zugleich an.

»Eine Hexe hat ihn verflucht«, schluchzte Julia.

»Ich glaub ihr kein Wort«, sagte Ansgar. »Sie hat eben behauptet, ich hätte meinen Schwanz in sie gesteckt.«

»Eine Lüge, die ich durchschaut habe«, sagte Erik jovial. »Doch jetzt sagt sie die Wahrheit, das weiß ich. Also wasch sie!«

Ansgar packte Julia am Arm. »Komm.«

»Raik, begleite die beiden. Wir wollen ja nicht, dass Ansgars Schwanz am Ende doch noch in ihrer Ritze landet.« Erik lachte. »Ich lege mich derweilen aufs Ohr.«

Julia wurde grob von Ansgar nach draußen gezogen. Raik folgte ihnen.

»Erst wasche ich meine Wunde«, stellte der Bandit klar und stieß Julia seinem Kumpel zu.

Raik – er war der Schmächtigste der vier, wobei er im Vergleich zu Johannes immer noch ein Bär von einem Mann war – nahm sie in seine Arme und presste seine Lippen auf die ihren.

Als Julia ihr Gesicht abdrehen wollte, packte er sie grob am Kinn und schob seine Zunge energisch in ihren Mund. Julia glaubte, vor Widerwillen ersticken zu müssen. Gerade als sie dachte, die Luft würde ihr ausgehen, ließ er von ihr ab.

»Sie schmeckt süß wie eine Torte«, lachte Raik.

»Was weißt du schon von Torten«, meinte Ansgar und wusch sich die Wunde sauber.

Enttäuscht konnte Julia sehen, dass sie ihn wirklich nicht ernsthaft verletzt hatte. Die Wunde hatte durch die starke Blutung schlimmer ausgesehen, als sie war.

»So viel wie du von Frauen«, lachte Raik.

Als Ansgar fertig war, gab er Raik ein Zeichen, dass der ihm Julia zuschieben sollte.

Ein dicker Kloß steckte in Julias Kehle, als Ansgar sie grob am Arm packte. Ihr war nach Weinen zumute, aber es kamen keine Tränen mehr. Sie waren versiegt, als hätte sie in der vergangenen Zeit zu viel geweint.

»Los, wasch dich!«, herrschte der Räuber sie an. Damit hatte Julia nicht gerechnet. Sie dachte, er würde die Gelegenheit nutzen, sie erneut zu betatschen, aber vielleicht war ihm die Lust vergangen, nachdem sie ihm die Verletzung zugefügt hatte.

»Na los, worauf wartest du?« Ansgars braune Augen verdunkelten sich. Der schmale Mund zuckte ungeduldig.

Julia nickte und begann sofort, sich zu säubern.

»Zum Henker, bin ich müde«, ließ Raik verlauten. Seine Stimme war heller als die der anderen.

»Ich auch, ich auch«, gähnte Ansgar. »Aber hätten wir eher Rast gemacht, hätten uns die Männer des Königs erwischt.«

Julia hielt kurz inne und spitzte die Ohren. Bestand eine Möglichkeit, doch noch Hilfe zu bekommen? Sie presste die Lippen fest aufeinander und schickte ein Stoßgebet zum Himmel, Gott möge ihr wenigstens einmal wohlgesonnen sein.

»Verdammt, so nahe sind sie uns noch nie gekommen«, fluchte Raik. »Erik hätte nie die Kutsche der Prinzessin überfallen sollen.«

Ein Schauer rieselte Julias Rücken hinunter. Was war mit der Prinzessin geschehen?

»Sie war es aber wert, oder hattest du keinen Spaß?«, fragte Ansgar.

Raik kicherte fast wie ein Mädchen. »O doch. Sie war das schönste Weib, das ich je gesehen habe.«

Julia verkrampfte sich. Das Herz in ihrer Brust machte einen Satz. Sie drehte sich langsam zu den Männern um.

»Was … was habt ihr mit ihr gemacht?« Die Worte rutschten einfach heraus, und noch während sie sprach, hätte sie sie gerne zurückgeholt. Einerseits weil sie befürchtete, den Zorn der Räuber auf sich zu ziehen, andererseits – und das war wohl der Hauptgrund – weil sie Angst davor hatte, dasselbe Schicksal zu erleiden.

»Wir haben sie zu Tode gefickt.« Ansgars breiter Mund verzog sich zu einem animalisch lüsternen Grinsen.

Julia verschränkte die Arme vor der Brust. Sie zitterte.

»Und wir haben uns ihren ganzen Schmuck und die Goldtaler unter den Nagel gerissen«, triumphierte Raik.

Die versiegt geglaubten Tränen traten Julia in die Augen. Schreckliche Bilder jagten durch ihren Kopf.

Ansgar musterte sie von oben bis unten. »Du bist fast so

hübsch wie die Prinzessin. Eine Schande, das mit deinem Haar. Warum hast du das gemacht?«

Julia antwortete nicht. Ihre Kehle war wie verklebt. Verklebt von Tränen und Angst.

»Hat es dir die Sprache verschlagen?«, lachte Ansgar.

Wieder schwieg Julia. Ihre Gedanken überschlugen sich. Sollte sie einfach wegrennen? Sie kannte sich im Wald ganz gut aus, aber die Räuber wahrscheinlich auch. Außerdem waren sie in der Überzahl, aber welche Möglichkeiten hatte sie schon?

»Ist doch egal mit den Haaren«, meinte Raik. »Schau sie dir an. Ihren prächtigen Körper. Wäre ich nicht so müde, würde ich …«

»Einen Dreck würdest du«, fuhr Ansgar seinem Kumpel übers Maul.

»Du hast dich auch mit ihr vergnügt!« Raik schlug ihm mit der Faust gegen die Schulter, worauf Ansgar zurückschlug, allerdings in den Bauch. Raik krümmte sich zusammen und hustete.

Julia sah in der Kabbelei ihre Chance. Sie rannte los.

»Ansgar!«, schrie Raik. »Sie türmt!«

Das Blut rauschte in Julias Ohren. Ihr Herz pumpte. Die Angst ließ sie blindlings um ihr Leben laufen. Es war ihr vollkommen egal, dass sie nackt war, sie wollte nur weg von der Kate, in der sie sich sicher gefühlt hatte … bis die Räuber aufgekreuzt waren.

»Wir kriegen dich!«, schrie Ansgar. Die Wut in seiner Stimme war unüberhörbar.

Julia war bewusst, dass sie dafür büßen würde. Sie biss die Zähne zusammen, bot all ihre Kräfte auf, um noch schneller zu rennen. Sie sprang über einen Baumstumpf. Bäume streckten ihre Äste aus, als würden sie auf der Seite der Räuber stehen. Julias Haut riss auf, aber sie nahm es nur am Rande wahr. Und dann griff etwas nach ihr, das kein Ast war. Packte sie an der linken Schulter und riss sie herum. Sie kam ins Stolpern und fiel auf den Waldboden. Ansgar stand über ihr. In seinem breiten Gesicht spiegelten sich Wut und Triumph in gleichem Maße wider.

»Drecksweib!«, fluchte er und spuckte Julia an.

Sie versuchte, unter ihm wegzukriechen, aber er setzte sich auf sie. Sein Körpergewicht drückte sie an den Hüften zu Boden. Seine Wunde am Bauch blutete wieder etwas, er schien es aber nicht zu bemerken.

Raik tauchte hinter ihm auf. Er lachte. »Uns entkommt niemand.«

Julia schloss erschöpft die Augen. Sie würde sterben – wie die Prinzessin. Zu ihrer Überraschung verlangsamten sich für einen Moment ihr Atem und ihr Herzschlag, und sie konnte die kalten Hände des Todes förmlich nach ihr greifen spüren. Sie erkannte bitter, dass sie von denselben Männern getötet werden würde, die auch ihrem Vater das Leben genommen hatten. Bald würde sie ihn wiedersehen und auch die Mutter. Johannes! Er wollte bestimmt Hilfe holen. Nein, sie musste durchhalten. Vielleicht war er schon auf dem Weg mit Verstärkung.

Sie öffnete ihre Augen, sah in die dunklen Ansgars. Was sie sah, machte ihr Angst. Sie war ihm unterlegen, und das machte ihn geil. Er öffnete seine Hose.

»Ansgar, Erik wird sauer«, meinte Raik.

»Unter diesen Umständen wird er einverstanden sein«, grinste der Bandit.

Julia glaubte ihm. Sie blickte zu Raik. Hoffnungsvoll und flehend. Doch die Hoffnung wurde jäh zerstört, als der sagte: »Dann will ich sie nach dir.«

Ansgar drückte Julias Beine auseinander, drängte sich dazwischen. Drohend wie ein Messer erhob sich seine Männlichkeit zwischen seinen Beinen. Julia wand sich unter ihm und schrie. Er packte sie grob an der Hüfte, zog sie an sich. Raik beobachtete alles mit einer Mischung aus Faszination und

Geilheit. Julia bäumte sich auf – ein letzter Kraftakt, um sich zur Wehr zu setzen –, als etwas knapp an ihrem Kopf vorbeisauste. Ansgars Augen weiteten sich, sein Mund öffnete sich zu einem überraschten »Oh«. Er fiel, getroffen von einem Pfeil in die Brust, nach hinten zurück. Julia kroch rücklings von ihm weg. Panisch sah sie sich um. Zwischen den Bäumen tauchten Männer in Rüstungen auf, und inmitten von ihnen stand ein junger, dunkelhaariger Mann, dessen Gesicht Wut, aber auch Sorge ausdrückte. Melchior!

Raik wollte wegrennen, doch Melchior schrie: »Wag es nicht!« Drohend hob er den Bogen. »Ich treffe auch aus der Ferne ausgezeichnet.«

Raik erstarrte. Zwei Männer in Rüstung liefen schnell zu ihm.

Melchior indes eilte zu Julia. Noch im Gehen ließ er den Bogen zu Boden fallen und zog sich das Hemd aus. Er ging vor ihr auf die Knie.

»Hat Johannes dich gerufen?«

Melchior schüttelte den Kopf, ehe er ihr das Hemd überzog. Es war groß und lang genug, um alles abzudecken, was abgedeckt werden musste. Er öffnete seine Arme, und Julia ließ sich weinend hineinfallen. Sachte hob er sie hoch.

»Eure Majestät, was machen wir mit den Halunken hier?«, fragte einer der Ritter.

»Gefangen nehmen. Er und seine Drecksbande sollen hingerichtet werden.«

Ein Schauer jagte Julias Rücken hinunter. Melchiors Bitterkeit in der Stimme entging ihr nicht. War die Prinzessin seine Schwester gewesen? Seine Gattin? Sie versuchte sich zu erinnern, was Rosa einmal Violetta erzählt hatte. Es war vor ein, zwei Jahren gewesen, aber sie hatte damals nicht so recht zugehört, weil es ihr belanglos erschien.

»Seid Ihr der Prinz oder der König?«, flüsterte sie und sah zu ihm auf.

Melchior lächelte. »Du kannst beim Du bleiben. Ist es Julia statt Julian?«

Julia errötete, ehe sie langsam nickte, um dann erneut ihn Tränen auszubrechen.

»Es wird alles gut«, sagte Melchior leise. »Diese Dreckskerle werden dir nichts mehr antun.«

»Erik, der Anführer, ist noch bei der Kate«, sagte sie. »Und noch ein anderer. Ich kann mich an seinen Namen nicht mehr erinnern.«

»Ich schicke meine Männer hin. Sie werden sich um den Abschaum kümmern.«

»Hast du Johannes gesehen?«, fragte Julia.

»Dein Reh? Nein.«

»Oh«, sagte Julia.

»War er nicht bei dir, als die Banditen kamen?«, fragte Melchior.

»Doch, aber er ist geflohen. Er wollte Hilfe holen«, erklärte Julia.

»Vielleicht begegnen wir ihm auf dem Weg nach Hause«, meinte Melchior.

»Nach Hause?«, fragte Julia.

»Ich bringe dich aufs Schloss«, erwiderte er. »Oder willst du wirklich in die Hütte zurückkehren, wo diese grässlichen Männer waren?«

Julia schüttelte den Kopf. »Es ist nur, wenn Johannes zurückkommt, dann weiß er nicht, wo ich bin.«

»Ich kann meinen Männern sagen, sie sollen nach einem Reh Ausschau halten«, meinte Melchior.

»Ein Brief, ich sollte ihm einen Brief schreiben«, sagte Julia müde, während sich ihre Augenlider langsam schlossen.

Melchior schmunzelte. »Dein Reh kann lesen?«

Doch sie hörte seine Worte nicht mehr. Die Erschöpfung hatte sie übermannt.

13. Kapitel

Außer Atem erreichte Johannes den Waldrand. Dort, wo er mit Julia vor Wochen den Wald betreten hatte. Es fühlte sich an, als wären seitdem Jahre vergangen. Hastig sah er sich um. Wägte ab, ob er zu Ludwig rennen sollte oder doch zu Melchior. Letzteres widerstrebte ihm zutiefst, aber es lag auf der Hand, dass Melchior ihm sicherlich besser helfen konnte. Ludwig war zwar kein schmächtiges Kerlchen, aber mit vier Banditen würde er es wohl kaum aufnehmen können.

Mit einem schweren Seufzer und einem Herzen voller Sorge wandte Johannes sich von dem Haus ab, in dem er aufgewachsen war. Julia war schon zu lange mit diesen Männern alleine. Wer wusste schon, was sie mit ihr angestellt hatten.

»Johannes!«

Er erstarrte. Die Stimme kannte er nur zu gut.

»Johannes! Warte! Ich weiß, dass du es bist.«

Violetta rannte den Weg vom Eingangstor des Grundstückes bis zu ihm. Aufgeregt, mit vor Anstrengung rotem Gesicht, sprudelte es aus ihr hervor: »Du bist es doch, oder?«

Am einfachsten wäre es gewesen zu schweigen, aber Johannes konnte in diesem Moment nicht klar denken. »Violetta, ich habe keine Zeit«, sagte er. »Julia ist in der Hand von Banditen. Dieselben, die Vater getötet haben. Ich muss Hilfe holen.«

»Und wen willst du holen?«, fragte Violetta.

»Den Prinzen.« Damit wandte er sich ab und wollte schon

losrennen, als Violetta rief: »Ich weiß, wie du wieder ein Mensch wirst, dann kannst *du* Julia retten.«

Johannes drehte sich ruckartig um. Er kniff misstrauisch die Augen zusammen. »Und warum würdest du das tun?«

»Für dich«, sagte Violetta und fügte dann an: »Aber es gibt selbstverständlich eine Bedingung.«

»Und die wäre?«

»Du heiratest mich.«

Johannes fühlte sich, als würde ihm der Boden unter den Füßen weggezogen. »Warum willst du das?«

»Ich liebe dich, Johannes. Ich war schon immer in dich verliebt.«

»Aber ... ich habe dir das Auge ...«

Violetta ließ ihn nicht ausreden: »Wir waren Kinder.«

»Ich bin noch nicht einmal in dich verliebt ...«

»Ich will dich. Nur dich!«, eiferte Violetta. »Mutter wollte, dass ich Eusebius heirate, aber den wollte ich nicht. Sie hat dich mir weggenommen. Ich bin mir sicher, du könntest dich in mich verlieben.«

»Ich weiß nicht, ob ich das kann ...«

»Dann willst du lieber ein Reh bleiben?«, schnappte sie wütend.

Nein, das wollte er nicht, aber Violetta heiraten? Innerlich schüttelte es ihn. Er könnte auch Melchior um Hilfe bitten, aber bis er in Meri war, würde viel Zeit vergehen, und außerdem wollte er der Held sein, der seine Schwester rettete, so wie er es seinem Vater versprochen hatte. Vor jeder Reise hatte Richard Kaufmann vor seinem Sohn gekniet, um ihn zum Abschied in den Arm zu nehmen, und jedes Mal hatte er gesagt: »Pass gut auf Julchen und dich auf. Ihr seid alles, was mir von eurer Mutter geblieben ist.« Und Johannes hatte stets geantwortet: »Ja, Vater, das werde ich, schließlich bin ich ein Ritter.«

Noch heute konnte Johannes vor seinem geistigen Auge sehen, wie der Vater ihn voller Stolz und Zuneigung anschaute.

Er konnte Violetta versprechen, was sie hören wollte, und sobald er wieder ein Mensch war ... Was würde ihn daran hindern, einfach zu gehen? Nichts.

»Einverstanden, aber es muss sofort geschehen.«

Violetta lächelte. Es war ein triumphierendes Lächeln. »Also komm her und schwöre mir, dass du mich heiraten wirst.«

Johannes' Brust fühlte sich eng an. Doch sich auszumalen, wie er selbst Julia retten würde, zusammen mit Ludwig und anderen Männern, erfüllte ihn mit Stolz.

Violetta streckte ihre Hand aus. Johannes legte vorsichtig seinen rechten Vorderhuf darauf und schwor, Violetta zur Frau zu nehmen. Seine Stiefschwester küsste ihn auf die Stirn.

Augenblicklich setzte die Verwandlung ein. Das Fell fiel von Johannes ab, die Hufe verschwanden, und am Ende stand er wieder als Mann da. Nackt. Nur die Kette Melchiors hing um seinen Hals. Er konnte es selbst kaum glauben.

Violetta sah ihn aus großen Augen an.

»Wo ist Ludwig?«, fragte Johannes.

»Er sollte im Garten sein«, erwiderte Violetta.

Johannes rannte los und schrie: »Ludwig! Ludwig!«

Der Diener kam ihm entgegengelaufen, und als er ihn in seiner Menschenform sah, weiteten sich seine Augen. »Du bist wieder ein Mensch.«

»Sie haben Julia!«, rief Johannes aufgebracht.

»Wer?«

»Die Räuber, die Vater getötet haben.«

Ludwigs Mund klappte auf.

»Ich brauche Kleider und ich brauche Männer.« Johannes wartete die Antwort des Dieners nicht ab. Er rannte zu dessen Häuschen, um sich Kleider zu besorgen. Ludwig folgte ihm.

»Johannes, ich verstehe nicht, was ist geschehen?«

Der Angesprochene drehte sich um, Hose und Hemd in der Hand. »Ich kann es jetzt nicht erklären. Ich weiß nicht, was sie mit Julia machen werden. Bitte hilf mir!«

»Ich könnte Wilhelm fragen«, überlegte Ludwig laut. Wilhelm war der Stallbursche des Nachbarn. Ein kräftiger Kerl, der es sicher mit den Räubern aufnehmen konnte. Es gab Geschichten, dass er in der Schenke eine Bank mit drei Frauen darauf hochgehoben hätte.

»Danke«, sagte Johannes. »Ich warte am Waldrand auf euch. Dort, wo wir immer hineingegangen sind, um Holz zu sammeln.«

Ludwig nickte. Gerade als er sich umdrehte, rief Johannes: »Waffen. Wir brauchen Waffen.«

»Nimm die Axt«, schlug Ludwig vor. »Ich habe das Messer.« Er tippte sich an den Gürtel.

Rasch schlüpfte Johannes in die Kleidung. Mit rasendem Puls rannte er aus dem kleinen Haus, schnappte sich die Axt, die im Hackklotz steckte, und eilte zum vereinbarten Ort.

Ludwig war noch nicht da. Unruhig ging Johannes auf und ab. Grässliche Bilder geisterten durch seinen Kopf. Er konnte Julias Hilfeschreie förmlich hören. Schon als kleiner Junge wollte er seine jüngere Schwester immer beschützen, und daran hat sich bis heute nichts geändert. Genauso wenig wie sein Versagen. Es war, als würde alles, was er ihr an Gutem tun wollte, ins Gegenteil umschlagen.

»Johannes!«

Es war Ludwigs Stimme, die ihn aus seinen düsteren Gedanken riss.

»Wir sind da.« Die beiden Männer eilten auf ihn zu. Beide mit entschlossener Miene. Wilhelm war genau wie Johannes mit einer Axt bewaffnet.

»Danke«, sagte Johannes. »Ich weiß eure Hilfe und euren Mut sehr zu schätzen.«

»Ludwig sagt, es sind die Männer, die auch deinen Vater getötet haben?« Wilhelm hatte eine angenehme, ruhige Stimme. Auch äußerlich wirkte er unerschütterlich. Ein Fels in der Brandung.

»Einer zumindest. Er trägt Vaters Kreuz am Hals.«

»Dann sollten wir keine Zeit verlieren«, meinte Wilhelm. »Hast du einen Plan, was wir machen, wenn wir dort ankommen?«

Johannes nickte, schüttelte aber gleich darauf den Kopf. »Wir müssen sie überraschen. Das ist das Wichtigste. Sie sind um einen Mann stärker als wir.«

»Ich hätte da eine Idee«, meinte Wilhelm, und während sie sich auf den Weg machten, erklärte er, was er sich überlegt hatte.

Doch als sie nach einem langen Fußmarsch, den sie abwechselnd gehend und rennend hinter sich brachten, bei der Hütte ankamen, war alles verdächtig ruhig. Die Tür der Kate stand jedoch weit offen.

»Was hat das zu bedeuten?« Ludwig fuhr sich nachdenklich über den Bart.

Johannes ahnte es. Er sprang hinter der Böschung hervor.

»Bleib hier!«, zischte Ludwig hinter ihm her. Doch Johannes ignorierte den Ausruf. Mit pochendem Herzen rannte er zur Türe. Er hielt die Axt mit beiden Händen fest umklammert, bereit, sie als Waffe anzuwenden, wenn es nötig war. Doch schnell musste er feststellen, dass seine Ahnung sich bewahrheitete. Die Räuber waren weg und mit ihnen seine Schwester.

»Nein! Nein!«, schrie er auf und rammte die Axt in die Tischplatte. Immer wieder schlug er wütend darauf ein, bis die Arme schmerzten und von dem Tisch nicht mehr viel übrig war außer Brennholz. Die Axt fiel zu Boden, und Johannes sank weinend auf die Knie.

Wilhelm und Ludwig hatten seinem Wutausbruch schweigend beigewohnt. Jetzt näherte sich Ludwig und legte ihm eine Hand auf die Schulter. »Komm, lass uns gehen.«

Johannes schüttelte langsam den Kopf. »Ich muss Julia suchen.«

»Und wo willst du damit anfangen?«, fragte Ludwig sanft.

»Sie können überall sein.«

»Aber ich kann sie doch nicht alleine lassen! Wer weiß, was die Kerle mit ihr anstellen.«

Wilhelm, der sich in der Hütte, aber auch draußen umgesehen hatte, sagte: »Ich will dir keine Angst machen, aber ich habe da draußen einen großen Blutfleck auf dem Boden gesehen.«

Johannes sah zu dem Mann auf. Das Gesicht blass. »Wessen Blut mag das sein?« Seine Worte waren kaum ein Flüstern.

»Wir werden es wohl nie herausfinden«, meinte Ludwig.

Johannes erhob sich. »Zeig es mir. Ich will es sehen!«

Ludwig seufzte. Wilhelm wiederum nickte. Er führte Johannes zu der Stelle. Sie befand sich näher am Wald. Es gab keinen Zweifel, dass es Blut war. Vielleicht hatten die Männer Julia vergewaltigt und anschließend getötet. Johannes sprach seinen schrecklichen Gedanken laut aus.

»Das glaube ich nicht. Dann hätten sie ihren Leichnam liegen lassen. Schurken wie diese nehmen die Toten nicht mit«, erklärte Wilhelm. »Es ist wohl eher das Blut von einem dieser Banditen.«

»Es könnte genauso das Blut eines Tieres sein«, warf Ludwig ein. »Wir können noch stundenlang darüber nachdenken oder uns auf den Weg nach Hause machen. Die Sonne wird nicht eigens für uns länger scheinen.«

»Ich kann nicht zurückgehen«, sagte Johannes. »Ich muss Julia finden.«

Ludwig packte ihn an den Schultern und sah ihn eindringlich an. »Johannes, sei vernünftig. Der Wald ist riesig. Die Männer können irgendwo sein mit deiner Schwester.«

Johannes schlug sich die Hände vors Gesicht. Tränen rannen seine Wangen hinunter. »Ich habe versagt.«

»Johannes, du hast dein Bestes getan.«

»Ich hätte bleiben sollen, ich hätte …« Er brach schluchzend ab.

»Sieh dich um«, rief Wilhelm.

Johannes ließ die Hände sinken. Fragend blickte er den Mann an.

»Schau dich um. Wie viele Wege siehst du?«

Johannes runzelte die Stirn. »Ich verstehe nicht.«

»Wohin könntest du jetzt auf der Stelle gehen?«

»Ich könnte mich für eine der vier Himmelsrichtungen entscheiden«, antwortete er langsam.

Wilhelm schüttelte den Kopf. »Das ist zu ungenau. Mach die Augen auf. Du könntest nach Norden gehen, ja, aber auch für eine Reise Richtung Norden gibt es unzählige Wege und Straßen. Welche ist die richtige?«

Johannes zuckte die Schultern.

»Aha!«, triumphierte Wilhelm. »Du weißt es nicht. Niemand weiß es. Du stehst jeden Tag vor Entscheidungen. Du kannst etwas tun oder lassen. Du kannst einen Weg wählen oder einen anderen, und nie weißt du, was dabei herauskommt. Nie wirst du wissen, ob alles anders gekommen wäre, wenn du diesen Weg genommen oder jenes getan hättest. Natürlich, du kannst dir darüber den Kopf zerbrechen. Du kannst dir ausmalen, was hätte sein können, aber weißt du was?«

Johannes schüttelte den Kopf.

»Vielleicht wäre es sowieso so gekommen, wie es jetzt ist.«

»Soll mich das trösten?«, fragte Johannes trocken.

»Nein«, erwiderte Wilhelm. »Es soll dir helfen, dich nicht verrückt zu machen.«

Johannes verstand, was Wilhelm ihm sagen wollte, und irgendwie auch nicht. Im Augenblick fühlte er sich ohnehin, als würde sein Kopf mit Gedanken überlaufen wie ein Flussbett bei starkem Regenfall. Gleichzeitig war sein Herz schwer in der Brust, wie eingerissen. Zuletzt hatte er sich beim Tod seines Vaters so gefühlt.

»Komm, wir gehen nach Hause.«

Mechanisch setzte Johannes sich in Bewegung. Ludwigs

Worte *nach Hause* hallten in seinem Kopf wie ein Echo. Es dauerte mehrere Schritte, bis er sich dessen Bedeutung bewusst wurde. Abrupt blieb Johannes stehen. »Ich kann nicht. Rosa …«

»Ist tot«, fiel Ludwig ihm ins Wort.

»Was?«

»Sie ist tot. Dahingerafft von einer schweren Krankheit.«

»Aber sie war doch kerngesund«, meinte Johannes.

Ludwig zuckte mit den Schultern.

»Sag ihm, was du mir gesagt hast«, forderte Wilhelm.

»Was?« Johannes sah von einem zum anderen.

»Es ist nur ein Gedanke, den ich hatte. Ein Verdacht. Wahrscheinlich nur ein Hirngespinst«, wand sich Ludwig.

»Sprich es aus«, verlangte Johannes.

»Nachdem Rosa dich und Julia aus dem Haus geschickt hat, war Violetta sehr aufgebracht. Sie stritt sich mit ihrer Mutter.«

Johannes runzelte die Stirn, dann aber begriff er. »Sie war wütend, weil Rosa auch mich aus dem Haus verbannt hat.«

»Richtig«, nickte Ludwig. »Und sie war zornig darüber, dass ihre Mutter dir den Fluch auferlegt hat.«

»Sie liebt mich«, sagte Johannes leise.

»Ja. Ich glaube, Violetta hat Rosa vergiftet.«

Betroffen presste Johannes die Lippen aufeinander. Er dachte an das eifersüchtige Mädchen, das Julia das Haar abgeschnitten hatte. Wäre Violetta wirklich dazu imstande, ihre Mutter zu töten? Nein, das glaubte er nicht. Sonst hätte sie Julia das Gleiche angetan.

»Violetta mag zornig und verwöhnt sein, aber mit Gift zu hantieren …« Er schüttelte den Kopf.

»Ich sagte ja, es ist vermutlich nur eine Spinnerei meinerseits. Doch verrate mir eines, Johannes, seit wann bist du wieder ein Mensch?«

»Seit heute Morgen. Violetta hat den Fluch von mir genommen.«

Ludwig zupfte nachdenklich an seinem Barthaar herum. »Vielleicht sind die Hexenkräfte ihrer Mutter mit deren Tod auf sie übergegangen … oder sie hatte sie schon, und das Mädchen hat die Mutter nicht vergiftet, sondern verhext …«

»Wenn dem so wäre, mein alter Freund, solltest du dich in Acht nehmen, so zu sprechen. Wer weiß, wo überall das Mädchen seine Ohren hat«, meinte Wilhelm.

Ein eisiger Schauer jagte Johannes' Rücken hinunter. »Ich habe ihr ein Versprechen gegeben.«

»Was für eines?«, wollte Ludwig wissen.

»Sie nimmt den Fluch von mir, und dafür heirate ich sie.«

»Du armer Tölpel!« Ludwig schlug die Hände über dem Kopf zusammen.

»Ich musste Julia helfen! Als Reh war es mir aber unmöglich«, verteidigte Johannes seine Entscheidung.

»Manchmal habe ich das Gefühl, du stürzt dich geradezu mit Vergnügen in dein eigenes Verderben.«

Johannes schwieg. In Gedanken konnte er aber dem älteren Mann nur zustimmen. Es war in der Tat so.

»Vielleicht sollte ich hierbleiben«, überlegte er laut.

Ludwig schüttelte den Kopf. »Wenn Violetta den Fluch von dir nehmen konnte, so wird sie ihn auch wieder verhängen können oder Schlimmeres. Komm nach Hause, dann werden wir weitersehen.«

Johannes trat unschlüssig von einem Bein aufs andere. Wägte einen Gedanken nach dem anderen sorgfältig ab. Schließlich willigte er ein.

14. Kapitel

Als Julia ihre Augen aufschlug, konnte sie sich mehrere Herzschläge lang nicht erinnern, was geschehen war. Ihr Blick richtete sich überrascht auf den Baldachin über dem Bett. Verwundert drehte sie ihren Kopf von rechts nach links. Der Raum, in dem sie lag, war riesig, das Bett weich und warm. Sie schloss kurz die Augen, atmete langsam ein und aus. Die Erinnerungen kehrten augenblicklich zurück. Mit einem Ruck richtete sie sich auf.

»Ihr seid wach!« Eine junge Frau trippelte an ihr Bett. Eine Dienerin, das konnte Julia am einfachen braunen Kleid erkennen.

»Wo ist Melchior?«

Die Augen der Dienerin weiteten sich erschrocken. Ihre Lippen bebten. »Seine Majestät hat dringende Geschäfte zu erledigen. Ich soll mich um Euch kümmern. Mein Name ist Marie.« Sie machte einen Knicks.

»Das ist nicht nötig«, wehrte Julia ab und stieg aus dem Bett.

»Doch, doch, Seine Majestät hat es so angeordnet.«

»Ich muss ihn sprechen!«

»So könnt Ihr aber nicht vor den König treten.« Marie deutete auf Julias Nachthemd.

»Der König interessiert mich nicht. Ich will zu Melchior.«

Marie kicherte.

Julia sah sie verärgert an.

Sofort verstummte die Zofe. »Entschuldigt. Es ist nur, wisst Ihr denn nicht, dass Melchior der König ist?«

Eine Erinnerung stieg in Julia auf. Die Ritter, die Melchior Majestät nannten, und ihre Frage, ob er König oder Prinz sei. Geantwortet hatte er ihr aber nicht – oder vielleicht doch? Julia krauste die Stirn. Sie war wohl zu schnell eingeschlafen.

»Ich dachte ... er sei der Prinz.«

»Auch dem Prinzen dürftet Ihr so nicht unter die Augen treten«, belehrte Marie sie.

Julia seufzte. »Na schön, dann hilf mir, mich zurechtzumachen.«

Marie lächelte zufrieden. Sie klingelte nach einem Diener und verlangte nach heißem Wasser. Angrenzend an das Schlafgemach befand sich ein Waschzimmer mit einem großen und hübschen Zuber aus Holz. Dieser wurde von mehreren emsigen Bediensteten mit Wasser gefüllt.

Julia stieg in den Badebottich und seufzte. Das warme Wasser tat den geschundenen Muskeln gut. Marie reichte ihr Schwamm und Seife.

Eifrig begann Julia sich zu waschen. Sie wollte alles wegwischen, was von den widerlichen Räubern an ihr haftete.

»Nicht so fest, gnädige Dame. Ihr tut Euch weh«, warnte Marie sanft.

Da brach Julia in Tränen aus.

»O nein, nicht weinen. Ich wollte nicht so grob zu Euch sein. Es tut mir leid«, rief die Zofe erschrocken auf.

Julia schüttelte den Kopf. »Es ist nicht wegen dir.«

Marie atmete hörbar erleichtert auf.

Obwohl Julias Familie auch immer Dienstpersonal hatte, so verhielt es sich mit Marie gänzlich anders, als sie es gewohnt war. Frieda und Ludwig waren mehr wie Mitglieder der Familie gewesen. Ihr Vater hat es sich so gewünscht. Er wollte keine steife Herrschaft sein, wie er lachend zu sagen pflegte.

Frieda oder Ludwig hätten sie getröstet und sich auch nach dem Grund ihrer Tränen erkundigt. Marie jedoch stand nur neben der Wanne, ein Tuch zum Abtrocknen bereit, und hielt sich diskret zurück. Julia fühlte sich einsam, und die Sorge um ihren Bruder nagte an ihr wie eine gierige Maus an Vorräten.

Als das Badewasser abgekühlt war, stieg sie aus dem Zuber. Sofort legte Marie ihr das Tuch um den Körper und half ihr, sich abzutrocknen. Sie reichte ihr anschließend eine nach Lavendel duftende Creme. Während Julia sie auf ihrem Körper auftrug, brachte die Zofe ein hübsches blaues Gewand mit hellblauen Bordüren und weißen Ärmeln herbei.

»Ihr seht wunderschön aus, gnädige Dame«, sagte Marie lächelnd, nachdem Julia sich angekleidet hatte.

Julia trat vor den Spiegel. Das Kleid stand ihr in der Tat ausgezeichnet. Sie fuhr sich mit der Hand durch das kurze Haar und dachte daran, wie viel schöner sie aussehen würde, wenn es noch lang wäre.

Als sie sich dabei ertappte, biss sie sich auf die Unterlippe. Warum machte sie sich Gedanken über ihre Schönheit? Sie musste ihren Bruder finden!

»Kann ich nun zum König?«, fragte Julia. Ihr Herzschlag beschleunigte sich, als sie die Worte aussprach.

Marie nickte. »Folgt mir.«

Die Dienerin führte sie durch einen langen Gang, an unzähligen Türen vorbei, ehe sie eine breite Treppe hinunterstiegen. An der Wand hingen Porträts verschiedener Personen. Julia betrachtete sie im Vorbeigehen.

»Das sind die Ahnen Seiner Hoheit«, erklärte Marie und fügte an: »Und hier der junge König selbst.«

Julia blieb vor dem Gemälde stehen, das Melchiors Antlitz zeigte, gefangen von seinen moosgrünen Augen, die der Maler lebensecht getroffen hatte.

»Und daneben seht Ihr seine Schwester Amalia.« Marie bekreuzigte sich und blinzelte Tränen weg. Amalia war wunderschön gewesen. Die gleichen grünen Augen wie ihr Bruder, langes schwarzes Haar, feine Gesichtszüge und derselbe sinnliche Mund wie Melchior.

»Sie war eine gütige Seele«, flüsterte Marie. »Entsetzlich, was mit ihr geschehen ist. Ich bin dankbar, dass diese Unholde gefunden wurden, die ihren Tod verschuldet haben.« Wut schwang in der leisen Stimme mit.

»Ich auch«, sagte Julia. Ein Schauer jagte durch ihren Körper, als sie sich daran erinnerte, wie Ansgar sie befingert und beschmutzt hatte. Hätte Melchior sie nicht gefunden, sie wäre wie Amalia geendet.

»Folgt mir, gnädige Dame«, riss Marie sie aus den Gedanken.

Die Dienerin ging auf eine große Flügeltür zu. Julias Puls beschleunigte sich, als Marie ein paar Worte mit dem Diener wechselte, der in Livree vor der Tür stand. Er öffnete lautlos einen Flügel und schlüpfte hinein, um kurz darauf zurückzukommen.

»Gnädige Dame, Seine Majestät empfängt Euch.«

Als Julia nicht reagierte, zischte Marie: »Ich warte hier auf Euch. Folgt Fritz.«

Der Raum, den Julia betrat, war riesig und prunkvoll eingerichtet. Ganz am Ende saß Melchior an einem ausladenden Schreibtisch aus edlem Kirschholz. Er erhob sich lächelnd.

Julia spürte ein eigenartiges Kribbeln in ihrem Bauch, und ihre Hände waren feucht vor Aufregung.

»Eure königliche Hoheit, diese Dame wünscht Euch zu …«

Melchior brachte Fritz mit einer Handbewegung zum Schweigen. »Ihr seid fürs Erste entlassen.«

Der Diener machte eine Verbeugung und entfernte sich.

Julia verschlang nervös ihre Finger ineinander.

»Du siehst bezaubernd aus«, sagte Melchior. »Aber sag, wie geht es dir?«

»Es … Eure Hoheit … Ich …« Julia verstummte und machte einen Knicks.

Melchior lachte. »Lass das. Im Wald waren wir auch nicht so förmlich zueinander. Das hat mir gefallen.«

Julia senkte ihren Blick. Ihre Wangen glühten.

»Komm, lass uns hier Platz nehmen.« Melchior ließ sich auf einem eleganten Sessel nieder und wies auf einen zweiten, der direkt danebenstand. Julia folgte seiner Aufforderung.

»Danke, dass du mich gerettet hast.«

»Wir haben diese elenden Kreaturen seit Wochen gejagt«, erzählte Melchior. »An dem Tag, an dem ich mich im Wald verirrte, war ich voller Zorn gewesen. Zorn, dass uns diese Schufte immer wieder entkommen waren.« Er ballte die Hände zu Fäusten. »Dann habe ich dich gesehen, wie du versucht hast, mit dem Bogen umzugehen. Dein Reh neben dir. Es ließ meine Wut verpuffen. Ich vergaß für ein paar Stunden meine Trauer, meinen Rachedurst. Dafür danke ich dir.«

Seine Worte machten Julia verlegen.

»Du hast von Anfang an gewusst, dass ich ein Mädchen bin, hast mich aber im Glauben gelassen, meine Maskerade sei gelungen. Wieso?«

Melchior sah sie erstaunt an: »Woher …?«

»Johannes hat es mir gesagt.«

»Das Reh?«

»Mein Bruder.«

»Dein Bruder?«, echote Melchior.

»Er wurde verflucht von unserer Stiefmutter. Melchior, wir müssen ihn finden!«

Der König hob die Hände in die Höhe. »Moment, das musst du mir alles der Reihe nach erzählen und auch, was sich dort draußen in der Hütte abgespielt hat.«

Julia wollte beginnen, aber Melchior unterbrach sie. »Hast du Hunger?«

Sie verneinte, aber ihr Magen knurrte vernehmlich.

Melchior lachte leise auf. »Lügnerin.« Er bestand darauf, dass sie etwas zu sich nahm. Sie wechselten den Raum. Zuerst betraten sie eine Halle mit einer langen Tafel, aber Melchior sah erst sie an, dann den Tisch. »Nein, hier essen wir nicht. Komm.« Er ergriff sie bei der Hand und führte sie durch das halbe Schloss hinunter in die Küche. Das Personal staunte, als der König auftauchte.

»Diese junge Dame hat viel durchgemacht und ist sehr hungrig, und auch ich habe Appetit.«

»Hoheit, wir werden Euch gerne ein Mahl zubereiten«, sagte einer der Köche. Ein Mann mit einem breiten freundlichen Gesicht, der aussah, als würde er beim Kochen viel naschen.

»Wunderbar«, sagte Melchior und setzte sich an den Tisch. »Nimm Platz, Julia.« Er deutete auf den Stuhl ihm gegenüber.

Julia tat, wie ihr geheißen. Sie fühlte sich wie in einem Traum. Gleich würde sie erwachen, und neben ihr würde Johannes selig schnarchend liegen.

»Hoheit, wir können Euch die Speisen auch oben im Saal servieren«, sagte der Koch.

»Danke, wir werden ausnahmsweise in der Küche essen. Hier ist es gemütlicher«, sagte Melchior. »Wie lautet dein Name?«

»Franz.« Der Mann machte eine Verbeugung, die etwas drollig wirkte, weil sein Wanst ihm im Weg war. Julia biss sich auf die Innenseite ihrer Wangen, um nicht zu lachen.

»Nun denn, Franz, tisch uns etwas auf, das unsere Gaumen erfreuen wird.« Melchior lächelte den Koch aufmunternd an.

Wer hätte da Nein sagen können, dachte Julia. Der junge König hatte eine Persönlichkeit, die beinahe jeden sogleich für ihn einnahm.

»Erzähl mir von dem Fluch, erzähl mir von dir und von dem, was geschehen ist, nachdem ich euch verlassen habe.«

Julia rutschte unbehaglich auf dem Stuhl hin und her. Gleichzeitig blickte sie sich nach rechts und links um. Sie waren in einer Küche voller Leute.

Melchior stand abrupt auf, packte seinen Stuhl bei der Lehne und stellte ihn neben Julia, ehe er sich wieder setzte. Nun saß er so nah neben ihr, dass sich ihre Beine berührten.

»Wir sind unter uns«, sagte er leise und zwinkerte ihr zu.

Julias Herz flatterte wie ein Vogel in ihrer Brust. Ein Kloß steckte in ihrem Hals.

Ermutigend legte Melchior seine warme Hand auf ihre. Seine Berührung war tröstlich, doch gleichzeitig schickte sie ein Kribbeln durch Julias ganzen Körper.

»Es ist eine lange Geschichte«, flüsterte sie heiser. »Und eine traurige.«

»Wir haben Zeit«, sagte Melchior, und sanft fügte er hinzu: »Gibt es in dieser Geschichte auch eine glückliche Wendung?«

Julia schüttelte erst den Kopf, dann aber meinte sie: »Vielleicht beginnt sie erst, diese glückliche Wendung ...« Sie sah in Melchiors grüne Augen und fühlte sich für einen Moment schwindelig, als hätte sie zu viel Wein getrunken.

Melchior lächelte. »Ich hoffe es.«

Mehrere Herzschläge lang saßen sie schweigend nebeneinander. Melchior ließ seine Hand auf Julias liegen. Sie wunderte sich darüber, wie wohl sie sich dabei fühlte, wie verbunden mit dem König. Es war diese Verbundenheit, die sie dazu bewog, ihm alles zu erzählen.

»Es tut mir leid, mit deinem Vater und deinem Bruder«, sagte Melchior.

»Mir tut es leid wegen deiner Schwester.«

Tränen traten in seine Augen, die er wegblinzelte. »Es war ein Jahr voller Trauer. Amalia war zu Besuch bei unserer Tante, als Vater erkrankte. Mutter schickte ihr eine Nachricht. Sie wollte sofort kommen, doch auf dem Weg nach Hause wurde sie von den Räubern überfallen, vergewaltigt und getötet.« Melchior sprach die Worte voller Wut und Abscheu aus. »Sie war ein liebes Mädchen, voller Träume ... und diese Kerle haben ihr auf eine unsägliche Art und Weise wehgetan.« Nun ballte Melchior die Hände zu Fäusten. »Ich wollte sie alle fassen und hinrichten lassen.« Sein Blick wurde glasig, als er sich an den Tag erinnerte, an dem er die Nachricht vom Tod seiner Schwester erhielt.

Melchiors Mutter hatte der Botschaft zunächst keinen Glauben schenken wollen. Die Hände vor der Brust verschränkt, hatte Königin Margrit immer wieder den Kopf geschüttelt. »Nein, nein, das kann nicht sein. Das ist ein Irrtum.«

Aber dann kamen die drei Männer und eine Frau herein; sie hatten seine Schwester gefunden und brachten sie nach Hause, in das Schloss zurück. Bauern, die auf dem Weg zum Markt waren. Sie hatten das königliche Wappen auf der Kutsche erkannt und eins uns eins zusammengezählt. Rechtschaffene Leute, denen die Bestürzung ins Gesicht geschrieben stand. Sie legten Amalia vorsichtig auf den Boden des Thronsaals. Ihr nackter Körper war eingewickelt in Tücher. Schmutzige Tücher.

Zorn und Verzweiflung kochten in Melchior hoch. Seine Mutter neben ihm rang nach Luft.

Der Bauer schien seinem Blick gefolgt zu sein, denn er sprach: »Wir wollten sie bedecken, ihre Ehre auf irgendeine Weise wiederherstellen ... Wir ... wir ... Es ist schrecklich, Eure Hoheit ...« Der Mann zitterte am ganzen Leib.

Später begriff Melchior, dass das Zittern nicht nur auf die Betroffenheit zurückzuführen war, sondern auch auf die Angst, beschuldigt zu werden.

»Habt ihr gesehen, wer das getan hat?«

Der Bauer schüttelte den Kopf, aber die Frau, die mit dabei war, schrie unter Tränen: »Es waren diese Banditen. Sie ziehen durchs Land, schänden Frauen, töten Männer und rauben.«

»Seid ihr euch dessen sicher?«, hakte Melchior nach.

»Ich habe sie gesehen.« Ihre Stimme war ein brüchiges Flüstern. »Wir alle haben sie gesehen und wir konnten nichts tun.«

Wut glomm in Melchior auf. »Ihr habt sie gesehen? Als meine Schwester noch am Leben war?«

»Sie waren zu viert, schwer bewaffnet, riesige Kerle«, verteidigte sich der Bauer.

»Wir haben unweit eine kleine Rast gemacht«, erklärte die Frau. »Ich habe die Schreie als Erste gehört.«

»Was ist geschehen?«

»Ich sah nur noch, wie sie die Prinzessin … wie sie … sie bestiegen und schlugen und wie Eure Schwester sich wehrte, wie sie schrie.« Die Frau verstummte. Ein Weinkrampf ließ ihren mageren Körper erbeben.

Im Augenwinkel sah Melchior, wie seine Mutter schwankte. Er reagierte blitzschnell und fing sie gerade noch auf. »Ruft den Leibarzt«, brüllte er. Ein Diener rannte los.

Königin Margrit wurde in ihr Gemach gebracht. Sie war, auch nachdem sie aus ihrer Ohnmacht erwachte, völlig aufgelöst und kaum zu beruhigen. Der Leibarzt und ihre Zofe kümmerten sich um sie, was für Melchior eine gewisse Beruhigung bedeutete. Trotzdem brodelte es in ihm. Amalia und er hatten sich nahegestanden. Sie war stets etwas eigensinnig und aufbrausend gewesen, doch gleichzeitig einer der liebenswürdigsten Menschen, die er kannte. Hätte Amalia den Thron für sich beansprucht, er hätte ihn ihr abgetreten. Sie wäre mit ihrem Gerechtigkeitssinn und gütigem Herz eine großartige Königin geworden. Nun aber war sie tot. Sie würde weder heiraten noch Kinder bekommen.

Melchiors Magen zog sich schmerzlich zusammen. Er rief nach seinen Rittern und befahl, man solle die Pferde satteln und den Männern hinterherjagen.

»Wie sahen die Männer aus?«, befragte er die Bauern.

»Sie waren groß, wie Riesen«, stammelte die Frau, und ein Mann beschrieb ihre dunkle Kleidung und das wilde Haar.

Melchior enttäuschten ihre Aussagen. Sie waren zu ungenau, trotzdem begann an diesem Tag die Jagd auf die Mörder seiner Schwester, die er nicht eher beenden würde, bevor er sie nicht alle ausgelöscht hatte.

»Du hast sie gefunden«, sagte Julia und holte damit Melchior zurück in die Gegenwart. »Zu meinem Glück. Danke.«

Melchior nickte. »Keine Frau soll mehr unter diesen Männern leiden müssen.«

»Werden sie hingerichtet?«, fragte Julia. Ihre Stimme zitterte ein wenig.

»Ja. In drei Tagen werden sie auf dem Marktplatz geköpft. Davor lasse ich sie an den Pranger stellen. Jeder soll die Möglichkeit haben, seine offene Rechnung zu begleichen.«

»Hast du nicht Angst, dass sie von jemandem getötet werden?«

Melchior lachte auf. Ein bitteres Lachen. »Wachen werden diesen Abschaum beschützen, damit sie ihre Hinrichtung erleben können. Wenn du willst …«

Julia schüttelte den Kopf. Sie verschränkte die Arme vor ihrer Brust. Ihr stand nicht der Sinn danach, die Räuber wiederzusehen. »Meinen Bruder zu finden, ist mir wichtiger.«

Mit einem Räuspern machte Franz auf sich aufmerksam, ehe er sagte: »Das Essen ist bereit, Eure Hoheit.«

»Dann serviere es uns.«

Julia lief das Wasser im Mund zusammen, als sie die köstlichen Speisen auf den Tabletts sah, die vor sie hingestellt wurden. Pasteten, Fleisch, und in einem Krug gab es eine dicke, braune Soße, die verführerisch roch.

»Greif zu«, forderte Melchior sie mit einem Lächeln auf.

Julia folgte seiner Aufforderung gerne. Sie ließ das zarte Fleisch auf der Zunge zergehen, probierte andächtig die Pastete, die mit Gemüse gefüllt war, und genoss das noch lauwarme Brot, das zum Essen gereicht wurde.

»Deine Mutter – ist sie, also …«, stammelte Julia, unsicher aus Angst davor, in ein Fettnäpfchen zu treten.

»Sie lebt«, erwiderte Melchior. »Ich werde sie dir vorstellen, wenn du dich bereit dazu fühlst.«

Julia lächelte. »Gerne.«

15. Kapitel

Nach Hause zu kommen, fühlte sich nicht mehr an wie früher. Johannes' Körper verspannte sich, und selbst seine Gedärme schienen sich zu verknoten.

»Viel Glück«, sagte Wilhelm und verabschiedete sich nur wenige Schritte von dem Anwesen entfernt, das einst Johannes' Vater gehört hatte. Nun wirkte es auf ihn wie ein fremdes Haus, obwohl es eigentlich noch genauso aussah wie zu der Zeit, als er es verlassen hatte.

»Du siehst blass aus, Junge«, sagte Ludwig besorgt.

»Ich möchte am liebsten sterben«, flüsterte Johannes mit heiserer Stimme.

»Sag so etwas nicht!«

»Aber es ist so«, sagte Johannes lauter. »Ich konnte Julia nicht retten. Für nichts und wieder nichts habe ich mich an Violetta verkauft. Dabei hätte ich andere Hilfe holen können, aber mein Stolz wollte es nicht.« Tränen brannten in seinen Augen.

»Was meinst du damit?«, wollte Ludwig wissen.

Johannes zog aus der Tasche seiner Hose den Ring, der an der Kette hing.

Verwundert sah Ludwig das Schmuckstück an. »Das ist das Siegel des Königs!«

Johannes nickte.

»Woher hast du es?«

»Der Prinz hat es mir gegeben.«

»Melchior?«

Erneut nickte Johannes.

»Er ist nicht mehr Prinz. Er ist nun König«, sagte Ludwig. »Sein Vater ist gestorben und auch seine Schwester. Sie wurde ermordet von Räu...« Ludwig hielt mitten im Satz inne und schlug sich die Hand vor die Stirn.

Johannes' Herzschlag beschleunigte sich. »Mein Gott, es könnten dieselben gewesen sein, die Julia und mich überfallen haben.«

»Erzähl mir, warum du nicht den König gerufen hast«, verlangte Ludwig zu wissen. »Er hätte dir mit seinen Rittern besser helfen können als zwei einfache Männer wie Wilhelm und ich.«

Tränen stiegen Johannes in die Augen. »Erst wollte ich ihn um Hilfe bitten, aber dann habe ich Violetta getroffen. Sie bot mir an, den Fluch von mir zu nehmen, damit ich Julia retten könnte. Und genau das wollte ich. Ich habe Vater versprochen, auf meine kleine Schwester aufzupassen, und bis ich zum König durchgedrungen wäre, wer weiß, wie viel Zeit das gekostet hätte.«

Ludwig stöhnte auf. »Du bist ein viel größerer Narr, als ich es für möglich gehalten habe. Ich sollte dich windelweich schlagen!«

»Das ist nicht nötig. Ich habe mich schon selbst bestraft für meinen Stolz«, sagte Johannes und senkte den Blick.

»Ja, in der Tat, das hast du.«

Ehe sie noch weitere Worte miteinander wechseln konnten, kam Violetta angerannt.

»Warum steht ihr hier draußen?«, rief sie, und als sie die beiden Männer erreicht hatte, sah sie Johannes' Tränen.

»Was ist geschehen?«, fragte sie. »Wo ist Julia?«

»Vermutlich tot«, stieß Johannes aus.

»Das tut mir leid«, sagte Violetta.

Johannes blickte sie an. Ihre Miene entsprach ihren Worten, aber ihm entging das kurze freudige Aufblitzen in ihren Augen nicht.

»Ich lasse euch alleine«, verkündete Ludwig und entfernte sich. Johannes nahm es dem Diener übel, aber verdenken konnte er es ihm wiederum auch nicht.

»Du … du wirst dich aber trotzdem an das Versprechen halten«, erinnerte Violetta ihn.

Johannes lachte freudlos auf. »Du könntest mich auch wieder in ein Reh verwandeln.«

»So sehr verabscheust du mich also?« Violetta brach in Tränen aus. Tränen, die Johannes nicht sehen wollte. Tränen, die sein Herz berührten, obwohl er es nicht wollte. Beschämt wurde ihm bewusst, dass er Violetta soeben wieder mit der gleichen Heftigkeit verletzt hatte wie damals mit dem Ast.

»Nein, natürlich nicht. Ich wünschte mir lediglich, Julia in Sicherheit zu wissen.«

Violetta sah ihn misstrauisch mit hochgezogener Augenbraue an.

»Sie ist meine Schwester und …«

»Du liebst sie aber nicht auf die Art, wie du eine Schwester lieben solltest.«

»Das ist nicht wahr. Du bildest dir eine romantische Liebe zwischen mir und Julia ein, die es gar nicht gibt«, schnaubte Johannes.

»Mich kannst du nicht täuschen.« Violetta schob energisch ihr Kinn vor.

Johannes seufzte. »Da ist nichts – wirklich!«

Als ob seine Stiefschwester seine Worte nicht gehört hätte, sagte sie: »Vielleicht ändern sich deine Gefühle, wenn du mit mir zusammenlebst. Mit mir allein, damit du mich besser kennenlernst. Mein neues Ich. Nicht das Kind Violetta, sondern die Frau, die ich geworden bin, die du nicht wahrgenommen hast, weil deine ganze Aufmerksamkeit Julia galt.«

Johannes fuhr sich mit beiden Händen durchs blonde Haar. Seine Gedanken waren unstet, ungeordnet. Er fühlte sich ohnmächtig. In ihm flackerte der Wunsch auf zu sterben, sowohl brannte auch die Flamme der Hoffnung in ihm, dass das Blut auf dem Waldboden nicht Julia gehörte. Gleichzeitig fühlte er in sich das von der Vernunft diktierte Verlangen, sich der aufgedrängten Ehe mit Violetta einfach hinzugeben.

Johannes sah seiner Stiefschwester in die Augen, als er sagte: »Ich habe dir ein Versprechen gegeben, das werde ich auch halten.«

Seine Worte zauberten ein hoffnungsvolles Lächeln auf Violettas Lippen. »Unsere Vermählung wird bereits morgen stattfinden. Frieda hat den Pfarrer benachrichtigt, er wird uns trauen.«

»Das geht aber schnell«, stellte Johannes nüchtern fest.

Violetta lächelte. Ein Lächeln, das ihn stark an seine Stiefmutter erinnerte. Ein Schauer jagte seinen Rücken hinunter. *Ich habe meine Seele verkauft,* schoss es ihm durch den Kopf.

»Hast du Hunger?«, fragte Violetta.

»Ein wenig«, erwiderte Johannes. Er verspürte lediglich ein dumpfes Pochen in seiner Magengegend, das er nicht als Hunger bezeichnen würde. Trotzdem war ihm klar, dass er essen musste, um bei Kräften zu bleiben und klar denken zu können. Er wollte Julia noch nicht aufgeben, er wollte einen Weg finden, Gewissheit über ihr Schicksal zu erlangen.

Etwas später saßen Johannes und Violetta am Esstisch und ließen sich von Frieda ein Mahl servieren. Es roch köstlich, und für Johannes stellte sich heraus, dass das dumpfe Gefühl im Magen doch Hunger gewesen war. Er langte kräftig zu. Trank Wein. Zwischen zwei Bissen sagte er: »Es tut mir leid wegen deiner Mutter.«

Violetta wartete, bis Frieda das Esszimmer verlassen hatte, ehe sie erwiderte: »Mir tut es nicht leid.«

Überrascht richtete sich Johannes kerzengerade auf. »Nicht?«

»Nein. Vielleicht hättest du mich mehr gemocht, wenn meine Mutter nicht so gewesen wäre, wie sie eben war.«

Johannes drehte den Kelch mit dem Wein zwischen seinen

Händen hin und her. »Möglicherweise wäre alles anders gekommen, hätte Vater noch gelebt«, sagte er leise. Ihm wurde bewusst, mehr als je zuvor, dass alle, die er liebte, aus seinem Leben verschwanden. Vielleicht sollte er die Heirat mit Violetta begrüßen. Ohne Liebe zu ihr würde sie ihm nicht genommen werden. Etwas in seinem Inneren lachte ihn aus für diese Überlegung, schimpfte ihn einen einfältigen Tölpel.

»Mutter hat ihn sehr geliebt«, sagte Violetta. »Ob du es glaubst oder nicht. Einige dachten, es ginge ihr nur um seinen Reichtum, aber sie hat ihn wirklich geliebt. Sie hat es mir selbst gesagt.«

Johannes sah Violetta an. Sie hatte ein ovales Gesicht, eine lange, schmale Nase und darunter einen schmallippigen Mund. Ihr unverletztes Auge funkelte, während das silberne Auge unter dem Haar verborgen war.

Sie war hübsch, er könnte es auch schlechter erwischen, versuchte sich Johannes einzureden. Sie war gescheit, aber sie war leider auch eifersüchtig, besitzergreifend und egoistisch. Keine Charaktereigenschaften, die er an einer Frau schätzte. Und letztendlich konnten all diese negativen Eigenschaften auch zu seinem Verderben führen.

»Ich habe gar keine Sonntagsgewänder mehr«, sagte Johannes. Seine Stimme klang in seinen Ohren blechern und fremd.

Violetta wirkte kurz etwas verwirrt über den plötzlichen Wechsel des Gesprächsthemas, dann aber strahlte sie über das ganze Gesicht. »Mutter hat die Kleider deines Vaters aufbewahrt. Bestimmt finden wir etwas Passendes für dich.«

Nach dem Essen gingen sie hinauf in das Gemach, welches einst von Rosa bewohnt worden war. Es war seltsam, die Räumlichkeiten zu betreten.

»Ich habe noch nichts an dem Zimmer verändert«, erklärte Violetta. »Der richtige Zeitpunkt ist noch nicht gekommen.«

»Wann ist deine Mutter gestorben?«

»Vor zwei Wochen«, antwortete Violetta. Die Beiläufigkeit in ihrer Stimme verursachte Johannes wieder einen Schauer. Er war sich nicht bewusst gewesen, dass Violetta so wenig für ihre Mutter empfand. Er hatte stets den Eindruck gehabt, die beiden wären einander nahe gewesen, eingeschworen, aber wohl nur im Hass auf Julia und ihn … oder am Ende doch nur auf Julia. Er konnte es den beiden Frauen nicht verdenken. Julia war all das, was sie nicht waren. Sein Herz zog sich schmerzlich zusammen beim Gedanken an seine Schwester.

»Das ist noch nicht lange her«, sagte Johannes.

»Nein, und doch fühlt es sich für mich wie eine Ewigkeit an. Seltsam, nicht?« Violetta drehte sich zu ihm um. War das Schmerz in ihren Augen, den er erkennen konnte? War es ihr doch nicht so einerlei?

Seine Stiefschwester steuerte einen der Schränke an. Es war jener, der schon immer in diesem Gemach gestanden hatte. Vaters Schrank aus Holz mit den eingeschnitzten Pferden. Als Kind hatte er zu den hölzernen Pferden hochgeschaut, damals, als Vater und Mutter noch lebten, und davon geträumt, ein Ritter zu sein. Von einem Ritter war er weit entfernt. Überhaupt war nichts von dem, was er sich in seiner Kindheit erhofft und erwünscht hatte, wahr geworden. Die Bitterkeit darüber nagte rattenhaft an ihm.

»Schau, vielleicht passt dir das?« Violetta riss ihn aus seinen trüben Gedanken. Sie streckte ihm ein Bündel Kleider hin. Für einen Augenblick glaubte er, die Sachen würden sogar noch nach seinem Vater riechen, aber das war sehr unwahrscheinlich nach all den Jahren.

»Probiere die Kleidung an«, forderte Violetta ihn auf.

Johannes verschwand mit dem Bündel hinter dem Paravent, der mit dunkelblauem Samt bezogen war. Angekleidet trat er schließlich wieder hervor. Sein Erscheinungsbild zauberte Violetta einen entzückten Ausdruck aufs Gesicht.

»Wie auf den Leib geschneidert.« Sie winkte ihn aufgeregt vor den Spiegel. Ihre Freude berührte etwas in Johannes' Herz und gab den Blick frei auf ein fröhliches Mädchen, das er so schon vor Jahren gern kennengelernt hätte. Er ertappte sich bei dem Wunsch, Rosa wäre damals auf irgendeine Weise umgekommen und sein Vater niemals von den Banditen getötet worden. Für einen Augenblick flackerte vor seinem geistigen Auge das Bild einer glücklichen Familie auf – wenn auch ohne Mutter. Dann verblasste das Bild, und er befand sich wieder im Hier und Jetzt vor dem Spiegel. Violetta hatte recht. Die schwarze Hose, das weiße Hemd und die schwarze Weste passten wie angegossen.

»Es wird ein wundervoller Tag morgen«, jubilierte Violetta hinter ihm. »Ich wünsche mir so sehr, dass du genauso empfindest.«

Johannes' Herz krampfte sich zusammen, seine Kehle war trocken, er brachte kein Wort heraus, also verzog er seine Lippen zu einem Lächeln.

»Wir werden miteinander glücklich werden. Du wirst es sehen«, versprach Violetta und tänzelte selig durch den Raum.

Johannes sah seinem Spiegelbild in die Augen. Übelkeit stieg in ihm hoch. Er drehte sich ab.

»Was ist?« Violetta beendete ihren Tanz.

»Ich bin müde«, sagte er. »Es war alles ein bisschen viel heute.« Heute, ja, es war wirklich alles an einem Tag geschehen. Ein Tag, der kein Ende zu nehmen schien.

Violetta legte ihre Hand an seinen Oberarm. »Leg dich doch etwas hin.«

Gemeinsam verließen sie Rosas Gemach. Als Johannes die Treppe ansteuerte, um auf den Dachboden zu gehen, hielt Violetta ihn zurück. »Geh in dein Zimmer. Oben gibt es keine Betten mehr.«

Überrascht stellte Johannes fest, dass sein Kinderzimmer noch genauso aussah wie damals. Sein Bett stand immer noch darin. In das Fußende waren zwei sich kreuzende Schwerter eingeschnitzt und hinter ihnen der Kopf eines Ritters. Ludwig hat es auf seinen Wunsch hin angefertigt. Sein Sekretär stand noch in der gleichen Ecke, genauso der massige Schrank und die Truhe, in der er sein Spielzeug aufbewahrt hatte.

»Du hast nichts in dem Zimmer verändert.«

Violetta errötete. »Ich hatte immer gehofft, Mutter lässt dich wieder in dein Gemach zurück. Außerdem mochte ich es, wie es war. Ich hätte es nicht übers Herz gebracht, etwas zu verändern. Mutter hat das nie verstanden. Ich glaube, sie hasste mich sogar dafür.«

Johannes schüttelte den Kopf. »Das glaube ich nicht.«

»Und warum wollte sie mich mit einem Mann verheiraten, den ich nicht liebe?«

Weil sie herrschsüchtig war, dachte Johannes, laut sprach er aber aus: »Sie wollte vermutlich die beste Partie für dich finden.« Er musste gähnen.

»Nun, es spielt glücklicherweise keine Rolle mehr, was meine Mutter wollte«, sagte Violetta mit einem schmalen Lächeln. »Ich lasse dich schlafen, damit du für den großen Tag morgen bei Kräften bist.« Sie nahm ihm damit den Raum, Fragen zu stellen. Fragen hätten ihm noch genügend auf der Zunge gebrannt, aber gleichzeitig war er wirklich hundemüde. So müde, dass die Sorge um seine Schwester einem dumpfen Schmerz glich. Er schälte sich aus den Kleidern, ließ sich auf die weiche Matratze fallen und schlief sofort ein.

16. Kapitel

Johannes erwachte, als der Hahn im Hof des Nachbarhauses krähte. Er streckte sich ausgiebig, und langsam kehrten die Geschehnisse des letzten Tages in sein Bewusstsein zurück. Mit einem Ruck setzte er sich auf. Sein Herz pochte in der Brust, als wäre er eben schnell gerannt. Er würde Violetta heiraten!

»Verdammt, verdammt!«, fluchte er leise vor sich hin. »Gott im Himmel, warum bist du mir nicht gnädiger gestimmt?« Johannes hatte seit dem Tod seines Vaters nicht mehr gebetet. Er blickte hinauf zur Decke, hoffnungsvoll.

Ein Klopfen erklang. Johannes zuckte zusammen. Für einen Augenblick glaubte er absurderweise, es könnte Gott sein.

»Johannes?« Es war Violetta, seine Braut.

»Ja?«, erwiderte er.

Seine Stiefschwester nahm sein Ja als Aufforderung, die Tür zu öffnen. Johannes, nur mit einem langen Hemd bekleidet, empfing seine zukünftige Gemahlin mit einem verdutzten Gesichtsausdruck.

Violetta trug ein dunkelgrünes Samtkleid mit goldenen Bordüren und einer goldenen Schnürung. Das Kleid betonte ihre schmale Taille und ihren Busen. Eine goldene Kette zierte ihren Schwanenhals. Das Haar hatte sie zu einem Zopf geflochten, der ihre Stirn umkränzte. Kein Haar fiel über das Auge, das Johannes einst verletzt hatte.

Johannes' Mund klappte auf. »Dein Auge, wie kann das sein ...«

Violetta lächelte. »Wie ich sehe, ist meine Überraschung gelungen.«

Johannes nickte.

»Ich bin, so scheint es, eine weitaus begabtere Hexe als meine Mutter.«

Ihre Antwort ließ Johannes erschaudern. »Deswegen konntest du auch den Fluch von mir nehmen?«

»Mit dem Tod meiner Mutter ging die Verantwortlichkeit für den Fluch auf mich über. Es war einfach, ihn aufzuheben.« Triumph und Genugtuung spiegelten sich in Violettas Antlitz wider.

Die unterschwellige Botschaft, die ihren Worten mitschwang, war ihm weder bei der einen Aussage noch bei der anderen entgangen. Sie war mächtig und konnte ihn jederzeit wieder in ein Reh verwandeln. Möglicherweise sogar in etwas Schlimmeres. Andererseits … gab es etwas Schlimmeres als die Ungewissheit über Julias Verbleib? Nein! Ihretwillen musste er durchhalten, sich seinem Schicksal ergeben – vorerst zumindest.

Ludwig fuhr Johannes und Violetta in der Kutsche nach Meri. Mit dabei war Frieda, die noch aufgeregter zu sein schien als Violetta. Der Pfarrer erwartete sie bereits vor der Kirche. Er war ein älterer, untersetzter Mann mit einem bartlosen, runden Gesicht, aus dem graue Augen strahlten.

Pfarrer Klaus war eine altbekannte Persönlichkeit für Johannes.

»Fast wie der Vater«, flötete der Geistliche. »Es ist mir eine Ehre, dich heute zu vermählen, wie ich es damals bei deinem Vater und deiner Mutter getan habe, als ich noch ein Jungspund war.« Er lachte in hoher Tonlage, und sein Bauch hüpfte dabei auf und ab. Pfarrer Klaus sah sich verwundert um. »Wo ist deine Schwester? Seid ihr nur zu viert?«

Ehe Johannes antworten konnte, kam ihm Violetta zuvor. »Sie ist verhindert, und mehr Familie haben wir bedauerlicherweise nicht. Wie Ihr Euch vielleicht erinnern könnt, habt Ihr erst vor Kurzem die Grabrede bei der Beisetzung meiner Mutter gehalten.«

»Verzeiht mir«, sagte der Pfarrer betroffen. »Das war unangemessen von mir. Ich hätte … Es wäre so schön gewesen … Ach, kommt herein, ihr Kinder Gottes.«

Johannes sog beim Betreten der Kirche den Duft nach Kerzenwachs, Weihrauch und Holz tief in seine Lungen ein. Der Geruch hatte schon immer etwas Beruhigendes gehabt. Doch als er mit Violetta vor dem Altar stand und den Worten des Pfarrers lauschte, beschleunigte sich sein Puls, und der vertraute Kirchenduft konnte ihn nicht mehr beruhigen. Johannes fühlte sich, als würde ihm jemand mit der Faust gegen seine Brust drücken. Jede Faser seines Körpers schrie: *Renn weg!* Aber er blieb und sprach das Eheversprechen mit zittriger Stimme, woraufhin Pfarrer Klaus feierlich verkündete: »Somit erkläre ich euch zu Frau und Mann. Möge Gott euch mit Kindern und Glück segnen.« Ein strahlendes Lächeln erhellte das Gesicht des Kirchenmannes.

Johannes spürte, dass er dieses Lächeln erwiderte, doch es fühlte sich starr an, falsch. In ihm war keine Freude, nur Trauer und Sorge. Wie durch Watte hindurch hörte er Violetta, die sich beim Pfarrer für die schöne Messe bedankte und ihm einen Beutel mit Talern überreichte. Seite an Seite verließen sie die Kirche als Johannes und Violetta Kaufmann.

Auf dem oberen Treppenabsatz flüsterte Violetta ihm ins Ohr: »Zu Hause werden wir dann unsere Ehe richtig vollziehen.«

Ein Schauer rann Johannes' Rücken hinunter. Ehe er etwas darauf erwidern konnte, brach eine große Aufregung aus. Die Straße vor der Kirche füllte sich mit Menschen.

»Na nu, was ist denn da los?«, brummte Ludwig.

Pfarrer Klaus war ihnen vor die Tür gefolgt. »Habt ihr nicht gehört? Der König hat das Gesindel gefasst, das seine Schwester geschändet und ermordet hat. Sie werden heute an den Pranger gebracht und in drei Tagen hingerichtet, öffentlich.«

Violetta drehte sich zu Johannes um. »Wollen wir uns das ansehen?«

»Ich weiß nicht ...« Er war alles andere als begeistert. Viel lieber hätte er nach Julia gesucht, aber wo sollte er beginnen? Diese Hilflosigkeit erfüllte ihn mit Wut.

»Sei kein Spielverderber!«, rief Violetta und packte ihn an der Hand. Sie wies Ludwig und Frieda an, bei der Kutsche zu warten.

Ganz Meri schien auf den Beinen zu sein. Die engen Gassen, die zum Rathaus führten, waren von einer Menschenmenge geflutet. Es herrschte ein Durcheinander der wildesten Gerüchte. Die Schänder sollten angeblich Ungeheuer sein, gar keine Menschen. Andere behaupteten, es seien Männer aus einem fernen Land mit dunkler Hautfarbe, wiederum andere redeten von Riesen.

Johannes sehnte sich nach dem Leben im Wald zurück. Am liebsten hätte er auf dem Absatz kehrtgemacht, aber das konnte er nicht, also blieb ihm nichts anderes übrig, als die Zähne zusammenzubeißen. Violetta schlängelte sich mit ihm im Schlepptau geschickt an den Menschen vorbei. Als sie die vorderste Reihe erreichten, mussten sie feststellen, dass es nichts zu sehen gab. Die Schandpfähle mit den Halseisen waren noch leer. Doch Wachmänner des Königs sorgten dafür, dass der Pöbel dem Pranger nicht zu nahe kam. Links führte eine Straße hinauf zum Rathaus. Dort befanden sich die Kerker der Stadt Meri. Auch hier bildeten die Wachen des Königs eine Straßensperre.

»Sie sind noch nicht da«, sagte Violetta laut genug, um von einer älteren, rundlichen Frau gehört zu werden.

»Sie sollten jeden Moment herbeigeführt werden«, erklärte diese.

»Seid Ihr sicher?«, fragte Violetta.

»Ja!«, rief eine piepsige Stimme, die zu einem ungefähr zehnjährigen Jungen gehörte, der ein schmutziges Gesicht und dreckige Füße hatte. Das fettige Haar stand wild nach allen Seiten. Blaue Augen strahlten aufgeregt. »Ich habe sie gesehen!«

»Wo?«, wollte Violetta wissen.

»Ich bin da ganz hochgerannt.« Der Junge deutete auf die Straße, die zum Rathaus führte. »Sie haben die Männer hochgebracht. Drei waren es. Riesige Kerle.« Der Kleine hüpfte unruhig auf und ab. »Sie sehen grausig aus.«

Plötzlich kam Bewegung in die Menge der Zuschauer und sie begannen zu schreien. »Sie kommen! Sie kommen!«

Johannes wendete seinen Blick von dem Jungen ab, und auch Violettas Aufmerksamkeit ging in die Richtung, in die die Leute zeigten. Auf weißen Pferden erschienen vier Ritter des Königs. Schmerzlich erinnerte sich Johannes an seinen Jugendtraum, einer dieser Ritter zu sein. Sie waren angesehen im Volk als die mutigsten aller mutigen Männer. Das Weiß ihrer Pferde sollte ihre Loyalität und Ehrlichkeit unterstreichen, und ihre silberne Rüstung mit dem Königswappen und dem Herz mit zwei gekreuzten Schwertern bedeutete, dass sie für das Gute kämpften.

Das Volk jubelte ihnen zu. Doch als sie die Gefangenen hinter ihnen erblickten, kippte die Stimmung. Buhrufe erklangen und wüste Beschimpfungen. Faules Gemüse und Fäkalien wurden geworfen. Erst konnte Johannes nicht viel sehen, aber dann kamen die Männer plötzlich in Sichtweite. Er schnappte laut nach Luft, blinzelte, um sich sicher zu sein, dass seine Augen ihm keinen Streich spielten. Aber ja, es waren die Banditen aus dem Wald. Einer fehlte jedoch! Wo war er? Und noch viel wichtiger: Wo war Julia?

Johannes' Herz hämmerte hart in der Brust.

»Das sind richtig große, bedrohliche Kerle«, stellte Violetta fest. In ihrer Stimme schwang etwas mit, das Johannes als Faszination benennen musste. Er ballte die Hände zu Fäusten.

Fast wäre ihm herausgerutscht, dass er die Räuber kannte. Er hielt es jedoch für angebracht, Violetta nichts zu sagen.

»Nicht auszudenken, was sie mit der Prinzessin angestellt haben.«

Wieder dieser Tonfall. Johannes' Fingernägel bohrten sich in das Fleisch seiner Handflächen. Wütend sah er den Männern nach. An Ketten wurden sie zu den Schandpfählen geführt. Der eine war verletzt. Er ging gebeugt, die Hände auf eine blutende Stelle am Bauch gedrückt. Zustimmende Pfiffe erklangen, als den Räubern die Halseisen angelegt wurden. Ein Ritter besah sich die Wunde des Banditen.

»Lasst den Dreckskerl verbluten!«, schrie eine Frau aufgebracht, als der Ritter einen Mann herbeiwinkte, der die Wunde versorgte. Andere schrien »Reißt sie in Stücke!« und »Kreuzigt die Bastarde!« und »Rädert sie!«.

Die Wut, die wie eine Decke über dem Pöbel schwebte, berührte auch Johannes. Wie ein Funke entzündete sie den Zorn in ihm. Getrieben von seiner Gefühlsaufwallung sprang er vor, rannte zwischen den Wachen hindurch und brüllte die Männer an: »Wo ist Julia?« Ehe er noch die Räuber erreichen konnte, wurde er an den Armen gepackt und nach hinten gerissen. Die Banditen hatten ihn gehört. Erst zeigte sich Erstaunen in ihren Gesichtern, dann grinste der mit der Narbe hämisch. »Ich hatte viel Spaß mit deinem Mädchen.«

Johannes' Wut mobilisierte seine Kräfte, er riss sich von dem Ritter los, der ihn festgehalten hatte, und schaffte es bis zu dem grinsenden Kerl. Wütend schlug er dem Banditen mitten ins Gesicht. Unter seiner Faust brach die Nase mit einem lauten Knacken. Blut schoss hervor, und der Räuber schrie heulend auf. Johannes erntete anerkennenden Applaus von der Menge, ehe er von zwei Männern des Königs gepackt wurde.

»Wer ist das?«, verlangte eine gebieterische Stimme zu wissen. Die Soldaten drehten sich um, sodass Johannes ebenfalls sehen konnte, wer da sprach. Auf einem Rappen sitzend blickte Melchior auf ihn hinunter.

»Du!«, entfuhr es Johannes.

Für seinen Ausruf erhielt er einen Schlag in die Seite von einem der Soldaten. »Das ist der König. Sprich ihn gebührend an!«

Melchiors Augen verengten sich zu Schlitzen. »Kennen wir uns?«

»Ich bin Johannes!«

»Johannes?« Melchior runzelte die Stirn.

»Das Reh!«

Melchior blickte ihn ungläubig an, weshalb sich Johannes an seine Bewacher wandte: »Schaut in meine Hosentasche, rechts. Ich habe den Siegelring des Königs dabei.«

Die beiden Soldaten wechselten Blicke, dann griff der rechts stehende in die Tasche und beförderte die Kette mit dem Ring ans Licht. Ein Laut des Erstaunens kam aus dem Mund des Mannes, ehe er die Kette hochhielt und rief: »Hoheit, gehört dies Euch?«

Melchior näherte sich mit dem Pferd und beugte sich hinunter, um die Kette zu nehmen. »Ja, sie gehört mir. Woher hast du sie?«

»Von Euch«, erwiderte Johannes.

»Ich dachte, auf dir liegt ein Fluch.« Misstrauen schwang in der Stimme des Königs mit.

»Er wurde von mir genommen. Ich kann es Euch be…«

»Das ist nicht nötig«, fiel Melchior ihm ins Wort. Er wendete sein Pferd und ritt davon.

Ungläubig sah Johannes ihm nach.

»Was machen wir jetzt mit ihm?«, fragte der eine Soldat den anderen.

»Keine Ahnung.«

»Ihr könntet mich gehen lassen«, warf Johannes ein.

»Nicht ohne Befehl«, schnappte der Soldat links von ihm.

»Lasst ihn los!« Es war Violetta, die aus der Menge hervorgetreten war.

»Wer seid Ihr?«

»Seine Frau«, antwortete sie.

»Seine Hoheit hat uns keinen Befehl gegeben, ihn freizulassen«, erwiderte der Soldat.

Violetta seufzte gereizt.

»Johannes! Johannes!« Der Wind trug die glockenhelle Stimme zu ihm heran. Sie klang wie aus einem Traum. Ungläubig blickte er auf. Julia in einem blauen Kleid ... Sie rannte auf ihn zu. Er blinzelte, glaubte, einen Fiebertraum zu haben. Sein Herz schlug hart und schnell vor Freude.

Hinter ihr, nun zu Fuß, folgte Melchior. Er machte den beiden Rittern, die Johannes festhielten, ein Handzeichen, ihn freizugeben.

Julia hatte Melchiors Worten voller Zweifel gelauscht. Ihr Bruder wäre kein Reh mehr, der Fluch sei von ihm genommen worden, und er würde auf dem Marktplatz stehen.

Konnte es wirklich sein, dass Rosa den Fluch aufgehoben hatte?

»Beschreib ihn mir«, forderte Julia.

»Groß, breite Schultern, blondes Haar, braune Augen. Ein männliches Kinn mit Grübchen. Frauen würden ihn durchaus als stattliche Erscheinung bezeichnen.«

Die Beschreibung reichte Julia. Sie raffte ihre Röcke und rannte los.

»Lasst sie durch!«, rief Melchior.

Die Ritter des Königs traten zur Seite.

Wie eine strahlende Sonne stand Johannes auf dem Marktplatz. Ungehalten vor Freude rief sie seinen Namen. Es dauerte einen Moment, bis er seinen Augen traute, dann öffnete er seine Arme freudig lachend. Glücklich weinend fiel ihm Julia um den Hals.

»Du lebst! Du lebst!«, rief er immer wieder und drückte sie fest an sich.

Julia spürte seinen pochenden Herzschlag, sog seinen vertrauten Geruch ein.

»Was für eine Überraschung!«

Julia versteifte sich in den Armen ihres Bruders, als sie die bekannte Stimme vernahm. Langsam löste sie sich aus der geborgenen Umarmung Johannes'.

»Violetta?«, fragte sie überrascht, als sie die junge Frau erblickte.

Die Angesprochene lächelte. Es war ein boshaftes Lächeln, das Julias Nackenhaare sich aufstellen ließ.

»Ja, ich«, erwiderte die Stiefschwester.

»Hat deine Mutter den Fluch von Johannes genommen?«, fragte Julia, fürchtete zugleich jedoch die Antwort.

»Nein, ich war es. Mutter ist tot.«

Julias Mund klappte überrascht auf. Sie wusste nicht, was sie darauf erwidern sollte.

»Er hat also die Wahrheit gesagt. Aus einem hübschen Reh ist ein ansehnlicher Mann geworden.« Melchior trat dicht neben Julia.

Johannes fuhr sich verlegen mit einer Hand durchs Haar.

»Und Ihr seid?«, fragte Melchior an Violetta gewandt.

»Seine Frau.« Demonstrativ hakte sie sich bei Johannes ein.

»Was?«, rief Julia überrascht aus.

»Wir haben heute Morgen geheiratet«, triumphierte Violetta.

»Warum?«, brach es aus Julia hervor. Tränen schossen ihr in die Augen. Sie fühlte sich, als würde sich unter ihr der Erdboden öffnen.

»Weil wir schon immer füreinander bestimmt waren«, antwortete Violetta an Johannes' statt.

»Sie versprach, den Fluch von mir zu nehmen!«, erklärte ihr Bruder. »Ich wollte dich vor den Räubern retten, aber als Reh konnte ich das nicht.«

Melchior trat vor. »Warum bist du nicht zu mir gekommen? Ich habe dir den Ring gegeben, damit du meine Hilfe einfordern kannst.«

»Welchen Ring?« Julia war verwirrt. Sie versuchte, die Zusammenhänge zu finden, aber sie war derart überwältigt von ihren Gefühlen, dass sie nicht klar denken konnte.

»Ich habe ihm diese Kette gegeben, als er mich ein Stück des Weges begleitete«, erklärte Melchior.

»Hättest du den Fluch von mir nehmen können?« Johannes sah den König herausfordernd an.

»Nein«, antwortete Melchior.

Julia presste, gegen die Tränen ankämpfend, die Lippen fest aufeinander. Violettas schadenfroher Gesichtsausdruck war ihr zuwider, und sie wollte ihr nicht noch mehr Genugtuung zugestehen.

Violetta zog an Johannes' Arm. »Los, lass uns nach Hause gehen.«

Johannes reagierte nicht. Er blickte seine Schwester an. Obwohl er kein Wort sagte, konnte Julia in seinen Augen Bedauern lesen, den Schmerz sehen. Gleichzeitig machte es sie wütend, und diese Wut, gepaart mit einer jahrelangen Verdrossenheit, quoll nun unkontrolliert hervor, schäumte über ... wie durchgeschütteltes Bier in einem Fass.

»Dein verdammter Stolz! Deine verdammte Ungeduld!«, stieß sie aufgebracht hervor. »Wie kannst du ...« Sie geriet ins Stocken. »Hättest du doch nur Melchior zu Hilfe geholt!«

»*Ich* wollte dich retten! *Ich* habe Vater versprochen, dich zu beschützen«, schrie Johannes. »Und ich wollte endlich wieder ein Mann sein und kein vermaledeites Reh. Versteh das doch!«

Melchior trat zwischen die Geschwister. »Ich glaube, dies ist nicht der geeignete Moment, um zu reden.«

Erst jetzt nahm Julia die umstehenden Menschen wieder wahr. Zuvor war die Welt nur auf sie und Johannes begrenzt gewesen, jetzt aber drang das Tuscheln, das Scharren von Füßen und ungeduldiges Husten an ihre Ohren. Hunderte Augenpaare waren auf sie gerichtet. Julia schlang sich die Arme um den Oberkörper.

»Johannes, in ein paar Tagen würde ich dich gerne auf mein Schloss einladen – mit deiner Gattin. Sofern alle Gemüter sich abreagiert haben.« Melchior sah zu Julia.

Am liebsten hätte sie Violetta die Augen ausgekratzt und Johannes gewürgt. Er hatte seine Zukunft zunichtegemacht, indem er sich ausgerechnet mit dieser Frau vermählt hatte. Eine Frau, die sein Leben nicht bereichern, sondern eingrenzen würde.

Sie wandte sich von ihrem Bruder ab.

»Willst du noch zu den Verurteilten?«, fragte Melchior sie sanft. Julia schüttelte den Kopf. Der König winkte einen Ritter zu sich heran. »Bitte begleite meinen Gast zur Kutsche. Ich werde gleich nachkommen.«

Der Ritter nickte, und Julia folgte ihm. Sie hörte, wie Melchior sich an sein Volk wandte, das ihm zujubelte, als er feurig von den Übeltaten der angeketteten Männer zu sprechen begann. Julia war froh, wegzukommen. Sie wusste selbst nicht, was sie am Morgen dazu getrieben hatte, Melchior zu sagen, dass sie ihn auf den Marktplatz begleiten wollte.

Bei der Kutsche angekommen kletterte sie dankbar hinein. Die Mutter des Königs saß darin. Am gestrigen Abend war Julia ihr zum ersten Mal begegnet. Sie war eine zierliche Frau mit einem großen Herzen, aber die tiefe Trauer um ihre Tochter umgab sie wie ein dunkler Schleier.

»Hast du die Männer gesehen?«, fragte sie. »Und den Mann, der sagte, er sei dein Bruder?«

Julia nickte und brach sogleich in Tränen aus.

Die Königin legte ihr eine Hand auf den Arm und gab ihr zu verstehen, dass sie sich zu ihr auf die Bank setzen solle. »Es muss sehr aufwühlend für dich sein«, sprach sie mit stockender Stimme. Eigentlich hatte sie selbst den Ungeheuern gegenübertreten wollen, die ihre Tochter geschändet und getötet hatten, aber als sie vorfuhren, konnte sie nicht aussteigen. Sie war völlig von ihren Gefühlen überwältigt worden. Ihre grünen Augen waren immer noch rotgerändert von den bitteren Tränen, die sie um Amalia geweint hatte.

Die beiden Frauen lagen sich in den Armen und schluchzten, jede um ihr eigenes Schicksal. Irgendwann versiegten die Tränen, und sie lösten sich voneinander.

»Hier, nimm das.« Margrit streckte ihr ein weißes Taschentuch entgegen.

Julia lehnte es dankend ab.

»Nimm es, ich habe für mich selbst noch ein weiteres.« Die Königin lächelte sie aufmunternd an. Julia erwiderte das Lächeln.

»Danke, Margrit.« Sie trocknete sich die nassen Wangen und schnäuzte sich die Nase. Sie sollte sich freuen, ihren Bruder endlich wiedergesehen zu haben, aber die Vermählung mit Violetta überschattete diese Freude. Sie ertappte sich sogar bei dem Wunsch, er wäre tot. Lieber ein toter Johannes als einer, der mit der schrecklichen Violetta verheiratet war. Doch kaum hatte sie den Gedanken zu Ende gedacht, schämte sie sich dafür. Sie presste die Lippen fest aufeinander, um gegen die erneut aufsteigenden Tränen anzukämpfen.

»War denn der Mann nicht Johannes, dein Bruder?« Königin Margrit war ein sehr feinfühliger Mensch, das hatte Julia schnell bemerkt.

»Doch, er war es«, schluchzte Julia.

»Ist etwas mit ihm geschehen?«

»Er ist verheiratet!«

Margrit sah sie irritiert an. »Und das hat dich so erschüttert?«

Julia nickte. »Er hat sich die schlimmste Frau ausgesucht.« Stockend erzählte sie der Königin alles, was sie von Johannes wusste. Sie erzählte auch, wie gemein Violetta war und wie sie ihr nachts das Haar abgeschnitten hatte.

»Melchior hat ihn und Violetta eingeladen, auf das Schloss zu kommen. Aber ich will die beiden nicht sehen!«

»Ach, süße Julia. Dein großer Bruder wollte der Held sein, das wollen Männer immer. Egal ob es Brüder, Ehemänner oder Söhne sind.« Sie streichelte Julias Wange. »Manchmal gelingt es ihnen, und manchmal stellen sie sich auch unglaublich dumm an.«

»Ludwig, unser Diener, hat Johannes schon immer vor seinem Stolz gewarnt. Er hat ihm stets nur Ärger eingebracht und andere verletzt. Ich will ihn nicht sehen.«

Margrit senkte betroffen den Blick auf ihre Hände.

Für einen Augenblick herrschte Stille zwischen den beiden Frauen. Julia gab sich ihrer Wut und Enttäuschung hin.

»Ihr solltet miteinander reden. Du und dein Bruder«, brach die Königin das Schweigen. »Weißt du, Amalia und ich, wir hatten oft unsere Wortgefechte. Sie war eine sehr starke und eigensinnige Persönlichkeit. Schon als kleines Kind. Bevor sie zu meiner Schwester reiste, hatten wir wieder einen unserer Streite – ich weiß gar nicht mehr, um was es ging«, lachte Margrit bitter auf. »Wir haben uns geschrieben, das ging meistens besser als reden. Als ihr Vater erkrankte, wollte sie sofort nach Hause kommen. Hätten wir uns nicht gestritten, wäre sie nicht zu meiner Schwester gefahren und nie überfallen worden.« Tränen traten Margrit in die Augen, die sie sofort wegblinzelte. »Ach, ich will nicht mehr weinen.«

»Ich auch nicht«, sagte Julia. »Aber manchmal scheint es mir, als bestünde das Leben nur aus Tränen.«

Margrit schüttelte bestimmt den Kopf. »So viel Bitterkeit aus dem Mund eines so jungen Mädchens.«

Julia zuckte mit den Schultern. »Vielleicht brauche ich einfach einmal etwas Glück in meinem Leben.«

Margrit tätschelte liebevoll ihre Hand. »Öffne die Augen, Liebes. Glück ist überall. Manchmal sehen wir es einfach nicht.«

Julia presste nachdenklich die Lippen zusammen. War es so einfach, wie die Königin sagte? Lag das Glück vor ihren Füßen? Mit einem Seufzer massierte sie sich die Nasenwurzel. Hinter ihrer Stirn machte sich ein schmerzhaftes Pochen bemerkbar.

Mit einem Ruck wurde die Tür zur Kutsche aufgerissen. Julia und Margrit zuckten erschrocken zusammen und entspannten sich, als Melchior sich zu ihnen setzte. Besorgt blickte er von seiner Mutter zu Julia.

»Wie lange willst du diese abscheulichen Männer am Pranger lassen?«, fragte die Königin.

»Lange genug, damit sie wissen, was es heißt, Hunger zu haben, und lange genug, damit sie erfahren, was es bedeutet, erniedrigt zu werden.« Melchior blickte auf seine Hände hinunter. Die Haut war an den Knöchel aufgeplatzt.

»Was ist geschehen?« Julia ergriff seine Hände.

»Ich musste meinen Zorn auslassen.«

»An den Männern?«, fragte Margrit.

»Es war feige, angekettete Männer zu schlagen, aber ich konnte nicht anders.« Und mit einem schweren Seufzer fügte er an: »Immerhin hat es dem Volk gefallen.«

Betroffen blickte Julia den König an.

»Das war nicht sehr rühmlich«, sagte er weiter. »Ich sollte dem Volk ein Vorbild sein.«

»Melchior.« Margrit sprach seinen Namen sanft aus. »Du gehst zu hart mit dir ins Gericht. Diese schrecklichen Banditen haben …« Die Königin brach mit einem Schluchzer ab. Julia legte ihr sofort beruhigend einen Arm um die Schulter.

»Sag mir, was ich mit ihnen anstellen soll, Mutter«, wollte Melchior wissen.

»Es ist mir egal!«, rief Margrit aus. »Ich will einfach, dass sie keiner Mutter mehr ihr Kind nehmen.«

»Soll ich sie sofort töten lassen?«, fragte Melchior.

Mit einem Taschentuch trocknete Margrit sich die Tränen ab. »Ja.«

»Gut!« Melchior machte Anstalten, aus der Kutsche auszusteigen. »Wollt ihr dem beiwohnen?«

Die beiden Frauen schüttelten gleichzeitig den Kopf.

»Dann lasse ich euch nach Hause fahren.«

»Danke«, sagte Margrit, und an Julia gewandt: »Wenn du das ebenfalls möchtest?«

Julia nickte stumm.

Melchior sprang aus der Kutsche, bellte den umstehenden Männern Befehle zu, eher er sich wieder auf seinen Rappen schwang und zurück zum Marktplatz ritt.

Julia war dankbar, als sich die Kutsche in Bewegung setzte. Nachdenklich blickte sie aus dem Fenster. Sie wäre gerne zum Schloss gelaufen, aber ihr war klar, dass Melchior das nicht gerne hören würde, nicht solange noch einer der Banditen auf freiem Fuß war. Sie machte sich um den Mann keine Gedanken. Mehr Sorgen bereiteten ihr Violetta und Johannes.

»Schau, wir sind schon wieder zu Hause«, riss die sanfte Stimme der Königin sie aus den Gedanken.

Die Brücke, welche den Hofgraben überspannte, wurde hinuntergelassen.

Zu Hause, hallten die Worte in Julias Kopf nach. Sie wusste nicht mehr, wo das war. Trotzdem war sie froh, auf dem Schloss angekommen zu sein.

17. Kapitel

»Trag mich über die Türschwelle!«, forderte Violetta. Johannes tat es. Mechanisch, gedanklich abwesend. Julia zu begegnen, hatte ihn aufgewühlt. Er war dankbar, dass sie wohlauf war, aber ausgerechnet bei Melchior! Außerdem hatte ihre Reaktion ihn zutiefst verletzt. Verstand sie wirklich nicht, warum er kein Reh mehr sein wollte?

»Johannes! Johannes!« Violettas Rufen riss ihn aus seinen schweren Gedanken.

»Ja?«, fragte er.

»Willst du hier unten stehen bleiben?«

Johannes blinzelte. Er stand im Hauseingang. Ludwig und Frieda warteten am Treppenabsatz, um ihn und seine Braut bis zum Schlafzimmer zu geleiten, so wie es Brauch war. Frieda hielt eine bestickte Decke in den Händen.

»Nein, natürlich nicht«, erwiderte Johannes.

Sein Herzschlag beschleunigte sich mit jeder Stufe, die er nahm. Violetta schmiegte sich an ihn. Ihr warmer Atem streifte seinen Hals. Sie roch betörend, und das verwirrte ihn. Wie konnte er solche Angst davor haben, den Akt der Ehe mit ihr durchzuführen, und gleichzeitig ihren Geruch als verführerisch wahrnehmen?

»Ich spüre deinen Herzschlag«, flüsterte sie in sein Ohr.

»In dein Gemach oder meines?«, fragte Johannes, während sie den oberen Treppenabsatz erreichten. »In meines ... unseres«, antwortete Violetta.

Ludwig öffnete ihnen die Tür. Johannes trug Violetta zum Bett und legte sie hinein. Seine Armmuskeln schmerzten etwas von ihrem Gewicht. Frieda eilte in das Gemach, legte die Decke auf den Frisiertisch und half Violetta, die sich wieder vom Bett erhoben hatte, aus dem Hochzeitskleid.

Johannes zog sich selbst bis auf die Beinkleider aus. Ludwig wartete schweigend. Sein Blick war ins Leere gerichtet. Johannes fragte sich, was in den Gedanken des älteren Mannes vor sich ging. Es war ihm nicht anzusehen, was er von der Hochzeit hielt, und Johannes war sich sicher, Ludwig würde sich auch davor hüten, Farbe in irgendeiner Art und Weise zu bekennen. Er fürchtete Violettas Hexenkraft genauso sehr wie Johannes selbst.

Wie es sich gehörte, legte sich das frischvermählte Ehepaar ins Bett. Frieda deckte die beiden mit der Decke zu, die sie mitgebracht hatte.

»Unsere Eltern, dein Vater und deine Mutter, haben einst auch unter dieser Decke gelegen«, sagte Violetta mit einem Lächeln.

Johannes konnte nur nicken. Seine Kehle war wie zugeschnürt.

»Wir lassen Euch nun allein«, verkündete Ludwig mit einem Räuspern. Ehe Johannes sichs versah, waren nur noch er und Violetta im Zimmer. Er fühlte sich wie gelähmt. Sein Atem ging flach.

Violetta stützte sich auf dem Arm ab. Sie blickte den auf dem Rücken liegenden Johannes mit Entzückung und voller Erwartung an. »Der letzte Schritt, um unsere Vereinigung zu besiegeln«, flüsterte sie.

Johannes spürte einen dicken Kloß im Hals. Violetta beugte sich zu ihm hinunter. Wieder fiel ihm ihr betörender Geruch auf, und als sie ihre Lippen auf die seinen drückte, fühlte es sich wie eine Art Blitzschlag an.

Sie hat mich verhext, dachte er, bevor ihr Duft und ihr Kuss ihn völlig übermannten. Wollust brodelte in ihm wie ein Feuer. Er packte Violetta und legte sie auf den Rücken. Sie kicherte. Mit einem Kuss brachte er sie zum Schweigen. Gleichzeitig begann er sie aus ihrem Unterkleid zu schälen. Sein Puls beschleunigte sich, als er sich aufrichtete und Violettas nackten Körper betrachtete, wie ein Künstler, der sein Meisterwerk vollendet hat.

Hektische Flecken färbten ihr Gesicht rot. Er erinnerte sich daran, wie albern er es als Kind fand, dass sie immer derart errötete, doch jetzt, jetzt fand er es süß und anziehend. Etwas Verletzliches ging von ihr aus.

Ihre Haut war weiß wie Alabaster. Die Höfe ihrer Brustwarzen waren dunkel wie ihr Haar. Sehnsüchtig streckten sich ihre Nippel ihm entgegen. Johannes beugte sich über sie. Küsste, leckte und saugte erst an einem, dann am anderen. Violettas Hände krallten sich in seinen Rücken. Ein leises Stöhnen entwich ihrem Mund und dann die fast schon schüchternen Worte: »Es ... Für mich ... ist es das erste Mal.«

Johannes hörte ihre Stimme wie durch Nebel. Einen Nebel der Lust. Er entledigte sich seiner Unterhosen, die ihm zu eng wurden.

»Willst du mich?«, fragte Johannes mit Härte in der Stimme.

Violetta nickte, und mit dünner Stimme hauchte sie: »Willst du mich auch?«

Johannes drückte ihre Beine auseinander. Ein Lächeln erschien auf seinem Gesicht. Ein lüsternes Lächeln. »Ja, ich will dich auch.«

Er näherte sich Violettas Scham. Sie atmete tief ein und hielt die Luft an. Johannes drang mit einer schnellen Bewegung in sie ein. Sie stieß einen spitzen Schrei aus. Er ignorierte es, oder besser gesagt, er nahm es wahr, aber irgendwie drang ihre Reaktion nicht bis zu ihm durch. Er war immer noch völlig umhüllt von einer Wolke des Begehrens. Rohes Begehren ohne jegliche Liebe.

Rhythmisch stieß er seine Lenden vor und zurück, während er Violetta an den Beinen festhielt. Es dauerte nicht lange und er erreichte den Höhepunkt. Erschöpft zog er sich aus ihr heraus. Mit einem Seufzer legte er sich neben seine Frau.

»Das war …«, setzte Violetta an, brach aber, um Worte ringend, wieder ab.

»Leidenschaftlich?«, fragte Johannes.

Sie lagen einander zugedreht im Bett.

»Ja, aber was ich eigentlich sagen wollte …« Violetta benetzte sich die Lippen mit der Zunge. »Es war anders, als ich es mir immer ausgemalt habe.«

»Mmh …«, brummte Johannes. Er atmete tief ein und aus. Erneut stieg ihm Violettas unglaublicher Körperduft in die Nase. Obwohl er eben erst gekommen war, wollte er sie schon wieder. Als seine gierige Männlichkeit gegen ihren Bauch drückte, stöhnte sie leise auf und gleichzeitig weiteten sich ihre Augen.

Johannes küsste sie, knetete ihre Brüste, und dann, als er sie an den Hüften packte, schrie Violetta auf: »Nein, nicht! Ich will nicht schon wieder!« Und leiser murmelte sie einige Worte. Plötzlich fiel die Lust von Johannes ab.

»Was hast du getan?«, fragte er und sah auf sie hinunter.

Violetta brach in Tränen aus. »Ich habe dich mit einem Zauber belegt«, schluchzte sie. »Ich wollte, dass unsere Vereinigung schön wird, aber das war sie nicht.«

Johannes biss sich beschämt auf die Lippen. Er liebte Violetta nicht, aber es war ihm peinlich, sie auf so eine grobe, lieblose Art genommen zu haben, auch wenn er nun erfuhr, unter ihrem Bann gestanden zu haben.

»Was war das für ein Zauber?«, verlangte er zu wissen.

Violetta zog die Decke an sich, um ihre Nacktheit zu verbergen.

»Begehren«, antwortete sie.

»Vielleicht hättest du mich besser mit einem Liebeszauber

belegt.« Nicht dass Johannes das tatsächlich wollte, aber es hätte vielleicht vieles einfacher gemacht.

»Es gibt keinen Liebeszauber«, erwiderte Violetta.

»Bitte?« Johannes glaubte, sich verhört zu haben.

»Diese Geschichten über Liebeszauber, sie sind Ammenmärchen. Es ist unmöglich, einen Menschen so zu binden. Es kann lediglich ein Leidenschaftszauber gesprochen werden für den Beischlaf«, erklärte Violetta, während ihre Tränen auf den Wangen trockneten.

Schweigen machte sich zwischen den Frischvermählten breit. Johannes fühlte sich ausgelaugt und traurig.

»Ich werde den Zauber nicht wiederholen«, brach Violetta die Stille. »Es hat mir nicht gefallen, was er mit dir angestellt hat. Ich glaube, wenn es echt wäre, dann würdest du mich vielleicht auf jene Art und Weise lieben, die ich mir vorgestellt habe.« Sie krallte sich förmlich in die Bettdecke. Ihre Augen wurden wieder feucht. Sie blinzelte, um gegen die aufsteigenden Tränen anzukämpfen. »Ich möchte … Ich will, dass du mich von ganzem Herzen liebst, so wie du Julia liebst.«

»Fang nicht wieder damit an. Sie ist meine Schwester – meine leibliche. Ich hege keine romantischen Gefühle für sie!«

»Ich bin doch nicht blind. Ich sehe, auf welche Art und Weise du sie anschaust: verträumt, sehnsüchtig, verliebt!« Die Stimme der Stiefschwester überschlug sich förmlich.

Johannes' Finger krallten sich wütend in die Bettdecke. Violetta klammerte sich an eine wilde und alberne Vorstellung. Julchen war seine kleine Schwester, seine einzige Familie, sein Ein und Alles. Seine Kiefer mahlten …

»Du himmelst sie an!«, keifte Violetta wütend weiter.

Tat er das? Entschieden schüttelte Johannes den Kopf. »Blödsinn!«

»Wenn es nicht so ist, kannst du dich ja ganz einfach in mich verlieben.«

Johannes lachte bitter auf. »Denkst du, nach allem, was zwischen uns war, den Streitereien, den Anschwärzungen, die du gegenüber deiner Mutter gemacht hast, könnte ich einfach eines Morgens aufstehen und dich lieben?«

Wie ein trotziges Mädchen saß Violetta da, die Bettdecke fest um sich gewickelt, die Lippen bebend.

»Dir ist klar, dass ich dich wieder in ein Reh oder etwas noch viel Schlimmeres verwandeln könnte?« Sie hob den Blick. Das Kinn vorgeschoben, die blauen Augen funkelten wütend.

»Ja. Wenn du mich verwandeln willst, dann tue es.« Johannes, nackt, so wie er auf dem Bett kniete, breitete die Arme aus. »Los, tue es!«

»Nein«, sagte Violetta entschlossen. »Du wirst dich noch in mich verlieben.«

Johannes glaubte nicht daran, aber er wollte sich dazu nicht weiter äußern. Violetta war stur.

»Wir werden der Einladung des Königs nicht nachkommen«, verkündete sie.

»Nicht?«, wiederholte Johannes. »Aber er ist der König.«

»Ich will nicht, dass du Julia siehst. Sie tut dir nicht gut. Mit ihr in deinem Leben kannst du dich niemals auf mich einlassen – dich in mich verlieben.«

Johannes sackte in sich zusammen. »Sie ... sie ist meine Schwester ...«

»Das ist mir egal! Du bist nun mit mir verheiratet!«

Die unsichere, die verletzliche Violetta war verschwunden, und an ihre Stelle war die alte herrschsüchtige Violetta getreten. Es war, als würden zwei Seelen in ihr schlummern, die abwechselnd ihre Gesichter zeigten.

Johannes' Gedanken überschlugen sich. Wenn er ehrlich war, wollte er nicht wieder in ein Reh verwandelt werden. Er musste durchhalten und gute Miene zum bösen Spiel machen, bis er einen Weg gefunden hatte, Violetta zu verlassen, ohne dabei seine menschliche Form aufgeben zu müssen.

»Du hast recht«, sagte er laut. »Ich habe nicht meine Schwester in ihr gesehen. Es spielt aber keine Rolle mehr. Julia hat sich in den König verliebt.«

Misstrauisch neigte Violetta den Kopf zur Seite.

»Sie haben sich draußen im Wald zum ersten Mal getroffen, und sie hat ihn auf diese besondere Weise angesehen ...«

Nun war es an Johannes, den Blick zu senken. Seine laut ausgesprochenen Worte berührten etwas in ihm. Etwas, das ihm Angst machte. Hatte Violetta am Ende doch recht? Liebte er Julia zu sehr? Mehr als es sich für Geschwister ziemte?

»Ich kenne diesen Blick«, sagte Violetta und riss ihn damit aus seinen Gedanken.

Johannes stand auf. Seine Beine schmerzten vom Knien. Er ergriff seine Kleider und zog sich an.

Violetta blieb nachdenklich im Bett sitzen.

»Ich gehe in den Garten«, verkündete Johannes.

Er war bereits auf dem Weg zur Tür, als Violetta rief: »Warte!«

Langsam, mit klopfendem Herzen, drehte Johannes sich um.

»Wir nehmen die Einladung des Königs wahr. Es wäre unhöflich, ihr nicht Folge zu leisten.«

Johannes nickte. »Selbstverständlich.« Als er sich wegdrehte, lächelte er.

18. Kapitel

$\mathcal{E}$s war Abend, als Julia das Gästezimmer verließ und sich auf die Suche nach Melchior machte. Sie war immer noch aufgewühlt von der Begegnung mit ihrem Bruder und Violetta, die nun seine Frau war. Für sie fühlte es sich fast wie ein Traum an. Ein Albtraum. Johannes hatte sein Eheversprechen der Frau gegeben, die sie mit Frühstücksbrei beworfen und die ihre Lieblingspuppe kaputt gemacht hatte, der Frau, die ihr das Haar in der Nacht abgeschnitten hatte, der Frau, die sie hasste. Er hatte ihr seine Beweggründe genannt, aber noch immer fiel es Julia schwer, sie hinzunehmen.

Als ein Bediensteter ihren Weg kreuzte, fragte sie, ob er wisse, wo der König sich aufhalte.

»Seine Majestät ist im Garten«, verkündete der Diener und machte eine Verbeugung.

»Könnt Ihr mich zu ihm führen, das Schloss ist so riesig«, bat Julia mit einem Lächeln.

Der Diener, ein hagerer kleiner Kerl, nickte. »Folgt mir, gnädige Dame.« Er führte sie durch die Korridore des ehrwürdigen Gebäudes, und Julia versuchte, sich den Weg einzuprägen, was gar nicht so einfach war.

Schließlich erreichten sie die breite Treppe mit dem roten Teppich auf den steinernen Stufen und den Ahnenbildern an den Wänden. Der Diener führte Julia nach links, den Korridor hinunter bis zu einer Flügeltüre, die zum Garten hinausging. Wobei Garten eine Untertreibung war. Es war ein wunderschöner Park mit schattenspendenden Trauerweiden, gepflegten Rosenbüschen, Obstbäumen und einem Brunnen in der Mitte mit einer hübschen, steinernen Frauenstatue, die einen Krug auf den Schultern trug, aus dem sich Wasser ergoss.

Staunend blickte Julia sich um. Ein Kiesweg führte durch die Wiese zu mehreren Marmorbänken. Auf einer davon, nahe einer riesigen Trauerweise, saß Melchior ganz allein … mit geschlossenen Augen, den Kopf in den Nacken gelegt.

»Normalerweise will Majestät nicht gestört werden, wenn er auf dieser Bank sitzt. Wir sollten wieder gehen«, sagte der Diener leise.

Julia verlagerte unsicher das Gewicht von einem Bein auf das andere. »Wenn Ihr mich alleine lasst, dann könnte ich sagen, ich wüsste nichts von dieser Anordnung.« Sie lächelte und brachte damit den Bediensteten in einen Zwiespalt.

»Der König ist in solchen Angelegenheiten sehr unnachgiebig«, nuschelte der Diener angespannt.

»Julia! Komm zu mir!«, rief Melchior und erlöste damit den Untergebenen aus seiner Zwangslage. Rasch verbeugte der sich, um sich zu entfernen.

Melchior war von der Bank aufgestanden. Er blickte Julia erfreut entgegen. Sein Lächeln ließ seine wunderschönen grünen Augen mit dem Grün der Bäume um die Wette funkeln.

»Dein Diener sagte mir, du möchtest normalerweise nicht gestört werden, wenn du hier sitzt.«

Der König nickte. »Das ist wahr.«

»Störe ich dich?«

»Aber nein, du störst nie, Julia! Willst du ein paar Schritte gehen?«, fragte Melchior.

»Gerne.«

Schweigend flanierten sie durch den Park. Julia bewunderte die bezaubernden Schmetterlinge, die über den Blumen zu schweben schienen, und genoss die Ruhe innerhalb der Schlossmauern nach der Aufregung auf dem Marktplatz.

»Ich könnte Violetta hinrichten lassen«, platzte es aus Melchior heraus.

Julia blieb erschrocken stehen.

»Hexerei ist verboten und wird mit dem Tod durch Feuer bestraft. Als König wäre es eigentlich meine Pflicht, sie dem Klerus zu melden ...« Er ließ die letzten Worte unhörbar.

Ein eisiger Schauer jagte Julias Rücken hinunter. Sie ertappte sich bei dem boshaften Gedanken, einfach Ja zu sagen. Doch diese bestürzende Vorstellung war flüchtig wie eine Gewitterwolke.

»Bitte, mach das nicht«, bat sie eindringlich.

Sie standen sich gegenüber. Nur ein Schritt trennte sie voneinander.

Melchiors sinnlicher Mund bog sich zu einem Lächeln. »Das werde ich nicht, außer es wäre dein aufrichtiger Wunsch.«

»Ich möchte über niemandes Leben bestimmen«, sagte Julia heiser. »Das steht mir nicht zu.«

»Was ist mit den Banditen?«

Julia verschränkte die Arme. »Sie haben deine Schwester getötet ...«

»Ja, das haben sie. Doch Amalia wird nicht wieder lebendig durch ihren Tod.« Melchiors Augen glänzten feucht.

Julia legte ihre Hand an seine Wange. »Nein, das wird sie nicht, aber durch die Hinrichtung der Männer wird das Leben anderer gerettet.«

Julia wollte ihre Hand wieder wegziehen, doch Melchior legte rasch seine auf die ihre. »Deine Berührung ... Sie ist wunderschön ... Ich genieße deine Nähe. Schon im Wald habe ich das getan.«

Julias Wangen fühlten sich heiß an. Sie senkte verlegen den Blick. Tausende von kribbelnden Ameisen schienen sich in ihrem Bauch zu tummeln.

»Wann hast du bemerkt, dass ich kein Junge bin?«

Melchior lachte. »Vom ersten Augenblick an, in dem ich dir

gegenübergestanden bin. Außerdem hast du deine Stimme nicht besonders überzeugend verstellt«, zog er sie auf.

»Du lügst doch!«, rief Julia.

Melchior grinste schelmisch. »Dir ist schon klar, dass du soeben den König der Lüge bezichtigt hast? Deinen König!«

»Ich ... Es ... Ich vergesse immer wieder, dass du ... Also ...«, stotterte sie.

»Du vergisst, dass ich dieses Land regiere.« Melchior machte eine allumfassende Handbewegung.

Julia nickte.

»Das ist schön«, sagte Melchior leise. »Ich glaube, du siehst in mir den Menschen und nicht den Herrscher.« Er machte einen kleinen Schritt nach vorne, sodass sie sich fast berührten, aber nur fast. In Julias Bauch flatterten Schmetterlinge. Sie nickte.

»Sag mir, was du in mir siehst«, forderte Melchior sanft, aber dennoch bestimmt.

»Einen verletzlichen, liebevollen, humorvollen Mann, der gut zuhören kann, einfühlsam ist, selbstbewusst, aber gleichzeitig auch eine hochmütige Seite herauskehrt, besonders gegenüber jungen Frauen und Rehen im Wald.« Julia fand den Mut, ihn ebenfalls zu foppen.

»Ich war hochmütig?«

»Du hast dich über mich lustig gemacht, wie ich den Bogen hielt«, bemerkte sie trocken.

»Damit wollte ich dir sagen, wie anziehend ich dich finde.«

»Aha«, war alles, was sie sagen konnte, ehe Melchior sich vorbeugte und ihren Mund mit einem Kuss bedachte. Einem Kuss mit geschlossenen Lippen, der Julia wohlige Schauer durch den Körper jagte.

Erschrocken über ihre Empfindungen trat sie einen Schritt zurück. »Darfst du das?«, fragte sie Melchior. »Die Tochter eines Kaufmannes küssen, durch deren Adern kein königliches Blut fließt?«

»Nur wenn es der Tochter des Kaufmanns beliebt.«

Julia berührte mit den Fingerspitzen ihre Lippen, spürte damit nach. »Es war ein schöner Kuss«, sagte sie leise.

»Möchtest du einen richtigen bekommen?«, fragte Melchior verlegen grinsend.

»War das eben kein richtiger Kuss?«

»Du hast vom Küssen so wenig Ahnung wie vom Bogenschießen«, lachte er, ergriff sie an den Handgelenken und zog sie zu sich heran.

Während die Sonne sich langsam senkte und den Himmel orangerot färbte, als würde er bluten, zeigte der König der Kaufmannstochter, was ein richtiger Kuss war. Melchior nahm Julias Gesicht zwischen seine Hände. Seine Lippen kamen den ihren ganz nahe. Mit seiner Zungenspitze kitzelte er ihren Mund, und Julia öffnete ihre Lippen. Spielerisch berührten sich ihre Zungen – einem tanzenden Paar gleich. Ein angenehmes Kribbeln wanderte durch Julias ganzen Körper. Als Melchior den Kuss beendete, schnappte sie nach Luft.

»*Das* war ein richtiger Kuss«, sagte er grinsend.

Julia lachte. »In der Tat!«

Melchior ergriff sanft ihre Hand. »Folge mir.«

»Wohin gehst du?«, fragte sie.

»Mein Vater hat ein kleines Labyrinth aus Thuja anlegen lassen, für Amalia und mich zum Spielen. Ich weiß noch, dass ich mich mit fünf Jahren tatsächlich darin verlaufen habe. Wie ich schon im Wald sagte, ich habe keinen guten Orientierungssinn.« Er zwinkerte Julia zu. »Amalia hat mich weinend vorgefunden und wieder aus dem Labyrinth geführt.« Der Blick des Königs war in die Ferne gerichtet, als könnte er am Horizont die Szene von damals sehen. Er hielt immer noch Julias Hand. Mit dem Daumen streichelte sie seinen Handrücken.

»Nun kennst du aber den Weg wieder hinaus?«, fragte sie besorgt, als er sie zum Eingang des Labyrinths führte.

»Selbstverständlich.« Melchior zog Julia mit sich hinein zwischen die mannshohen Thujas, führte sie durch die schmalen, verwinkelten Durchgänge, bis Julia sich nicht mehr zurechtfand.

»Lass mich nicht alleine«, sagte sie lachend. »Ich weiß nicht mehr, wo wir sind.«

»Nie würde ich dich allein lassen«, erwiderte Melchior. Er ließ sie los, um gleich darauf seine Hände an ihre Hüften zu legen.

Julias Herz klopfte wild, und ein Knoten bildete sich in ihrer Magengegend.

»Darf ich dich nochmals küssen?«, fragte Melchior, sein Gesicht ihrem so nahe, dass sein Atem ihre Haut liebevoll streichelte. Eine Gänsehaut überzog ihren Körper.

»Ja!«, hauchte sie.

Melchiors dritter Kuss fühlte sich für Julia wie ein Rausch an. Die Welt um sie herum versank. Sie schmeckte ihn, atmete ihn und wollte noch mehr von ihm, und auch er wollte mehr von ihr. Er öffnete ihr Kleid mit geschickten Händen. Es fiel an ihr herunter zu Boden, sodass sie nur noch im Unterkleid vor ihm stand.

Melchior zog die Weste aus, riss sich das Hemd vom Leib. Julia betrachtete seine breite, haarlose Brust, den flachen Bauch, die sich abzeichnenden Muskeln.

Der König wirkte etwas verlegen. »Ich weiß, ich bin etwas schmächtig und nicht besonders männlich, ohne Haare auf der Brust.«

Julia lächelte. Sie mochte, was sie sah, und sagte es ihm. Melchior wirkte erleichtert. Er zog sie dicht an sich heran. Küsste sie leidenschaftlich. Julia spürte seine Männlichkeit, die sich hart gegen ihren Bauch drückte. Es lief ihr heiß und kalt den Rücken hinunter.

Melchior zog ihr das Unterkleid aus. Völlig nackt stand sie vor dem König. Ihr Herz pochte heftig. Er küsste sie erst sanft auf den Mund, dann liebkoste er mit seinen Lippen ihren Hals, wanderte zu ihrem Schlüsselbein hinunter zur rechten Brust.

Während er die linke mit der Hand massierte, umgarnte seine Zunge die rechte Brustwarze. Leckte sie, bis sie sich steif aufrichtete, dann wendete er sich der linken zu und verfuhr mit ihr auf die gleiche Art und Weise. Julia stöhnte auf.

Sie spürte in ihrem Schritt eine kribbelnde Sehnsucht nach der Vereinigung mit Melchior. Sie vergrub ihre Hände in seinem dichten, dunklen Haar, und als er eine Hand über ihren Bauch hinunter zu ihrer Scham gleiten ließ, japste sie erschrocken und entzückt zugleich auf.

»Mmh ...«, brummte Melchior und ließ einen und dann zwei Finger in Julia gleiten, während sein Daumen ihre Lustperle massierte.

»Oh!«, stöhnte Julia und schloss die Augen. Ihre Finger krallten sich noch fester in sein Haar. Jede Faser ihres Körpers spannte sich an, um sich kurz darauf lustvoll zu entladen. Ein gedehnter Seufzer entwich aus ihrem Mund, und ihr Körper erbebte unter dem wohligen Schauer des Höhepunktes. Schwer atmend ließ sie von Melchiors Haar ab. Der König richtete sich auf. Lächelte. Und sie erwiderte sein Lächeln.

Langsam schob er seine Hose nach unten. Julia leckte sich erregt die Lippen.

»Du bringst mich um den Verstand«, sagte Melchior leise. »Ich kann mich nicht beherrschen.« Er packte sie an den Schenkeln, hob sie hoch und drückte sie gegen seine Lenden.

»Melchior, das geht ni...«, setzte Julia kichernd an.

»Doch!«, lachte der König, konnte sie jedoch nicht länger halten, geschweige denn in sie eindringen. Also ließ er Julia sachte wieder hinunter. Lachend lehnte sie sich an ihn. Genoss die Hitze seines Körpers und die pulsierende Härte seines Begehrens an ihrem Bauch, seinen Duft nach Seife, Schweiß und Lust.

»Ist sich die Tochter des Kaufmanns im Klaren, dass sie sich gerade über ihren König lustig macht?«, fragte Melchior in strengem Tonfall, die Augenbrauen zusammengezogen.

Sein gespielt düsteres Antlitz brachte Julia noch mehr zum Lachen.

»Ich darf doch bitten!«, rief er, packte Julia und schaffte es, sie in einer fließenden Bewegung sanft auf den Boden gleiten zu lassen. Auf dem Rücken liegend war sie ihm ausgeliefert.

Melchior, auf allen vieren über ihr, grinste sie an. »Ist dir das Lachen vergangen?«, fragte er herausfordernd.

Julia presste die Lippen fest zusammen und nickte eifrig.

»Und wirst du deinem König nun gehorchen?«

»Kommt ganz darauf an, was Seine Majestät gedenkt, mit mir zu tun«, neckte Julia ihn.

Melchior beugte sich zu ihr hinab, küsste sie zärtlich auf den Mund.

»Ich werde dich jetzt nehmen«, sagte er mit rauer Stimme.

»Mmh«, gurrte Julia zufrieden und öffnete ihre Beine für ihn.

Melchior drang mit einer energischen Zärtlichkeit in sie ein, füllte sie gänzlich mit seiner Männlichkeit aus. Langsam und dann immer fordernder begann er, seine Hüften vor und zurück zu bewegen.

Julia schloss die Augen, stöhnte. Spannung breitete sich in ihrem Körper aus bis zu ihren Haarwurzeln. Gerade als sie dachte, erneut den Höhepunkt zu erreichen, brach Melchior ab und zog sich aus ihr heraus.

»Wirst du hier bei mir bleiben?«, fragte er und sah ihr in die Augen.

Julia schaute ihn verdutzt an. »Machst du nicht weiter?«

»Wirst du bei mir bleiben?«, fragte Melchior.

»Wie meinst du das?« Julias Stimme bebte.

»Willst du meine Königin werden?« In seinen grünen Augen loderte das Feuer des Begehrens.

»Ich …« Julias Gedanken überschlugen sich. Sie wollte Melchior, aber sie kannte ihn kaum. War das hier alles nicht zu überstürzt, vielleicht sogar dumm? Nein, sie fühlte sich von ihm angezogen, seiner Stärke, seiner Verletzlichkeit, seinem Humor, seiner Leidenschaft. Er war ein guter Mann.

»Du zögerst.« Enttäuschung machte sich auf Melchiors Gesicht breit. Er fiel auf die Knie zurück.

»Ich habe nicht damit gerechnet«, sagte Julia ehrlich. »Aber ja, ich will deine Königin werden. Und ich möchte, dass du mich nimmst. Jetzt.«

Melchior lachte laut auf. »Wahrlich bist du meine Königin, aber vergiss nicht, ich bin der König. Knie dich auf alle viere vor mich hin«, befahl er mit einer unpassenden Zärtlichkeit in der Stimme.

Julia gehorchte, streckte ihm ihren Hintern entgegen. Melchior packte sie bei den Hüften und drang erneut in sie ein. Dieses Mal war es wie eine Explosion der Sinne. Sie stöhnte laut auf. Sie hatte nicht geahnt, wie intensiv es so sein konnte.

Melchior griff ihr mit einer Hand ins Haar, zog daran, ohne ihr Schmerzen zu verursachen. Es war genau der richtige Zug, der sie erregte und den Puls in die Höhe jagte. Mit jedem Stoß seiner Lenden katapultierte er sie in einen Zustand der Ekstase. Als Julia glaubte, dieses süße, erregende Gefühl nicht mehr ertragen zu können, das ihren ganzen Körper flutete, zerbarst dieser rauschartige Zustand wie ein Spiegel in tausend einzelne, erlösende Splitter. Ihr Stöhnen war ein einziger lang gezogener Laut, in dem sie selbst einen Moment lang nicht mehr existierte und die Zeit keine Bedeutung mehr hatte. Sie spürte, wie Melchior kam, sich in ihr ergoss. Julias Körper erschauderte, und eine wohlige Wärme der Entspannung machte sich in ihr breit.

Erschöpft sanken die beiden nebeneinander zu Boden, die Beine ineinander verschlungen, und hielten sich an den Händen.

»Wie war es für dich?«, fragte Melchior leise, ein Lächeln auf den Lippen.

Julia zögerte.

»War ich zu grob?« Besorgnis schwang in der Stimme des Königs mit.

Sie atmete hörbar aus und schüttelte den Kopf.

»Aber es hat dir gefallen, oder nicht?« Noch mehr Sorge.

Julia schmunzelte. Einen Moment war Melchior unglaublich selbstbewusst und im anderen auf eine unwiderstehliche Art unsicher. Genauso wie er auf eine unwiderstehliche Art fordernd und bestimmend sein konnte. Julia fühlte sich davon angezogen.

»Ja, es hat mir sehr gefallen. Ich hatte das Gefühl zu sterben. Ich weiß, es hört sich nicht erfreulich an, aber es war … Es spielte alles keine Rolle mehr. Wir sind miteinander verschmolzen und mit uns die ganze Welt …«, stammelte sie mit geröteten Wangen.

Melchiors Augen glänzten, und sein voller Mund war wie eine sündige Einladung, nochmals von vorne anzufangen – ihn zu küssen, ihn zu lieben.

»La petite mort«, sagte er.

»Das ist Französisch, nicht wahr?«

Der König nickte.

»Was bedeutet es?«

»Der kleine Tod«, erwiderte er. »So nennen die Franzosen dieses Gefühl im Moment des Höhepunktes.«

Julia wollte fragen, woher er das wusste, aber dann hielt sie inne. Sie wollte es nicht wissen. Die Vorstellung allein, von wem er sein Wissen hatte, war bereits ein stachliger Dorn der Eifersucht in ihrem Herzen. Sie wollte sich einreden, dass sie die erste Frau für ihn war – auch wenn es sehr unwahrscheinlich schien. Er hatte genau gewusst, was er mit ihr anstellen musste. Und plötzlich wurde sie überflutet von den Erinnerungen aus dem Wald, den groben Händen der Räuber …

Sie fühlte sich plötzlich schmutzig, und gleichzeitig drängte sich das Bild von Violetta an Johannes' Seite in den Vordergrund. Ein flaues Gefühl breitete sich in ihrem Magen aus. Tränen traten ihr in die Augen.

»Julia?«, fragte Melchior.

Statt zu antworten, sprang sie auf. Mit zitternden Händen raffte sie ihre Kleidung zusammen und zog sich hastig wieder an.

»Julia! Was ist los?« Melchior stand ratlos vor ihr. »Habe ich etwas falsch gemacht? Etwas Falsches gesagt?«

Sie schüttelte den Kopf, während die Tränen stetig über ihre Wangen flossen.

»Aber du weinst …« Wie er so nackt vor ihr stand, in den Augen die Sorge, verletzlich durch das Fehlen von Stoff auf seiner Haut, schluchzte Julia auf: »Ich … ich hätte das nicht mit dir tun dürfen.«

»Wieso?«, fragte Melchior.

»Es war überstürzt.« Sie wandte sich ab und rannte los. Ein Nebel aus Tränen verschleierte ihr die Sicht.

»Julia!«, hörte sie hinter sich den König rufen.

Ein Teil von ihr wollte stehen bleiben und sich ihm in die Arme werfen. Ein anderer Teil sehnte sich danach, einfach zu entkommen, in ein anderes Leben zu rennen … Plötzlich stolperte sie und fiel der Länge nach auf den Boden. Wütend auf sich selbst hämmerte sie mit den Fäusten auf den Kies ein, bis sie schmerzten.

»Julia.« Kräftige Hände packten sie unter den Schultern und hoben sie hoch. Melchior schloss sie in seine Arme, ohne noch ein weiteres Wort zu verlieren. Dankbar ließ sich Julia hineinfallen. Sie weinte um Johannes, weinte um das Erlebnis im Wald, weinte um ihre Eltern, weinte, weil ihr alles so ungerecht vorkam … so schwer …

Als die Tränen versiegt waren, löste sie sich aus der Umarmung.

»Es tut mir leid«, murmelte sie und fuhr sich durch das verwuschelte kurze Haar.

»Ich bedaure mein Ungestüm«, sagte Melchior. »Ich hätte …«

»Nein«, fiel ihm Julia ins Wort. »Du hast nichts falsch gemacht, es ist nur … ach …« Sie schüttelte den Kopf.

»Es beschäftigt dich, dass dein Bruder deine Stiefschwester geheiratet hat.« Melchior sah sie eindringlich an.

Julia spürte, wie Hitze in ihr Gesicht stieg. »Ja.«

»Du hättest dir lieber eine andere Frau an seiner Seite gewünscht.«

Julia antwortete nicht. Sie fühlte eine Enge in ihrer Brust.

»Amalia war meine Schwester. Jeder Mann, der um ihre Hand angehalten hätte, wäre nicht gut genug für sie gewesen. Ich wollte sie beschützen, aber am Ende ist es mir nicht gelungen. Ich konnte ihren Tod nur noch rächen. Aber weißt du was?«

Julia schüttelte den Kopf.

»Der Schmerz ist immer noch da. Genau hier.« Er schlug sich mit der Faust gegen die Brust. »Aber du, Julia, wenn du in meiner Nähe bist, dann ist dieser Schmerz erträglich, und ich glaube sogar daran, dass er heilt mit dir an meiner Seite.« Melchior ergriff ihre Hände und ging auf die Knie. »Julia Kaufmann, willst du meine Frau werden?«

Julia blieb die Luft weg, und ihre Knie begannen zu zittern. »Wir kennen uns kaum«, stotterte sie.

»Meine Mutter hat meinen Vater erst am Hochzeitstag kennengelernt«, erwiderte er lächelnd. »Ihre Liebe ist mit jedem Tag gewachsen, den sie gemeinsam verbrachten.«

Julias Atem ging flach. Was sollte sie tun? Wo sollte sie hin. Nach Hause konnte sie nicht. In den Wald zurück wollte sie nicht, nicht allein und nicht nach dem, was passiert war. Außerdem fühlte sie sich von Melchior angezogen. Wäre es nicht so, hätte sie sich ihm niemals so hingegeben.

Tränen traten ihr in die Augen. Sie lachte auf und blinzelte die Tränen weg. »Ja, ich nehme dich zu meinem Mann.«

Melchior sprang freudig auf. Er legte seine Hände auf ihre Wangen. Seine Berührung war voller Wärme und schickte sanfte Schauer durch Julias Körper.

»Ich werde dich lieben und dich achten«, versprach Melchior feierlich, ehe er seine vollen Lippen auf ihre drückte und Julia den süßesten und betörendsten Kuss schenkte.

19. Kapitel

Jede Seite war ein kleines Kunstwerk mit Zeichnungen, Verzierungen und verschnörkelten Buchstaben. In den Handschriften ihrer Urgroßmutter, der Großmutter und ihrer Mutter standen Zaubersprüche, Flüche und geheime Rezepte für magische Tränke.

Violetta blätterte vorsichtig eine Seite nach der anderen um. Las die Titel, unschlüssig, wonach sie eigentlich suchte.

»Irgendetwas, um Julia zu schaden«, erinnerte sie sich flüsternd. Ihr stellten sich sämtliche Nackenhaare auf beim bloßen Gedanken an ihre Stiefschwester. Diese kleine, rehäugige Hure schnappte sich jeden Kerl, den sie zwischen die Finger kriegte. Und ganz früher hatte sie den Vater um den Finger gewickelt. Stets hatte sie die schöneren Geschenke und mehr Beachtung bekommen.

Violetta dachte mit Entzücken an den gestrigen Tag zurück und an Julias Gesicht, als sie von der Vermählung erfuhr. Schieres Entsetzen hatte ihr Antlitz gezeichnet. Ein Anblick für die Götter! Dennoch, Violetta war nicht zufrieden. Irgendetwas wollte sie sich für Julia noch einfallen lassen. Etwas, das sie zerstörte.

Nachdenklich krauste sie die Stirn, während sie eine Haarsträhne zwischen ihre Lippen zog und darauf herumkaute, bis sie sich an die Worte ihrer Mutter erinnerte.

»Wann immer ich nicht weiterweiß, lasse ich mich von dem Grimoire leiten«, hatte Rosa ihr erklärt.

Violetta entließ die Haarsträhne aus ihrem Mund und klappte das Zauberbuch zu. Mehrere Herzschläge lang legte sie ihre beiden Hände auf den Einband, schloss die Augen. Ihre Gedanken kreisten um Julia und den Wunsch, sie loszuwerden. »Ich kann das Messer nicht halten«, flüsterte sie leise, ohne zu wissen, warum gerade diese Worte über ihre Lippen kamen.

Mit feuchten Händen schlug sie das Buch auf. Ihr Blick fiel nach rechts.

Jemanden finden, lautete der Titel, geschrieben in der Handschrift ihrer Mutter.

Verwundert zog Violetta die Augenbrauen zusammen. Wen sollte sie finden? Sie wusste, wo Julia war. Sie musste einen Weg ersinnen, sie … Violetta hielt in ihrem Gedankengang inne. Eine Erinnerung flackerte auf. Etwas, das sie heute auf dem Marktplatz gehört hatte. Sie schloss die Augen. Ging in Gedanken nochmals alles durch, was sie gesehen und vernommen hatte. Und dann erinnerte sie sich. Ein zufriedenes Grinsen breitete sich auf ihrem Gesicht aus.

20. Kapitel

Julia erwachte aus einem tiefen, erholsamen Schlaf. Es dauerte einen Moment, bis ihr gewahr wurde, wo sie sich befand. Glücklich drehte sie sich dem schlafenden Melchior zu. Betrachtete ihn im Schein der aufgehenden Sonne.

Melchior erwachte. Seine Lider mit den langen, dunklen Wimpern flatterten wie die Flügel eines Schmetterlings. Die Sonne beleuchtete sein Gesicht, hob sein Profil schmeichelnd hervor, und als er die Augen aufschlug, leuchteten sie wie Smaragde. Sein Mund bewegte sich und er murmelte: »Guten Morgen.« Seine Stimme war sanft und wunderschön tief.

»Eure Hoheit«, sagte Julia neckisch.

»Sag das noch mal«, forderte Melchior und setzte sich auf.

»Nur, wenn Ihr mich wie ein König befehligt«, kicherte Julia. Er brachte an ihr eine Seite hervor, die sie bisher nicht an sich gekannt hatte.

»Soso.« Melchior räusperte sich. »Nenn mich nochmals Hoheit! Und knie dich dafür hin.«

Julia biss sich auf die Innenseite ihrer Wange, um nicht wieder zu kichern. Brav gehorchte sie seinem Befehl. »Eure Hoheit«, sagte sie.

»Mhm.« Melchior neigte seinen Kopf leicht zur Seite, benetzte mit der Zunge seine Lippen. »Warum erregt mich diese Unterwürfigkeit?«

»Weil du der König bist«, erwiderte Julia.

»Kennst du dich mit Königen aus?«, fragte er mit gespieltem Ärger.

»Nein, Eure Hoheit. Ihr seid meine erste Majestät.«

»Und hoffentlich auch deine letzte«, sagte er ernst.

Sie sahen sich einander in die Augen. Die Anziehung zwischen ihnen war mehr als greifbar. Es war, als würde die Luft zwischen ihnen vibrieren wie vor einem Gewitter. Julia konnte nicht anders, als Melchior zu küssen.

»Was für ein Kuss«, sagte der König lächelnd. »Spätestens jetzt hätte ich um deine Hand angehalten, wenn ich es nicht schon getan hätte.«

Julia errötete.

Kurz breitete sich Schweigen zwischen ihnen aus, das von Melchior gebrochen wurde, während er sich aus dem Bett erhob.

»Ich habe deinem Bruder und seiner Frau gegenüber eine Einladung ausgesprochen. An welchem Tag wollen wir sie hier empfangen?« Er verschwand hinter einem Paravent, um sich seiner Morgentoilette zu widmen.

Julia spürte einen Kloß in der Kehle. Als sie nicht antwortete, schaute Melchior hinter dem Wandschirm hervor.

»Du willst sie nicht sehen«, stellte er fest.

»Ich kann nicht.« Tränen traten Julia in die Augen, die sie schnell wegblinzelte. »Ich ertrage den Anblick von ihm mit ihr nicht.«

Melchior durchschritt den Raum zurück zum Bett. Er setzte sich neben Julia und legte ihr fürsorglich einen Arm um die Schulter. »Soll ich nur deinen Bruder einladen?«

Sie sah Melchior erstaunt an. »Ist das möglich?«, wollte sie wissen.

»Ich bin der König. Ich werde nach deinem Bruder schicken, weil ich noch Fragen an ihn habe. Einer der Banditen konnte uns entkommen. Du hast mir diesen Erik beschrieben, aber vielleicht kann mir dein Bruder noch mehr über ihn berichten.«

»Ich weiß nicht …«, setzte Julia an, aber Melchior fiel ihr ins Wort. »Doch, ich denke schon.« Gleichzeitig zwinkerte er seiner Verlobten zu.

Julia lächelte, als sie begriff. Immer wieder überraschte er sie aufs Neue. Dankbar drückte sie ihm einen Kuss auf die Wange.

Johannes erhielt die Nachricht noch am selben Tag durch einen Boten. Ein dürrer Kerl mittleren Alters, der eine Tunika mit dem Wappen des Königshauses trug, feine Lederstiefel an den Füßen hatte und ein grünes Barett auf dem Kopf. Es war Frieda, die die Tür öffnete.

»Ich bin im Auftrag Seiner Hoheit hier, König Melchior von Meri. Er bittet Johannes Kaufmann auf sein Schloss.«

»Oh«, entschlüpfte es der Dienerin. Ehe Frieda mehr sagen oder gar nach Johannes rufen konnte, tauchte Violetta auf.

»Was wünscht Ihr?«, verlangte sie zu wissen.

»Seine Hoheit, König Melchior von Meri, bittet Johannes Kaufmann auf sein Schloss«, wiederholte der Bote beflissen.

»Geht es um die Einladung?«

»Gnädige Frau, ich darf nur mit dem Herrn Kaufmann persönlich sprechen«, erklärte der Bote. Sein Lippenbart hüpfte beim Sprechen aufgeregt auf und ab.

Violetta verzog ungehalten den Mund, ehe sie sich an Frieda wandte: »Ruf Johannes. Er ist im Garten.«

Johannes war beim ersten Hahnenkrähen aus dem ehelichen Bett geflüchtet. Er fühlte sich wie ein Mann in Ketten. Selbst in der Rehgestalt hatte er nie so empfunden. Seine Brust wurde ihm eng, und er wünschte sich, er könnte dem allen entfliehen. Er suchte etwas Zerstreuung in der gemeinsamen Gartenarbeit mit Ludwig. Das Gras musste mit der Sense gestutzt und die Äste der Bäume zurückgeschnitten werden.

Als Frieda ihn ins Haus rief, befürchtete er schon, Violetta wolle ihn sehen, aber die Dienerin erklärte ihm, dass ein Bote des Königs da sei. Johannes' Herzschlag setzte aus. Die Einladung aufs Schloss.

»Ich bin Johannes Kaufmann«, stellte er sich dem Mann vor.

Violetta stand mit verschränkten Armen etwas abseits. Sie wirkte mürrisch, was Johannes wiederum Sorge bereitete. Sie war unberechenbar.

»Gnädiger Herr«, sprach der Bote. »Seine Majestät, König Melchior von Meri, wird Euch morgen zu einer Audienz empfangen. Es geht um den entflohenen Banditen. Ihr sollt ihm eine Beschreibung des Mannes liefern.«

Johannes war überrascht, hatte der König doch von einer Einladung zusammen mit Violetta gesprochen.

»Was ist mit mir?«, rief Violetta und kam näher.

Der Bote blinzelte sie überrascht an. »Ich rede mit dem gnädigen Herrn«, sagte er in einem nasalen Tonfall.

»Ich bin die Gattin des gnädigen Herrn!«, giftete Violetta.

»Bitte beantwortet die Frage meiner Frau«, sagte Johannes beschwichtigend. »Es würde auch mich interessieren.«

»Seine Hoheit hat nach Euch verlangt, nur nach Euch«, erklärte der Bote im gleichen Tonfall wie zuvor.

»Unverschämtheit!«, platzte es aus Violetta heraus. Sie machte auf dem Absatz kehrt und rannte die Treppe hinauf.

Johannes jubilierte innerlich. Er war sehr dankbar für die Stunden ohne sie. Außerdem hoffte er, Julia zu sehen, und vielleicht konnte er Melchior um Hilfe bitten … Aber um was für eine Art Hilfe? Die Aufhebung der Ehe mit Violetta? Das würde bloß ihren Zorn schüren.

»Gnädiger Herr«, riss der Bote ihn aus den Gedanken. »Kann ich Seiner Majestät bestätigen, dass Ihr kommt?«

»Ja, ich werde da sein«, versicherte Johannes.

Der Bote verabschiedete sich mit einem Diener.

Johannes seufzte, als er die Tür schloss. Violetta war aufgebracht, er musste sie besänftigen. Schnellen Schrittes erklomm er die Stufen zum oberen Geschoss. Violetta saß in ihrem Zimmer auf dem Bett und weinte.

»Was ist los?«, fragte Johannes, obwohl er es eigentlich ahnte.

Seine Frau sprang auf. Ihre Augen waren rotgerändert, Tränen glitzerten feucht auf ihren Wangen.

»Was los ist?«, echote sie. »Du wirst Julia sehen … alleine!«

Johannes schüttelte den Kopf. »Der König hat mich eingeladen. Es geht um Erik, den Banditen, der fliehen konnte.« Er wollte seine Hände an Violettas Hüfte legen, aber sie schlug sie verärgert von sich. »Rühr mich nicht an! Du wirst zu ihr aufs Schloss gehen und in einer unbemerkten Minute wirst du ihr um den Hals fallen.«

Erneut schüttelte Johannes den Kopf. Dieses Mal entschiedener. »Der König wird uns nicht alleine lassen. Er ist in Julia verliebt, ich habe es ihm angesehen im Wald und auf dem Marktplatz.«

Zornesröte sprenkelte Violettas Gesicht. »Immer dreht sich alles um Julia! Immer ist sie die Begehrte, die Geliebte, die Schöne!« Ihre Stimme überschlug sich.

»Violetta, beruhige dich«, sagte Johannes. Er musste sich zwingen, gefasst zu bleiben. »Ich bin mit dir verheiratet. Ich … ich kann dich nicht von einem Augenblick auf den anderen lieben, aber ich bin sicher, ich werde dich lieben lernen. Aber ich brauche deine Hilfe. Zeig mir deine liebenswerten Seiten.« Nun wurde seine Stimme doch energischer. »Zeig mir, dass du nicht mehr das eifersüchtige, herrschsüchtige und bösartige Mädchen von damals bist.«

Violetta presste ihre Lippen aufeinander. So fest, dass sie nur noch eine weiße, schmale Linie waren. Tränen traten ihr erneut in die Augen.

»Zeig es mir, bitte.« Johannes' Worte waren kaum mehr als ein Flüstern.

Violetta nickte.

»Danke.« Johannes drehte sich um, an der Tür wandte er sich nochmals seiner Frau zu. »Ich bin wieder im Garten.«

Ludwig schliff gerade die Klinge der Sense nach, als Johannes zurückkehrte. Er tat es auf eine hingebungsvolle, zufriedene Art. Für einen Augenblick beneidete Johannes ihn um den Frieden in seinem Leben, und er wünschte sich, er hätte mit dem Mann tauschen können. Als er es Ludwig sagte, lachte dieser.

»Glaubst du, das Leben hat mir keine Schmerzen, keine Traurigkeit beschert?«, fragte er.

»Du wirkst so ausgeglichen, so zufrieden. Nie sehe ich dich aufgebracht oder unglücklich.«

»Ach, Junge, aus dir spricht die Torheit der Jugend. Komm, lass uns dort drüben auf der Bank Platz nehmen und meinen Selbstgebrannten probieren.« Ludwig hatte eine Flasche in den Schatten gestellt, direkt unter der Bank. Als sie sich gesetzt hatten, reichte er Johannes den Schnaps. Dieser nahm einen kleinen Schluck.

»Noch einen! Das war ja nichts!«, rief Ludwig.

Johannes gehorchte und musste husten, was dem Diener ein Kichern entlockte. Johannes gab ihm die Flasche zurück. Nachdem er selbst davon getrunken hatte, korkte er den Schnaps wieder zu und stellte ihn zurück unter die Bank.

»Was du siehst, ist die Weisheit des Alters. Ich habe geliebt, ich habe geweint, ich war eifersüchtig, ich war habgierig, ich habe alles durchgemacht. Und nun blicke ich entspannt darauf zurück, lächle darüber. Ich kann das Leben nicht beeinflussen. Es geschieht einfach. Weißt du, als ich aufgehört habe zu kämpfen, kam die Ruhe in mein Leben. Ich sitze hier mit dir auf der Bank und sehe die Schönheit.«

Johannes runzelte die Stirn.

»Ich habe ein Dach über dem Kopf, genügend zu essen, ich habe Freunde, die mir etwas bedeuten. Ich bin ein Diener in diesem Haus.« Er deutete auf das Gebäude. »Aber ich fühle mich nicht als solcher. Weil ich meine Arbeit gerne mache.«

»Aber wolltest du nie mehr?«, fragte Johannes.

Ludwig nickte. »O doch, als Kind habe ich deinen Vater beneidet. Als Jüngling habe ich ihn beneidet und als junger, erwachsener Mann auch. Dein Vater ging auf Reisen, er heiratete die bezauberndste, schönste Frau in ganz Meri, aber irgendwann erkannte ich, wie rastlos er war. Ich begriff, mehr bei mir sein zu müssen und mich nicht damit zu beschäftigen, was dein Vater tat. Es war die beste Entscheidung meines Lebens. Ich wurde zufriedener, erkannte meine Stärken.«

»Du hast aufgehört zu träumen«, bemerkte Johannes trocken.

»Wovon träumst du, Johannes?«, fragte Ludwig.

»Ich will ein Ritter sein, und ich will mit …« Er verstummte. Eine schamvolle Erkenntnis durchflutete ihn.

»… mit Julia zusammen sein«, beendete der Diener den Satz mit einem Seufzer.

Johannes nickte langsam.

»Sie ist deine Schwester«, sagte Ludwig harsch.

»Das weiß ich selbst!« Johannes ballte die Hände zu Fäusten. »Mein Leben hat sich irgendwie immer um sie gedreht, und durch die Schikanen von Rosa und Violetta …« Er brach ab, schüttelte den Kopf, als wolle er damit seine Empfindungen loswerden. »Keine Sorge, zwischen Julia und mir ist nie etwas passiert, auch wenn Violetta anderes behauptet.«

Ludwig fuhr sich über den Bart. »Ich glaube dir. Trotz allem: Du hast nicht auf meinen Rat gehört. Ich sagte: *Gedulde dich, lass dich nicht von deinem Stolz treiben*, doch du hast all das gemacht, wovon ich dir abgeraten habe.«

Johannes sprang von der Bank auf. Er war wütend. »Erspar mir deine Predigten, alter Mann!« Voller Zorn stampfte er davon.

21. Kapitel

Unruhig wanderte Julia im Kaminzimmer auf und ab. Melchior wollte unter vier Augen mit Johannes reden. Er hatte die Hoffnung, von ihrem Bruder mehr über den geflohenen Banditen zu erfahren, allenfalls sogar über dessen Verbleib. Julia hielt es für sehr unwahrscheinlich, dass ihr Bruder etwas darüber wusste. Woher auch? Johannes war zeitig geflohen.

Obwohl sie immer noch enttäuscht war über seine Vermählung mit Violetta, so freute sie sich nun doch, ihn wiederzusehen. Gleichzeitig hatte Julia Bedenken, wie Johannes die Nachricht ihrer Hochzeitspläne aufnehmen würde. Er schien Melchior nicht besonders zu mögen, aber das spielte für sie keine Rolle. Für sie selbst stand der Entschluss fest. Heute früh, als sie neben Melchior erwacht war, wusste sie, dass sie sich auf jeden weiteren Morgen an seiner Seite freuen würde.

Das Klopfen an der Tür ließ Julia zusammenzucken. Melchior betrat den Raum, hinter ihm Johannes. Sie lächelte.

Ihr Bruder erwiderte das Lächeln zurückhaltend. »Bist du mir noch böse?«, fragte er.

Sie schüttelte den Kopf.

»Ich lasse euch allein«, sagte Melchior. »Ihr habt euch bestimmt vieles zu erzählen.«

»Danke«, sagte Julia. Sie spürte Wärme in ihrem Herzen, als sie ihrem zukünftigen Mann in die Augen blickte. Melchior, der genug Taktgefühl besaß, sie alleine mit Johannes zu lassen,

Melchior, der erkannt hatte, dass sie Violetta nicht auf dem Schloss haben wollte.

Kaum schloss sich die Tür hinter dem König, eilte Johannes auf sie zu, um sie in seine Arme zu nehmen. Julia ließ es zu. Sie lehnte ihren Kopf an seine Brust. Genoss seine Körperwärme und den vertrauten Geruch.

»Du hast mir so gefehlt«, sagte Johannes leise. Er löste die Umarmung und hob mit Daumen und Zeigefinger ihr Kinn, damit er ihr in die Augen schauen konnte.

Julia wollte ihm von der Hochzeit erzählen, als Johannes sie plötzlich auf den Mund küsste. Es war ein harter, verzweifelter Kuss.

Erschrocken stemmte Julia beide Hände gegen seine Brust und stieß ihn von sich. »Johannes!«

»Es tut mir leid!« Er fuhr sich mit beiden Händen durchs Haar. »Aber ich … ich liebe dich!«

Seine Worte schlugen bei ihr ein wie ein Blitz. Sie hatte niemals mit so einem Geständnis gerechnet.

»Du bist mein Bruder! Ich liebe dich auch, aber nicht so … Außerdem bist du mit Violetta verheiratet und …«

»Ich habe Violetta nur geheiratet, damit sie den Fluch von mir nimmt und ich dich retten kann«, sagte Johannes. »Ich liebe sie nicht!«

»Ich werde Melchior heiraten«, rief Julia verzweifelt.

Johannes' Augen weiteten sich, dann senkte er den Blick.

Sachte streckte Julia ihre Hand aus, um ihren Bruder an der Schulter zu berühren.

Er sah auf. »Liebst du ihn?«

»Ja.«

Er ließ sich auf eine Polsterbank fallen, das Gesicht in den Händen vergraben. Für einen Moment glaubte Julia, er würde womöglich in Tränen ausbrechen, aber dann blickte er zu ihr hoch. »Das freut mich für dich. Vergiss, was ich zuvor gesagt habe.«

Julia setzte sich zu ihm. Sie ergriff seine Hand und drückte sie. »Das kann ich nicht vergessen, dafür bedeutest du mir zu viel. Ich will, dass du glücklich bist. Ich werde mit Melchior reden«, versprach sie. »Vielleicht kann er dir helfen.«

Johannes entzog seine Hand. »Wie?«

»Er deutete schon einmal an, Violetta auf den Scheiterhaufen zu bringen.« Als Julia die Worte aussprach, bekam sie eine Gänsehaut. In ihrem Inneren heulte das Gewissen auf. »Sie ist eine Hexe.« Sie sagte es mehr zu sich und ihrem Schuldgefühl als zu Johannes.

»Sie ist mächtig.« Johannes machte ein grimmiges Gesicht. »Und sie würde sich an uns rächen, wenn wir sie auf den Scheiterhaufen bringen.«

Julia seufzte.

»Ich werde selbst einen Weg finden. Heirate den König, du hast es verdient, glücklich zu sein.« Johannes lächelte mit feuchten Augen. »Wann findet eure Hochzeit statt?«, wollte er wissen.

»In einer Woche. Melchior wird es heute bekannt geben. Wirst du kommen?«

Johannes senkte den Blick. »Ich weiß es nicht.«

»Aber wir sehen uns doch wieder?« Julias Stimme zitterte. Auch wenn sie sich für Melchior entschieden hatte, so wollte sie ihren Bruder in ihrem Leben nicht missen. Vielleicht war es selbstsüchtig. Beschämt schaute sie zu Boden, die Faust auf ihr Herz gepresst.

»Irgendwann bestimmt«, versprach Johannes.

Als ihr Bruder gegangen war, fühlte Julia Leere in sich. Sie war dankbar, als Melchior das Kaminzimmer betrat und sie sofort in die Arme nahm, weil er ihr den Kummer ansah.

»Ist euer Gespräch nicht gut verlaufen?«, fragte er sanft.

»Es war ein Abschied. Ich weiß nicht, wann ich ihn wiedersehen werde«, schluchzte Julia.

»Ihr steht euch sehr nahe …«

»Er hat mich durch die schlimme Zeit mit unserer Stiefmutter getragen. Er war mein Fels in der Brandung.« Julia klammerte sich wie eine Ertrinkende an ihren Verlobten. Die Wärme seines Körpers, sein Herzschlag, den sie unter ihren Händen spürte, wirkten beruhigend auf sie.

Melchior strich ihr zärtlich durch das kurze Haar. »Wenn du einverstanden bist«, sagte er mit seiner warmen Stimme, »werde ich nun dein Felsen sein.«

Julia blickte aus feuchten Augen zu ihm auf. Sie lächelte. »Danke.«

22. Kapitel

Johannes fühlte sich verloren. Mit hängenden Schultern saß er auf dem Pferd. Er konnte nicht weinen, obwohl ihm danach zumute war. In all den Jahren hatte er sich vorgemacht, seine Schwester einfach beschützen zu wollen, aber nun musste er sich selbst eingestehen, in sie verliebt zu sein. Er erkannte, wie er sich trotz der Heirat mit Violetta an einen Funken Hoffnung geklammert hatte, einen Weg zu finden, sich von ihr loszusagen und mit Julia irgendwo ein neues Leben anzufangen.

»Um was zu tun?«, fragte Johannes sich selbst laut. »Um mit ihr eine Familie zu gründen?« Ein abgehacktes Lachen folgte seinen Worten. Seine Liebe zu Julia war eine närrische Obsession. Er stand wie vor einem Scherbenhaufen. Aus ihm war kein Ritter geworden, und er war mit einer Frau verheiratet, die er verabscheute. Sein Dasein schien verwirkt.

Als das Haus, in dem ehedem sein Vater schon aufgewachsen war, in Sichtweite kam, zügelte er das Pferd. Die Welt vor seinen Augen verschwamm. Johannes sah seine Mutter vor sich, eine Erinnerung aus frühen Kindestagen, wie sie eine Rose abschnitt, sich die Blume ins Haar steckte und ihn anlächelte. An diesem Tag schien die Sonne warm vom Himmel. Ihr blondes Haar leuchtete wie gesponnenes Gold. In ihren großen braunen Augen konnte er die Liebe für ihn sehen, und ihr Lächeln verzauberte seine ganze Welt. Die schöne Erinnerung verblasste, doch gleich darauf tauchte eine andere auf.

Johannes dachte an seinen Vater, der ihm die neugeborene Schwester zeigte.

»Sieh hin, Johannchen, das ist Julchen. Du bist ihr Brüderchen. Passt gut auf dein Schwesterchen auf.«

Weitere Erinnerungen fluteten sein Bewusstsein. Sie waren wie ein heftiger Regenschauer. Der Tag, an dem die Nachricht vom Tod des Vaters eintraf, die Beerdigung, der offene Sarg. Johannes konnte das friedlich schlafende Gesicht seines Vaters klar und deutlich vor sich sehen. Er wusste, dass die Banditen ihn geschlagen und mit einem Messer niedergestochen hatten, aber die Kleidung verbarg in gnädiger Weise die Wunden und Verletzungen.

»Du hast versagt«, murmelte Johannes, während er dem Haus immer näherkam. »Du hast Julchen und mich allein gelassen.«

Johannes spürte plötzlich einen heftigen Zorn gegen seinen Vater aufsteigen. Einen Zorn, den er zuvor nie verspürt hatte, der aber unterschwellig vermutlich immer da gewesen war.

Das Pferd wurde unruhig. Johannes tätschelte ihm den Hals, sprach beruhigende Worte, aber das Tier ließ sich nicht täuschen. Er wendete den Fuchs, lockerte die Zügel und drückte die Fersen in die Flanken. Das Pferd ging in schnellen Galopp über, raste über die Felder. Das Blut pochte in Johannes' Schläfen. Sein Körper fühlte sich heiß an. Er beugte sich tief über den Hals des Pferdes. Der Wind peitschte ihm ins Gesicht, die Wut trieb ihm Tränen in die Augen. Am Waldrand kam der Fuchs zum Stehen. Sein Körper zitterte. Johannes klopfte ihm den schweißnassen Hals. Wie die Energie des Pferdes, so hatte auch die Wut in Johannes nachgelassen. Was blieb, waren Schmerz und Trauer.

Er ritt zurück zum Haus, wo bereits Violetta an der Hecke stand. Auf ihrem Gesicht zeichneten sich hektische rote Flecken ab.

»Was war das?«, rief sie ihm entgegen.

Johannes zog die Brauen zusammen. »Was meinst du?«

»Ich habe dich auf Aleia davongaloppieren sehen, als wäre der Teufel hinter dir her.«

Er stieg vom Pferd. »Der Teufel steht vor mir«, bemerkte er bissig, nahm das Tier am Zügel und führte es zum Stall.

Violetta raffte ihre Röcke. Wütenden Schrittes folgte sie ihm. »Hast du mich soeben als Teufel bezeichnet?«

Johannes antwortete nicht. Vor dem Stall band er die Stute an, um ihr Zaumzeug und Sattel abzunehmen.

»Hast du mich als Teufel bezeichnet?«, fragte Violetta erneut. Ihre Stimme bebte, ihr Gesicht verfärbte sich zu einem dunklen Rot.

Den Sattel auf dem einen Arm, den Zaum über die Schulter gehängt, stand er vor ihr und sah ihr in die blauen Augen. »Ja.« Er wandte sich ab und brachte die Utensilien in den Stall.

Als er wieder nach draußen kam, stand Violetta wie zur Salzsäule erstarrt da. Das Gesicht verzerrt, die Hände zu Fäusten geballt, der Körper zitternd. Ihre Lippen waren zu einer weißen Linie zusammengepresst. Ihre Augen glänzten feucht.

Johannes erkannte in diesem zornigen Gesicht das aus der Kindheit. Jenes Gesicht, dem er fast das Auge ausgestochen hätte. Er ertappte sich bei dem grausamen Gedanken, er hätte ihr damals den Ast in die Brust stoßen sollen.

Er wandte sich Aleia zu, nahm die Stute am Seil und führte sie in den Stall. Er hörte Schritte hinter sich. Violetta.

»Du wirst mich nie lieben!«, stieß sie hervor.

Er drehte sich ihr zu. Nein, er würde sie nie lieben, dachte er, sprach es aber nicht aus.

»Du nennst mich einen Teufel. Du verachtest mich mit jedem einzelnen Blick, obwohl ich den Fluch von dir genommen habe. Und jetzt, wo du bei deiner Schwester warst, kann ich sie an dir riechen. Ihr habt euch in den Armen gelegen und weiß Gott was getrieben.«

»Wir haben gar nichts getrieben«, zischte Johannes.

»Lügner!«

»Sie heiratet den König!«

Violettas Mund klappte auf. Es dauerte zwei, drei Sekunden, ehe sie sagte: »Und du bist deswegen am Boden zerstört. Du hast immer geglaubt, ihr hättet eine Zukunft zusammen.«

»Du bist krank im Kopf!«, schrie Johannes. »Du bildest dir Dinge ein, die nicht sind!«

»Narr! Tölpel!«, beschimpfte Violetta ihn. »Siehst du nicht, wie Julia ist? Sie nimmt sich alles. Sie bezirzt jeden mit ihren rehbraunen Augen, ihren Tränen, ihrem kleinen, unschuldigen Gesicht. *Sie* ist der Teufel! Und du erkennst es nicht! Jetzt hat sie den König! Sie bekommt immer alles und jeden! Diese Hure!« Violetta stampfte wie ein kleines, wütendes Mädchen mit den Füßen auf den Boden.

Aleia wieherte nervös.

Die Worte prasselten wie Hagel auf Johannes ein. Was als ein wütendes Kribbeln im Rückenmark begann, explodierte urplötzlich in Johannes, als Violetta seine Schwester eine Hure nannte. Er sprang nach vorne und riss sie mit sich zu Boden. Seine Hände schlossen sich um ihren dünnen Hals. Er drückte zu. Röchelnd wand und zappelte sie unter ihm.

Alle Wut entlud sich auf einmal, bündelte sich, richtete sich gegen Violetta und ließ Johannes seine Hände fester und fester um ihren Hals schließen.

Violettas Abwehr wurde schwächer. Ihre Augen traten aus den Höhlen.

»Johannes!« Kräftige Hände packten ihn an den Schultern, rissen an ihm. »Bist du von Sinnen?!«

Ludwigs Stimme drang wie durch Watte zu ihm hindurch.

»Du bringst sie um!«, schrie der Diener.

Johannes blinzelte. Seine Hände lösten sich von Violettas Hals.

»Du bringst sie um«, wiederholte Ludwig. Dieses Mal mit ruhigerer Stimme und mehr Nachdruck. Das wirkte. Entsetzt erhob sich Johannes. Rückwärts taumelnd stammelte er: »O Gott, was habe ich getan.«

Violetta richtete sich hustend und nach Luft schnappend auf. Ludwig stützte sie.

»Es tut mir leid. Ich wollte das nicht.« *Doch, genau das wolltest du*, flüsterte Johannes' innere Stimme. *Du wolltest sie töten, damit du endlich von ihr frei bist. Und du wolltest sie töten, weil sie Julchen beleidigt hat, weil sie Julchen die Haare abgeschnitten hat, weil sie Julchen die ganze Kindheit über drangsaliert hat.*

»Elender Hurenbock!«, schrie Violetta heiser. »Du wolltest mich ermorden. Ludwig, du hast es gesehen.«

Der Diener blickte Johannes aus traurigen Augen an.

»Ich … ich …« Mehr kam nicht über Johannes' Lippen. Seine innere Stimme hatte recht. Er bereute es nicht. Er bedauerte sogar, dass Ludwig hinzugekommen war. Johannes erschrak über sich selbst. Was für einen Menschen machte das aus ihm?

»Ich verfluche dich, Johannes Kaufmann!«, rief Violetta. »Du sollst für immer ein Reh bleiben. Keine Vollmondnächte als Mensch und keine menschliche Stimme. Du wirst einfach ein Reh sein! Und irgendwann schießt dich hoffentlich ein Jäger ab.«

Johannes' Kinn senkte sich auf seine Brust. Seine Schultern hingen kraftlos nach unten. Er nahm den Fluch entgegen. Er hatte es verdient. Er war stolz, wütend, grausam und stur.

Unter Violettas Blick voller Genugtuung verwandelte er sich zurück in ein Reh.

»Verschwinde!«, zeterte sie.

Johannes öffnete seinen Mund, um etwas zu sagen, aber es entwich nur ein Fiepen.

Violetta kicherte wie eine Wahnsinnige, mit Tränen in den Augen.

»Verschwinde!«, schrie sie erneut.

Johannes wandte sich ab, rannte aus dem Stall, über das

Grundstück seines Vaters und den Weg zum Wald hinunter. Am Waldrand blieb er kurz stehen und blickte zurück zum Haus. Er spürte, dass es ein Abschied auf immer war.

»Wag es nicht, mit jemandem darüber zu reden«, blaffte Violetta. Sie war noch blass um die Nasenspitze und das Sprechen fiel ihr schwer. Sie war heiser, als hätte sie eine Erkältung.

Ludwig hob abwehrend die Hände. »Ich werde nur sagen, was Ihr mir auftragt.«

Violetta nickte zufrieden. »Wir werden erzählen, dass Johannes mich im Stich gelassen hat. Er ist vom Besuch des Königs nicht zurückgekehrt.«

Ludwigs Blick fiel auf Aleia.

»Töte das Pferd!«

»Was?«, fragte der Diener entsetzt.

»Töte Aleia, oder sollen die Leute glauben, Johannes habe das Pferd erst zurückgebracht und sich anschließend davongemacht?« Violetta sah Ludwig herausfordernd an.

»Es wird sich niemand erinnern, auf welchem Pferd Johannes geritten ist.« Ludwig stellte sich schützend vor das Stallabteil.

»Du wirst es töten, oder ich mach es selbst!«, tobte Violetta und gestikulierte wild.

»Ich werde es wegbringen. Ich habe einen Freund in Jermi, er wird Aleia sehr gerne nehmen.«

»Du weichherziger, alter Narr«, spottete Violetta. »Von mir aus, bring den Gaul nach Jermi. « Einem Orkan gleich stürmte sie aus dem Stall. Ludwig konnte ihr nur noch fassungslos hinterhersehen, ehe er sich Aleias annahm.

23. Kapitel

»Du siehst wunderschön aus«, sagte Königin Margrit mit Tränen in den Augen.

Die Schneiderinnen zu ihrer rechten und linken Seite stimmten in den Lobgesang der Königin ein, bis Julia hochrot in den Spiegel blickte. Sie trug ein blaues Kleid mit goldenen Borten am Saum. Die Ärmel waren weit geschnitten und mit goldenen Stickereien verziert. Um die Hüfte trug sie einen ebenfalls goldenen Gürtel.

Die Königin näherte sich mit einem Diadem und setzte es Julia ins Haar. »Nun ist es perfekt«, meinte Margrit.

Julia lächelte verlegen. »Ach, ich wünschte nur, mein Haar wäre wieder lang …« Sie seufzte wehmütig.

»Soll ich dir eine Perücke beschaffen lassen?«, fragte Margrit.

Julia schüttelte den Kopf. »Womöglich erkennt Melchior mich dann nicht.« Sie zwinkerte der Königin zu, worauf diese in heiteres Gelächter ausbrach. »Darauf lassen wir es besser nicht ankommen.«

»Danke, Margrit«, sagte Julia aufrichtig. In der kurzen Zeit hatte sie Melchiors Mutter ins Herz geschlossen. »Danke für alles.«

Die Königin winkte ab. »Es soll dein schönster Tag werden.« Und an die Näherinnen gewandt sprach sie: »Vielen Dank. Ihr habt großartige Arbeit geleistet. Nun helft meiner Schwiegertochter aus dem Kleid.«

Nachdem Julia wieder umgezogen war, die Näherinnen

den Raum verlassen und auch die Königin sich verabschiedet hatte, atmete sie aus. In den letzten Tagen hatte so viel Aufregung um sie herum geherrscht, dass sie kaum Zeit hatte, um über irgendetwas nachzudenken. Margrit fand immer wieder Neues zum Besprechen: Blumen, Speisen, die Gästeliste. Letzteres hatte Julia die Tränen in die Augen getrieben.

»Ich weiß niemanden«, schluchzte sie an diesem Tag.

»Was ist mit deinem Bruder?«, fragte Margrit.

In Julias Brustkorb fühlte es sich eng an. »Er wird nicht kommen, denke ich«, antwortete sie.

»Aber warum? Habt ihr noch miteinander gesprochen?«

Julia nickte langsam, während sich ihre Gedanken überschlugen auf der Suche nach einer Antwort, die glaubhaft klingen würde, aber gleichzeitig nicht verriet, dass ihr Bruder romantische Gefühle für sie hegte.

»Es ist die Frau, nicht wahr?«, kam die Königin ihr zuvor.

Julia brachte nur ein erneutes Nicken zustande.

»Nun, wir sollten die beiden trotzdem einladen, auch wenn die Gattin deines Bruders ihn wohl eher nicht kommen lässt.«

Als Julia nicht reagierte, fügte Margrit an: »Männer unterdrücken Frauen mit Gewalt, und Frauen, nun ... wir ziehen die Fäden geschickter, flüstern anderen etwas ein. Frauen wie die Gattin deines Bruders gibt es überall. Sie entwurzeln ihre Männer, damit sie alles zum eigenen Vorteil lenken können.«

Wieder nickte Julia einfach. Violetta war in der Tat listig und berechnend, aber in diesem Fall hatte nicht die Stiefschwester die Hände im Spiel gehabt. Es war einzig allein die Entscheidung von Johannes.

Während Julia sich an die Begegnung mit ihm erinnerte, blickte sie aus dem Fenster ihres Gemaches. Sie hatte von dort einen atemberaubenden Blick über Meri. Das Schloss der königlichen Familie thronte auf einer Erhöhung, die Häuser der Stadt lagen ihm sozusagen zu Füßen. Wenn Julia ihre Augen zusammenkniff und sich sammelte, glaubte sie, sogar erahnen zu können, wo sie einst aufgewachsen war. Sie richtete sich am Wald aus und an den Feldern. Obwohl ihr Vater ein erfolgreicher Kaufmann gewesen war, hatte er nie in eines der vornehmen Stadthäuser ziehen wollen. Er beliebte, in dem Haus zu wohnen, in dem er auch schon aufgewachsen war. Und wie sein Vater genoss er die frische Luft des Landlebens, wie er öfter zu sagen gepflegt hatte. In der Tat stank es zuweilen in der Stadt wie auf einem Abort, und Julia war froh, dass das Schloss auf dem Hügel lag, wie auf einer Insel, einem anderen Land gleich.

Sie blinzelte, glaubte, sich nun endgültig sicher zu sein, dass das vierte Haus zwischen den Feldern, nahe dem Waldrand, ihr Zuhause war. Sie fragte sich, was Johannes gerade tat … Julia schloss für einen kurzen Moment die Augen. Sie wünschte sich, sie wären einfach wieder Bruder und Schwester, so wie damals, als er noch Johannchen war und sie Julchen. Sie wünschte sich, er hätte ihr nie seine Gefühle gestanden, und sie wünschte sich, ihre Eltern wären noch am Leben, damit ihr Vater sie zum Altar führen konnte. Schmerzlich, sehnsüchtig zog sich Julias Herz zusammen. Einen Augenblick erwog sie, Ludwig darum zu bitten, aber dann verwarf sie den Gedanken so schnell, wie er gekommen war. Der Einzige, der sie führen sollte, war Johannes. Vielleicht sollte sie ihm doch eine Einladung senden, zusammen mit einem Brief und ihrer Bitte. Aber auch diesen Gedanken schob Julia beiseite. Es würde ihrem Bruder zu großen Schmerz bereiten, und sie erkannte darin ihre Selbstsucht. Sie heiratete, sie begann ein neues Leben und wollte Johannes trotzdem immer noch an ihrer Seite haben. Und wenn sie ihm nun die Einladung senden würde, dann wäre sie wohl nicht viel besser als Violetta.

Mit einem schweren Seufzer wandte Julia sich vom Fenster ab. Sie würde niemanden einladen. Jetzt musste sie es nur noch der Königin vermitteln.

Sehr zu Julias Erleichterung nahm die Königin ihren Entschluss ohne Widerworte entgegen. Sie zerdrückte lediglich ein mitfühlendes Tränchen im Augenwinkel, lächelte aber sofort und nickte, bevor sie dem Sekretär, welcher die Einladungen schrieb, sagte: »Du bist fertig mit deiner Arbeit.« Der Mann erhob sich, machte eine Verbeugung und verließ den Raum mit einem Korb voller Einladungsschreiben.

Julia freute sich auf die Hochzeit, war aber zugleich schrecklich nervös. Sie sagte es der Königin.

Margrit bat sie, auf dem Diwan Platz zu nehmen, und tätschelte ihren Arm beruhigend. »Was beschäftigt dich?«

Julia spitzte nachdenklich die Lippen, und mit einem kräftigen Stoßseufzer sagte sie: »Alles.«

Margrits Rücken streckte sich durch, ihre Augenbrauen schnellten besorgt in die Höhe. »Wie alles?«

»Wie das Volk mich aufnehmen wird, ob ich den Aufgaben einer Königin gerecht werden kann, ob ich eine gute Gemahlin für Melchior werde … Ich wünschte mir, mein Haar wäre lang zur Hochzeit, ich wünschte, meine Eltern und mein Bruder wären anwesend, ich habe Angst, vor dem Altar in Ohnmacht zu fallen vor Aufregung.« Die Worte sprudelten nur so aus Julia heraus.

Margrit lachte ihr helles Lachen. »Das, liebe Julia, sind die Sorgen einer jeden Frau und die Wünsche aller, die jemand Geliebten verloren haben.«

Julia setzte eine unsichere Miene auf.

Die Königin nahm ihre Hände und drückte sie sanft. »Ich weiß, dass du eine gute Königin und eine großartige Gefährtin für meinen Sohn sein wirst.«

Gerührt lächelte Julia. »Danke«, hauchte sie.

24. Kapitel

Violetta war missgelaunt und erbost. Sie konnte kaum klar denken. Wenn sie in den Spiegel blickte, sah sie immer noch die Würgemale von Johannes' Händen an ihrem Hals. Wenn Ludwig nicht gekommen wäre, hätte er sie getötet, dessen war sie sich sicher.

Tränen der Wut stiegen in ihr hoch. Alles hatte sie für Johannes getan! Und er behandelte sie wie Abschaum. Sie hätte ihn besser in eine Mücke statt in ein Reh verwandeln sollen, dann hätte sie ihn zwischen ihren Fingern zerquetschen können.

Wie ein wütender Vulkan explodierte Violetta und schrie auf. Johannes war weg und somit außer Reichweite für einen neuen Fluch. Verdammte Hexerei! An viel zu viel war sie gebunden. Für das Aussprechen eines Fluchs musste das Opfer einem gegenüberstehen. Liebeszauber existierten nicht, jemandem den Tod zu wünschen, das war nicht möglich! Krankheiten konnten einer Person angehängt werden, aber nur, wenn die Hexe eine Haarsträhne von besagtem Menschen besaß.

»Ich hätte das Haar dieser Kröte aufbewahren sollen«, heulte Violetta auf und meinte damit Julia.

Ruhelos tigerte sie in ihrem Gemach auf und ab. Sie hatte alles in die Wege geleitet, auf die Einladung zum Hof gewartet, und dann wurde nur Johannes gebeten! Eine Frechheit sondergleichen. Ein Schlag in ihr Gesicht. Julia, immer diese vermaledeite Julia! Dieses Miststück griff sich den König.

»Stets bekommt sie alles«, zischte Violetta. »Das ist nicht gerecht.« Sie eilte zum Grimoire, blätterte zum tausendsten Mal darin, sich den Kopf zerbrechend, wie sie irgendwie doch noch Julias Glück zerstören könnte. Am Boden sitzend, das Haar zerzaust, weil sie es sich immer wieder gerauft hatte, schloss Violetta schließlich das Hexenbuch. Nie zuvor war ihr die Hexerei so nutzlos erschienen, so sehr mit Beschränkungen verbunden! Sie verstaute den Grimoire in der Truhe, die einst ihrer Mutter gehört hatte und einen doppelten Boden besaß.

»Niemand soll dich je der Hexerei überführen können«, hatte die Mutter sie gewarnt.

Ein abfälliges, grimmiges Lächeln erschien auf ihren Lippen, als sie an ihre Mutter dachte. Violetta blickte aus dem Fenster. Die Sonne ging langsam unter, bald würde es dämmern. Bei Dunkelheit hatte sie eine Verabredung. Eine Verabredung, die ihr einen kalten Schauer den Rücken hinunterjagte. Sie warf sich einen Mantel über. Die Abende waren nun nicht mehr angenehm warm, sie wurden kühler. Ihre Finger zitterten, als sie sich den hübschen Dolch ihrer Mutter an den Gürtel ihres Kleides steckte.

Violetta versuchte, sich mit tiefen Atemzügen zu beruhigen. Als ihr Herz wieder regelmäßig schlug, machte sie sich auf zum Stall. Ihr Pferd schnaubte leise, als es sie kommen sah. Die schwarze Stute hatte sie zu ihrem zehnten Geburtstag von der Mutter bekommen. Mit Genuss erinnerte sie sich an die neidvollen Blicke ihrer Stiefgeschwister. Johannes hatte das wunderschöne Tier mit offenem Mund angegafft. Er, der immer davon sprach und träumte, ein Ritter zu sein, besaß kein Pferd. Und jetzt war er ein Reh. Sie hätte ihn aufzäumen und satteln sollen. Der Gedanke erheiterte sie derart, dass sie lauthals lachte. Wäre Ludwig hier gewesen, hätte sie ihm den Befehl gegeben, Rubin reitfertig zu machen. Aufgrund seiner Abwesenheit musste sie sich jedoch selbst darum kümmern.

Sie war etwas aus der Übung und brauchte länger als der Diener. Hinzu kam, dass sie wieder nervös wurde.

Als sie aufbrach, verschwand die Sonne bereits unter dem Horizont und färbte den Himmel in Gold- und Kupfertönen.

Mithilfe des Zauberspruches aus dem Grimoire hatte sie gefunden, wen sie suchte. Ein Treffen zustande zu bringen, hatte sie allerdings viele Goldstücke und Mühen gekostet. Violetta drückte die Fersen in die Flanken des Pferdes, um es in Trab zu bringen. Rubin gehorchte augenblicklich. Sie erhoffte von jemand anderem genauso viel Gehorsamkeit.

Der Gasthof *Zur Taube* lag außerhalb von Meri. Bekannt für seinen ausgezeichneten Wein und das beste Bier – vorausgesetzt, man hatte genügend Taler dabei. Violetta hatte einen ganzen Beutel mitgenommen. Er hing neben dem Messer am Gürtel. Sie hatte die Münzen gut in ein Tuch eingewickelt, damit sie nicht klimperten, wenn sie sich bewegte. Es sollte nicht jeder wissen, dass sie viele Münzen mit sich trug.

Den ersten Taler drückte sie dem Stalljungen in die Hand, damit er sich gut um Rubin kümmerte. Unruhe überkam Violetta beim Betreten der überfüllten Gaststube. Es war stickig und heiß in dem großen Raum. Mehrheitlich Männer saßen an den langen Tischen, aßen, tranken und unterhielten sich. Eine Kakofonie aus Flüstern, Lachen, Fluchen, Lamentieren und Brüllen umfing sie. Violetta ließ ihren Blick schweifen, die Hände ineinander verkrampft. Das Herz in der Brust wummerte schnell und hart.

Plötzlich berührte sie jemand am Oberarm. Sie zuckte erschrocken zusammen. »Du!«, stieß sie erleichtert aus. Vor ihr stand Jakob. Ein mageres Bürschchen von fünfzehn Jahren mit struppigem, braunem Haar. Er war ihr über vier Ecken vermittelt worden, als sie sich nach einem Dienstboten erkundigte, der jemanden für sie aufspüren sollte.

»Entschuldigt, gnädige Frau. Der Herr erwartet Euch. Folgt mir.« Jakob hatte große, blaue Augen. So blau wie ein kühler

Bergsee. Er wirkte älter, als er war. Auch jetzt, als er sie bat, ihm zu folgen. Selbstbewusst schritt er durch den Wirtsraum und dann hinaus zu einer Treppe, die ins obere Stockwerk führte.

Violetta holte ihn ein, um ihn an der Schulter zu packen. »Wo führst du mich hin?«, verlangte sie zu wissen.

»Der gnädige Herr wünscht, Euch auf seinem Zimmer zu sprechen.«

»Ich wollte ihn aber in der Schenke treffen«, murrte Violetta. Hektische rote Flecken breiteten sich auf ihrem Gesicht aus. Sie wusste es auch ohne Spiegel, denn die Stellen brannten heiß.

Jakob schüttelte den Kopf. »Der gnädige Herr will nicht auffallen. Er sagte, in Gesellschaft einer schönen Frau wären schnell alle Blicke auf ihn gerichtet. Das kann und will er nicht wagen.«

Violetta errötete noch mehr ob des Komplimentes. Gleichzeitig presste sie die Lippen verärgert zusammen. Das Treffen in der Gaststube hätte ihr etwas Sicherheit gegeben. Alleine in einem Zimmer zu sein, mit dem Mann … Sie führte den Gedanken nicht zu Ende. Eine Gänsehaut breitete sich auf ihrem ganzen Körper aus.

»Wenn Ihr nicht wollt …«, deutete Jakob ihre Mimik mit einem Schulterzucken und wollte sich schon abwenden.

»Doch, doch, ich will«, erwiderte Violetta. »Bring mich zu seinem Gemach.«

Jakob schritt schnell die Stufen hoch. Violetta folgte ihm mit hochgerafften Röcken. Als sie auf dem Gang vor der hintersten Tür standen, fühlte es sich an, als würde ihre Zunge am Gaumen festkleben, und ihre Beine waren weich wie warmes Wachs.

Der Junge klopfte in einem seltsamen Rhythmus an die Tür, was darauf schließen ließ, dass es sich um ein verabredetes Zeichen handelte.

Das Blut rauschte in Violettas Ohren, als sie die schweren

Schritte hinter der Tür hörte, ehe sie geöffnet wurde. Jakob huschte weg, und ehe sie sichs versah, stand sie alleine vor einem großen Mann mit langem, dunklem Haar. Seine Augen waren schwarz wie Opale.

»Du wolltest mich also sprechen?« Musternd glitt sein Blick über sie. Violetta hielt den Atem an. Erst als er sie bat einzutreten, erlaubte sie sich, wieder auszuatmen.

Er schloss sofort die Tür hinter ihr. Der Schlüssel steckte, sehr zu Violettas Erleichterung, im Schloss, als der Riese sich davon entfernte und sich auf das Bett setzte, das rechts von der Tür stand.

Violetta sah sich verstohlen im Zimmer um. Außer dem Bett gab es nur noch einen Nachttisch mit einer Öllampe und eine Kommode mit Spiegel und einer Waschschüssel.

»Wohl nicht so hübsch wie bei dir zu Hause«, bemerkte der Mann mit seiner Baritonstimme.

Violetta schürzte die Lippen. »Nein.«

Der Mann lachte. Violetta entging nicht, dass er trotz seines wilden Aussehens gesunde Zähne hatte. Die Adlernase, die seinen Mund beschattete, war abstoßend und faszinierend zugleich.

»Bist du Erik?«, fragte Violetta.

»Ja, der bin ich. Und du bist die Frau, die nach mir sucht, weil sie mir helfen will, Rache zu nehmen?«

Violetta schluckte einmal leer, ehe sie mit heiserer Stimme ein »Ja« hauchte. Sie presste ihre Hände ineinander verschränkt vor die Brust. Unter ihnen spürte sie ihren schnellen Herzschlag.

»Und warum bist du dir sicher, dass ich mich rächen will?«, fragte Erik.

»Waren die Männer nicht deine Freunde?«

»Sie waren meine Wegbegleiter, wie es andere zuvor schon waren. Das Leben von Banditen ist nicht besonders lang.«

Violetta fühlte sich unbehaglich. Die Augen ihres Gegenübers glitten über ihren Körper, als wollte er sie mit seinem bloßen Blick entkleiden. Sie sah auf seine Hände. Pranken, die zugreifen und zuschlagen konnten.

»Aber es ist doch schon lange dein Metier«, sagte Violetta. »Du hast den Vater meines Mannes getötet.«

Erik lachte. »Habe ich das?«

»Ein Kaufmann.«

»Ich habe viele Kaufmänner getötet.« Etwas Selbstgefälliges lag in seiner Stimme ... und Stolz.

»Du trägst sein Kreuz um den Hals.« Mit einer Kopfbewegung deutete sie auf das Schmuckstück.

»O ja, an ihn erinnere ich mich«, grinste Erik. »Er war ein mutiger Mann. Wenn ich den Vater deines Gatten getötet habe, warum stehst du mir dann gegenüber und bietest mir die Möglichkeit zur Rache an?«

Violettas Lippen zuckten nervös, ehe sie antwortete: »Er hat mich hintergangen.«

Erik lachte auf. »Der Zorn einer Frau darf nie unterschätzt werden.«

Sie nickte grimmig.

»Wie hast du dir vorgestellt, dass ich meine Männer rächen kann?«

Violetta ließ ihre Hände sinken. Ein bösartiges Lächeln erschien auf ihren Lippen. Ihr Blick glitt in die Ferne. »Ich will, dass du die Braut des Königs tötest!«

Erik runzelte die Stirn.

»Der König wird die Frau heiraten, die ihr im Wald überfallen habt, die Schwester meines Mannes.«

Der Mund des Räubers klappte erstaunt auf.

»Wenn du sie tötest, wird der König, der deine Männer gejagt und gefangen genommen hat, am Boden zerstört sein.«

Erik brach in Gelächter aus. »Du bist mit dem Mann verheiratet, der sich in ein Reh verwandelte, vor unseren Augen?«

»Er wurde verflucht«, sagte Violetta wütend. »Was gibt es da zu lachen?«

Erik fuhr sich mit der Hand übers Kinn. »Die Welt ist ein kleiner Ort. Was hast du davon?«

»Ich?«, fragte Violetta. Ihre Stimme klang blechern.

Eriks Hand schoss vor, er packte sie grob am Kinn. Ein Schauer rieselte ihren Rücken hinunter.

»Du hast mich richtig verstanden. Was hast *du* davon?«

»Meine Rache! Ich hasse Julia. Sie hat mir alles genommen, was ich begehrte.«

Erik kniff den Mund zusammen.

»Den Mann, den ich liebte.«

»Der König?« Er neigte den Kopf zur Seite.

»Nein, sie hat das Herz ihres Bruders gestohlen! Es stand mir zu!«

»Du meinst, er hat seine eigene Schwester bestiegen?«

Violetta presste die Lippen fest aufeinander.

»Oh, jetzt verstehe ich«, grinste Erik. »Wie überaus pervers!«

»Wirst du sie töten?«

»Nur, wenn du mich fickst!« Er stand auf und brachte sein Gesicht ganz nah an ihres, um ihr tief in die Augen zu blicken.

»Warum?«

»Du bist eine wunderschöne Frau«, sagte Erik schlicht. In seiner Stimme lag kein Spott, nichts. Violetta erkannte, dass er meinte, was er sagte. Sie fühlte sich seltsamerweise geschmeichelt. Erneut jagte ihr ein Schauer über den Rücken. Jetzt jedoch vor Erregung. Dieser Riese von einem Mann strahlte etwas anziehend Animalisches aus.

Er ließ ihr Kinn los. Wie versteinert sah Violetta ihn an, als er sein Hemd über den Kopf zog. Sie sog die Luft ein, während ihr Blick über seine breiten Schultern wanderte, hinunter zu seinem muskulösen Körper. Dunkles Haar kringelte sich auf seiner Brust und dem Bauch. Narben zierten seinen Oberkörper an mehreren Stellen. Er öffnete den Gürtel und ließ die Hose nach unten gleiten. Violettas Finger krallten sich in den Stoff ihres weiten Rocks.

Da stand er vor ihr, dieser kräftige Mann. Nackt, wie Gott ihn erschaffen hatte. Alles an ihm war wohl proportioniert und ... groß.

»Gefällt dir, was du siehst?«, fragte Erik.

Violetta nickte.

»Dann wirst du mich ficken?«

Sie nickte erneut, ehe sie langsam auf ihn zuging und ihm dann den Rücken zudrehte.

»Hilfst du mir?«, fragte sie. »Ich kann das Kleid nicht selbst öffnen.«

»Selbstverständlich«, erwiderte Erik. Er trat dich hinter sie. Sein Atem kitzelte ihren Nacken, als er ihr die Ösen ihres Kleides löste. Seine Hände berührten ihre Schultern, ruhten kurz darauf und verströmten Wärme, als er ihr das Kleid abstreifte. Violetta spürte ein Ziehen zwischen ihren Beinen, etwas, das sie nicht erklären konnte, etwas, das keinen Sinn ergab. Dieser Mann war so anders als Johannes ... oder lag es genau daran?

Sie wollte sich umdrehen, aber Erik ermahnte sie, still zu stehen. Violetta verkrampfte sich und hielt die Luft an. Seine Hände glitten über ihren Rücken, seine Finger griffen in den Stoff ihrer Unterkleider, und mit einem Ruck riss er sie ihr vom Körper. Sie stieß einen spitzen Schrei aus.

»Keine Angst, schöne Frau, ich werde dich nicht verletzen.« Erik trat dich hinter sie. Seine Erektion drückte gegen ihren unteren Rücken, fordernd, lüstern. »Was für ein Hintern«, sagte er, und schon streiften seine Lippen ihre Gesäßbacken, küssten sie. Violetta zuckte zuerst zusammen, aber dann begann sie sich zu entspannen, als seine Hände über ihren Bauch fuhren, während seine Lippen ihr Hinterteil liebkosten. Violetta war erstaunt, wie sanft er mit ihr war. Eine Hand glitt in ihren Schritt, massierte die Blüte der Lust. Unter seiner Berührung erschauderte Violetta. Ein Stöhnen entwich ihren Lippen. Hitze wallte in ihr auf. Noch nie hatte sie etwas so

Loderndes in sich gespürt. Die Leidenschaft brannte wie ein Feuer in ihr.

Eriks Mund wanderte nach oben und mit ihm, sehr zu Violettas Enttäuschung, auch seine Hände. Sie tasteten zu ihren Brüsten, umschlossen sie fest, massierten sie. Ein angenehmes Kribbeln ging durch ihren Körper. Zwischen ihren Beinen wurde es immer heißer und feuchter. Unter Eriks Pranken wurden ihre Nippel hart.

»Ich will, dass du meinen Schwanz lutschst!«, flüsterte Erik in ihr Ohr. Seine Worte waren widerlich anzüglich, aber sie erregten Violetta. Sie drehte sich um.

Der Räuber lächelte. »Ich nehme an, die Röte in deinem Gesicht bedeutet Nein.«

Sie senkte ihren Blick auf sein Glied.

»Knie dich hin«, befahl Erik.

Sie zögerte.

»Ich töte Julia für dich, aber dafür musst du schon etwas Arbeit leisten. Also knie dich hin.«

Violetta gehorchte.

»Und jetzt öffne deinen Mund.«

Sie benetzte ihre Lippen mit der Zunge, ehe sie seiner Aufforderung nachkam. Erik ergriff ihren Kopf mit beiden Händen. Fordernd drückte seine Penisspitze an ihren Mund. Sie sperrte ihn auf, gewährte ihm Einlass. Sie war überrascht, wie weich die Haut war trotz der Härte. Genauso erstaunt war sie über den salzigen, schweißigen Geschmack, der ihre Lust steigerte wie ein moschushaltiges Parfum.

»Lutsch ihn!« Raue Worte, einem Räuber gerecht, der sich einfach nahm, was er wollte. Und gerade dieses Bestimmte gefiel ihr.

Erik gab Druck auf ihren Kopf. Instinktiv begann Violetta den Schaft zu bearbeiten, indem sie sich vor- und zurückbewegte. Erik stöhnte, was sie als Ansporn empfand. Ihre Zunge glitt um sein Glied. Seine Hände gruben sich in ihr Haar. Er keuchte und irgendwann stieß er aus: »Halt!«

Sie gehorchte sofort.

»Steh auf!«

Violetta sah ihm in die Augen. In ihnen brannte das Feuer der Lust, des Verlangens. Es schmeichelte ihr, so begehrt zu werden. Sie genoss es förmlich.

Erik packte sie an der Hüfte, hob sie hoch und schob sie hinüber zur Wand. Er drückte ihren Rücken dagegen, hob sie leicht an. Violetta keuchte auf.

»Jetzt werde ich dich ficken! Richtig ficken!« Es war eine köstliche Drohung, die Violettas Lust steigerte. Gleichzeitig pochte ihr Herz wie wild, und als Erik in sie eindrang, schrie sie auf. Aber nicht, weil er ihr wehtat, sondern weil ein unglaubliches Kribbeln durch ihren ganzen Körper ging. Sie krallte ihre Fingernägel in seinen Rücken. So tief, dass Erik zu bluten begann.

»Du magst es hart«, flüsterte er heiser.

»Ich weiß nicht …«, stotterte sie.

»Und wie du es magst. Du bist ganz feucht.«

Violetta konnte nichts erwidern. Sie explodierte innerlich, als er begann, sie zu vögeln. Beider Atem ging keuchend und stoßweise. Violetta wurde hart gegen die Wand gedrückt, aber es machte ihr nichts aus. Es war wundervoll. Und dann spürte sie, wie Erik sich in ihr noch etwas weiter ausdehnte. Wilde Leidenschaft erfüllte sie, das Kribbeln und die erregende Anspannung schlugen wie eine Woge der Ekstase über ihr zusammen.

»Ja, komm«, rief Erik aus. »Ich komme auch.«

Und wie sie kam. Ihr ganzer Körper erbebte unter der Lust, die in Wellen über sie hinwegspülte. Sie fühlte sich trunken.

Erik stöhnte, als er seinen Samen in sie ergoss. Er ließ Violetta los. Ihre Beine waren so wackelig, dass sie sich an die Wand lehnen musste.

Erik grinste sie an. »Du gefällst mir.«

»Tatsächlich?« Violetta zog misstrauisch eine Augenbraue hoch.

»Wir sind uns ähnlich.« Er bückte sich und hob ihr Kleid auf. »Du wirst ohne Unterkleider nach Hause müssen.«

Violetta zuckte mit den Schultern. »Wir sind uns nicht ähnlich«, meinte sie und nahm ihm das Kleid aus der Hand.

»O doch, wir nehmen uns, was uns zusteht … mit allen Mitteln.«

Violetta presste den Stoff gegen ihren nackten Körper. Eine Gänsehaut breitete sich auf ihrem ganzen Leib aus. Ja, sie nahm sich, was sie wollte, aber ihre Unternehmungen fruchteten nicht. Vielleicht würde es dieses eine Mal gelingen, mit diesem Banditen an ihrer Seite, der abstoßend und begehrenswert zugleich war. Er hatte ihr Blut in Wallung gebracht auf eine Weise, wie sie es nicht für möglich gehalten hatte. Auf eine körperliche Art. Was sie für Johannes empfand, war anders, weniger roh, weniger animalisch.

»Wie und wann willst du sie töten?«, fragte Violetta.

»Du musst mir Zugang zum Schloss gewähren.«

Sie glaubte, sich verhört zu haben. »Man wird mir keinen Zutritt gewähren. Julia hasst mich.«

»Aber sie liebt ihren Bruder, nicht wahr?«, fragte Erik mit einem anzüglichen Grinsen.

Violetta nickte.

»Ich brauche von dir noch ein paar Taler, und dann bereden wir die Details.«

Violettas Hände zitterten ein wenig, als sie ihm den Beutel überreichte, aber nicht vor Angst, sondern vor Aufregung. Bald würde Julia tot sein.

25. Kapitel

In Julias Bauch flogen die Schmetterlinge in einem jubilierenden Tanz, als sie aus der Kutsche stieg. Jeremias, ein langjähriger Diener der königlichen Familie und, wie Melchior ihr verraten hatte, sein Vertrauter in allen Belangen, reichte ihr galant seine Hand. Er würde Julia auch zum Altar führen. Vor ein paar Tagen war Melchior mit dem Vorschlag zu ihr gekommen. Am liebsten wäre Julia von der Königin zum Altar geleitet worden, aber das ziemte sich nicht.

»Ich stelle ihn dir vor«, hatte Melchior gesagt. »Du wirst ihn mögen. Es gibt keinen loyaleren, herzlicheren und vertrauenswürdigen Mann als ihn.«

Julia willigte ein, ihrem zukünftigen Mann zuliebe. Sie erkannte an seinen feurigen Worten, wie viel es ihm bedeutete.

Jeremias wartete in der Bibliothek auf sie und den König. Sein liebster Ort im Schloss, verriet ihr Melchior. Wie sich herausstellte, war Jeremias ein außergewöhnlich belesener Mann. Er hatte bereits in Melchiors Vaters Diensten gestanden und war mit sechzig Jahren der älteste aller Diener.

Sein Alter verrieten das graue Haar und die vielen Falten im Gesicht, die sich wie die feinen Linien auf einer Landkarte ausnahmen. Der Landkarte des Lebens, wie Jeremias ihr gestern verraten hatte. »Jede Falte steht für Freude, Verlust, Ärger und Nachdenklichkeit. Ich habe zu viel nachgedacht in meinen Leben«, lachte der Mann. Er hatte ein warmes und leises

Lachen. Auch seine braunen Augen waren voller Wärme, aber gleichzeitig blitzte in ihnen auch der Schalk auf.

Melchior ließ Julia mit ihm alleine. Sie unterhielten sich erst zögerlich, dann immer flüssiger und vertrauter. Etwas an Jeremias erinnerte Julia an Ludwig. Doch Jeremias war noch gefestigter, ruhiger und ein Mann voller Wissen. Vertrauenswürdig, wie sie es noch nie zuvor bei einem anderen Menschen empfunden hatte. Sie war sich sicher, ihm könnte sie alles anvertrauen.

»Hakt Euch bei mir unter, gnädige Frau«, sagte Jeremias.

Julia folgte seiner Aufforderung.

»Seid Ihr aufgeregt?«, fragte er.

Sie nickte. »Ich könnte sterben. Mein Herz rast. Ich fürchte mich vor dem Adel in der Kirche. Ich fürchte mich davor, dem Pfarrer unter die Augen zu treten, und ich sorge mich, dem Volk nicht zu gefallen.«

Jeremias tätschelte beruhigend ihren Unterarm. »Macht Euch keine Sorgen. Es wird ein wunderschöner Tag werden.«

Die Ritter des Königs, die bis jetzt neben der Kutsche schützend vor ihnen Aufstellung genommen hatten, traten zur Seite. Das Volk stand vor der Kirche Spalier, applaudierte der Braut mit Jubel.

Julia lächelte errötend.

»Winkt ihnen zu«, flüsterte Jeremias.

Sie tat, wie ihr geheißen wurde. Der Jubel des Volkes schwoll an.

»Sie lieben Euch«, meinte Jeremias.

»Aber sie kennen mich doch gar nicht.«

»Das Volk liebt Geschichten, und Eure, wie Ihr den König kennengelernt habt, wurde in Meri verbreitet, damit das Volk weiß, warum der König sich für eine Bürgerliche entschieden hat.«

Julia schluckte. »Jeder weiß, was geschehen ist?«

Jeremias zwinkerte. »Nur so viel, dass der König Euch aus den Fängen der Räuber gerettet hat und sich in Euch verliebte. Das Volk ist begeistert, dass Ihr nicht blaublütig seid.«

»Woher wisst Ihr das?«

»Was geredet wird auf den Straßen, gelangt auch an meine Ohren«, lächelte Jeremias verschmitzt.

Julias Puls, der sich erst etwas beruhigt hatte, nachdem das Volk sie herzlich beklatscht hatte, wurde wieder schneller, als sie die Stufen zur Kirche hinaufschritten. Messdiener stießen die Flügeltüren auf. Das Orgelspiel setzte ein. Melchior stand vorne am Altar und blickte ihr lächelnd entgegen.

Julias Beine fühlten sich an wie weicher Teig. In ihrem Bauch flogen Tausende von Schmetterlingen. Sie spürte die Augenpaare Hunderter Menschen auf sich. Sie gehörten dem Adel Meris, aber das spielte, je näher sie Melchior kam, immer weniger eine Rolle. Er rückte komplett in das Zentrum, alle Geräusche wurden ausgeblendet.

Jeremias übergab sie dem König mit einer Verbeugung.

Julia blickte Melchior in die moosgrünen Augen, die vor Glück strahlten. Es war ein magischer Moment. Die Zeit schien stillzustehen. Die Luft vibrierte um sie beide herum. Julia fühlte sich angezogen vom König. Sie wäre ihm am liebsten um den Hals gefallen. Das warme Gefühl der Liebe durchströmte sie, so wie ein sanfter Sommerschauer die durstigen Felder benetzte.

Pfarrer Klaus stand hinter dem Altar und begann aus der Bibel zu zitieren. Seine Worte waren wie das stete Plätschern eines Wasserfalls. Julia hörte nicht, was er sagte, erst als der Kirchenmann die bedeutsamen Worte sprach: »Eure Hoheit, wollt Ihr die hier anwesende Julia Kaufmann zu Eurer Gemahlin nehmen?«

»Ja, ich will«, erwiderte Melchior voller Inbrunst.

»Und Ihr, Julia Kaufmann, wollt Ihr Seine Hoheit, Melchior von Meri, zu Eurem Gemahl nehmen?«

»Ja, ich will«, sagte Julia. Ihre Worte besiegelten den Bund mit Melchior.

»So dürft Ihr nun die Braut küssen«, sagte der Pfarrer mit einem breiten Lächeln.

Julias Schmetterlinge vollführten einen Freudentanz in ihrem Bauch. Nach diesem Kuss hatte sie sich gesehnt, seit sie beim Betreten der Kirche Melchior erblickt hatte. Der König, nun ihr Gatte, drehte sich ihr zu. Zärtlich legte er ihr eine Hand an die Wange.

»Ich liebe dich«, sagte er so leise, dass nur sie es hören konnte.

Julias Herz schien vor Glück beinahe zu schmelzen. »Ich liebe dich auch«, erwiderte sie, und gleichzeitig neigten sie ihre Köpfe, um ihre Lippen zu einem Kuss zu vereinen. Einem Kuss, der wohlige Schauer durch ihren Körper jagte. Julia wusste mit einem Mal, dass sie angekommen war. Alle Anspannung fiel von ihr ab, und als der Kuss ein Ende fand, strahlte sie über das ganze Gesicht. Seite an Seite schritten Melchior und sie durch das Kirchenschiff zum Ausgang. Applaus und Gratulationsrufe begleiteten sie hinaus.

»Es ist üblich, dass der König eine kleine Ansprache hält«, flüsterte Melchior ihr zu, als sie aus der Kirche traten.

Julia sah ihn fragend an.

Er erwiderte grinsend: »Der König muss bei allen möglichen Anlässen irgendetwas von sich geben. Und wenn ein Floh einem Bauern auf die Schuhe kackt, so habe ich auch dazu etwas vorzubringen.«

Julia hielt sich kichernd die Hand vor den Mund.

»Es wird auch erwartet, dass die Königin ein paar Worte sagt«, schmunzelte Melchior.

Sofort verstummte Julia. »Warum sagst du mir das erst jetzt?«

Melchior zwinkerte ihr zu. »Kleiner Scherz«, sagte er und löste sich von Julia.

»Schuft!«, zischte sie leise hinter ihm her, als er auf die oberste Stufe der Treppe trat.

Er hob seine Hände in die Höhe, um den Menschen zu verstehen zu geben, dass er etwas sagen wollte. Julia war beeindruckt, wie viele Leute gekommen waren. Alt und Jung hatten sich vor der Kirche versammelt. In ihren Gesichtern zeichnete sich Begeisterung ab, ehrliche Begeisterung, die Julia berührte. Fremde Menschen freuten sich mit ihr, über ihr Glück. Tränen traten ihr in die Augen.

Wie ein Dirigent brachte Melchior mit einer Handbewegung Ruhe in die Menschenmenge. »Geliebtes Volk, ich bin zutiefst bewegt über euer zahlreiches Erscheinen, und ich glaube, meine Gemahlin …« Er drehte sich zu Julia um, sah ihre feucht glänzenden Augen und das Lächeln. »Komm her, Julia«, rief er und winkte sie zu sich heran.

Sie folgte seiner Aufforderung.

»Ich hoffe, du weinst nicht, weil du die Hochzeit mit mir bereust?«, scherzte Melchior laut und sehr zur Freude seines Volkes.

Julia lachte auf. Gleichzeitig schüttelte sie den Kopf. »Ich bin gerührt, all diese Menschen zu sehen«, sagte sie laut genug, dass es von den Umstehenden gehört wurde. Ihre Äußerung wurde mit Klatschen und freudigen Rufen erwidert. »Danke«, fügte Julia an. Ein schlichtes Wort, das das Volk begeistert aufnahm.

»Diesem Dank meiner bezaubernden Königin schließe ich mich an«, sagte Melchior. »Ein König ist nur so groß, wie es sein Volk ist.«

Es wurde jubiliert. Melchior sprach noch einige weitere euphorische Worte, während Julia ihren Blick schweifen ließ. Sie sah all die fremden Gesichter und wünschte sich, darunter auch ihren Bruder zu sehen. Für einen Moment träumte sie davon, dass Johannes in der Menge stand, neben ihm eine Frau, die er liebte, um deren Schultern er beschützend den Arm gelegt hat. Erst als aufgeregte Rufe an Julias Ohren drangen, erwachte sie aus ihrem Tagtraum.

»Geht zur Seite, geht zur Seite!«, kreischte eine Stimme, die Julia kannte. Ein eiskalter Schauer lief ihr über den Rücken.

Unruhe brach aus. Melchior gab seinen Rittern Handzeichen, die sofort ausschwärmten.

»Es ist Violetta«, flüsterte Julia heiser. Sie reckte ihren Hals, um zu sehen, wo ihre Stiefschwester steckte und warum sie derart herumschrie. Wollte sie dem König eine gemeine Lüge unterbreiten, um Julia schlechtzumachen?

»Ich bin die Schwester der Königin«, schrie Violetta. »Lasst mich und meinen Begleiter zu ihr, es geht um ihren Bruder.«

Julias Herz machte einen Satz. Johannes! Sie raffte ihre Röcke und rannte los.

»Julia!«, rief Melchior hinter ihr her.

»Lasst sie durch!«, schrie Julia. »So lasst sie doch durch!«

Die Ritter traten zur Seite. Violetta stand neben einem groß gewachsenen Mann, der einen Umhang mit Kapuze trug. Sein Blick war auf das Reh, das er auf seinen Armen trug, gesenkt.

»Nein!«, stieß Julia heiser aus.

»Julia, es tut mir so leid«, sagte Violetta.

»Das kann nicht sein! Du hast den Fluch von ihm genommen! Das ist nicht Johannes!« Ein Schleier aus Tränen machte es ihr schwer, die Stiefschwester anzuschauen, die mit einem bedauernden Gesichtsausdruck vor ihr stand.

»Er wollte mich töten.«

»Du lügst!«, zischte Julia. »Du bist eine elende Lügnerin!«

Violetta zupfte den Kragen ihres Kleides nach unten, wo die Würgemale ein wenig verblasst, aber dennoch deutlich genug zu erkennen waren.

Julia schlug die Hände vors Gesicht. Nein, ihr Bruder wäre nie zu so etwas fähig …

»Er hat mir immerhin auch das Auge ausgestochen«, sagte Violetta, als hätte sie an Julias Gesicht ablesen können, was sie dachte.

»Damals war er ein Kind. Es war ein Versehen.«

»Das hier«, Violetta deutete auf die Male, »war Absicht. Zur Strafe habe ich ihn wieder in ein Reh verwandelt.«

»Was ist hier los!«, verlangte Melchior zu wissen. Er war hinter Julia getreten, eine Hand auf ihre Schulter gelegt.

Der Mann, der bisher schweigend und mit gesenktem Blick dagestanden hatte, legte das Reh auf den Boden.

»Eure Hoheit, die gnädige Frau bat mich, den Bruder Eurer Gattin hierherzubringen.«

»Das ist ein Reh«, bemerkte Melchior trocken.

»Violetta hat den Fluch erneuert«, schluchzte Julia. »Aber ich glaube nicht, dass es Johannes ist.«

»Schau ihn dir genauer an«, sagte Violetta. »Er ist es.«

Julia ging in die Hocke und mit ihr auch der Mann. Eine Gänsehaut breitete sich auf Julias Haut aus. Sie mochte den Kerl nicht. Er strahlte etwas Dunkles, Böses aus.

»Sieh hin«, flüsterte der Mann.

Dann hörte Julia wie von weit her, dass Melchior sagte: »Und wie kommt es, dass er tot ist?«

Eine gute Frage, dachte Julia und wollte sich zu ihrem Mann umdrehen, als der Kerl mit der Kapuze ihr Handgelenk packte. Erschrocken zuckte Julia zusammen.

»Wa…?« Die Worte blieben ihr im Hals stecken. Sie blickte in schwarze, listige Augen. Augen, in die sie schon einmal geblickt hatte.

»Süßes Mädchen aus dem Wald«, grinste der Räuber. In seiner anderen Hand blitzte ein Messer auf. »Wir haben noch eine Rechnung offen.«

Irgendjemand schrie: »Er hat ein Messer!«

Julia wollte zurückweichen, aber Erik hielt sie fest.

»Wenn ihr euch nähert, tötet er sie!«, kreischte Violetta.

»Bleibt stehen!«, brüllte Melchior.

Die Ritter verharrten mit gezückten Schwertern und grimmiger Miene.

Julia konnte Melchior nicht sehen, da sie ihm den Rücken zugewandt hatte, aber ihr war das Zittern in seiner Stimme nicht entgangen.

»Stell dich mir, Halunke!«, rief Melchior. »Und lass meine Frau los!«

Erik lachte. »Denkt Ihr, ich bin wirklich so dumm? Sobald ich sie loslasse, hetzt Ihr mir Eure Ritter auf den Hals.«

Julia blickte zu Violetta. Ihre Stiefschwester zog mit einem bösartigen Lächeln etwas aus der kleinen Tasche, die an ihrem Gürtel hing. Silberne Kügelchen. Blitzschnell warf sie die Kugeln in alle vier Windrichtungen. Die Menschen schrien erschrocken auf, als Dunst aus den Kugeln aufstieg und einen schützenden Kreis um Violetta, Erik, Julia und das Reh zog.

Erik stand auf und zerrte Julia mit sich. »Schade, es ist nur mein Messer, das ich in dich treibe«, sagte er mit einem anzüglichen Grinsen.

»Julia!«, rief Melchior.

»Bleibt draußen!«, schrie Violetta. »Oder es wird ihr genauso ergehen wie deiner Schwester!«

Erik lachte über ihre Worte. Er zog Julia dicht an seinen Körper. Verzweifelt versuchte sie sich aus seinem Griff zu winden, trat nach ihm, aber er wich immer rechtzeitig aus.

Violetta kam zu ihnen. Ihre Lippen bewegten sich unaufhörlich, ohne dass Julia verstehen konnte, was ihre Stiefschwester murmelte. Als Erstes löste sich das Reh auf.

»Was hast du mit Johannes gemacht?«, schluchzte Julia.

Violetta antwortete nicht. Sie murmelte unablässig vor sich hin.

Ich werde sterben!, schoss es Julia durch den Kopf. Eine eigenartige Ruhe kam über sie. Melchior würde ihr Tod das Herz brechen, das wusste sie. Erst der Vater, dann die Schwester und nun sie. Er war ein guter Mann und König, aber das würde zu viel des Schmerzes sein. Das hatte er nicht verdient.

Langsam begann sich der Nebel zu lichten. Julia begriff nicht, warum sie immer noch hier standen, warum Violetta seelenruhig weiter vor sich hinmurmelte, während Erik ebenfalls gelassen mit ihr dastand.

Da stimmte etwas nicht.

»Sie spricht einen Täuschungszauber«, flüsterte Erik in ihr

Ohr. Sein Atem streifte ihre Haut und sorgte für kalte Schauer, die ihren Körper hinunterrieselten. »Sie werden denken, wir sind verschwunden. Deine Schwester ist ziemlich beeindruckend.«

Julia begriff, dass sie jetzt handeln musste. Sie presste ihre Lippen entschlossen zusammen, spannte ihren Körper an und nutzte Eriks festen Griff um ihren Leib als Halt. Sie rammte ihm mit aller Kraft ihre Füße nach hinten in die Knie und traf, wie sie an seinem Geschrei hören konnte. Der Griff löste sich. Julia stolperte nach vorne.

Melchior sprang durch den Nebel, ein Schwert in der Hand. Er rannte auf sie zu.

»Hure!«, brüllte Erik hinter ihr. Dicht hinter ihr. Julia blickte über die Schulter. Der Räuber stürzte sich mit gezogenem Messer auf sie. In dem Moment sprang ein brauner Blitz herbei. Warf sich zwischen Julia und Erik. Die Klinge bohrte sich in den Leib des Rehs, das einen Schrei ausstieß. Keinen menschlichen Schrei, sondern den eines gewöhnlichen Tieres.

Melchior rannte auf Erik zu. Der Räuber griff nach dem Messer, das im Leib des Rehs steckte, zog es heraus und stellte sich dem König entgegen.

Ritter eilten von allen Seiten herbei.

»Überlasst diesen Unhold mir!«, schrie Melchior. »Ergreift die Frau!«

»Hier ist keine Frau«, rief einer der Ritter.

Julia sah sich um. Violetta war wie vom Erdboden verschluckt! Sie hatte wohl den Täuschungszauber nur für sich ausgesprochen.

Melchior und Erik trennte nur noch eine Schwertlänge voneinander. Sie umkreisten sich wie zwei wütende Stiere.

»Endlich stehen wir einander gegenüber«, sagte Melchior grimmig.

»Du bist fast so hübsch wie deine Schwester«, spottete Erik. »Sie war das Schönste, was mein Schwanz je gefickt hat. Eine Jungfrau mit ...«

»Halt's Maul!«, schrie Melchior und stürzte sich auf Erik. Der wich gekonnt aus und stellte dem König ein Bein. Dieser fiel der Länge nach zu Boden. Ein Ritter wollte ihm helfen, aber er rief: »Haltet euch raus!«

Erik ließ das Messer auf Melchior hinuntersausen, doch der rollte schnell zur Seite. Das Schwert blieb unerreichbar auf dem Boden liegen, als der König aufsprang.

Erik hob die Waffe auf. »Liegt gut in der Hand«, bemerkte er.

Melchior antwortete nicht. Stattdessen warf er sich erneut auf Erik.

Julia schlug die Hände vor den Mund, um einen Schrei zu unterdrücken. Melchior schien sich direkt auf die Klinge des Banditen zu stürzen. Erik stieß mit dem Schwert nach vorne, Melchior sprang zur Seite und rammte Erik mit seiner Schulter, mit aller Kraft, die er aufbieten konnte. Erst fiel die Waffe, dann rollten die beiden Männer kämpfend zu Boden. Schläge wurden ausgeteilt. Jeder versuchte, nach dem Schwert zu greifen.

Julia war wie erstarrt, als Melchior von Erik abließ. Der Räuber bewegte sich kriechend auf das Schwert zu. Ihr entschlüpfte ein erstickter Schrei hinter vorgehaltenen Händen, als sie sah, wie Melchior das Messer hob. Blut klebte noch an der Klinge. Blitzschnell stieß er sie in Eriks Rücken. Der Verwundete brüllte unter Schmerzen auf, sackte zu Boden und blieb dort liegen.

Melchior richtete sich schwitzend auf. Seine schöne Kleidung war zerrissen und schmutzig, aber es kümmerte in diesem Moment niemanden. Das Volk jubelte ausgelassen über seinen Sieg.

»Sucht die Frau!«, bellte Melchior. »Hier und bei ihr zu Hause!«

Julia ließ die Hände sinken. Ihr Blick fiel auf das verwundete Reh, das sich leicht bewegte.

»Johannes?«, flüsterte sie.

Ein Beben ging durch den Körper des Rehs, und plötzlich

fiel das Fell von ihm ab. Nackt und zusammengekauert lag ihr Bruder vor ihr. Er blutete stark aus der Wunde auf der Seite.

Melchior schrie nach einem Mantel, bekam einen gereicht und eilte damit zu Julia und Johannes. Sorgfältig deckte er seinen Schwager damit ab.

»Johannes!« Tränen traten Julia in die Augen. Sie strich ihrem Bruder das verschwitzte blonde Haar aus der Stirn.

Seine Augenlider flatterten, dann blickte er ihr direkt in die Augen. »Julia.« Kaum ein Flüstern. Er war bleich, mit jedem mühsamen Atemzug, den er machte, verließ ihn mehr und mehr die Lebenskraft. »Endlich konnte ich dich beschützen.«

Unter Tränen lächelte Julia. »Wie ein richtiger Ritter.« Sie sah flehend zu Melchior, und der verstand.

Der König nickte und verlangte nach einem Schwert.

»Es tut ziemlich weh, ich glaube, ich werde sterben …«, flüsterte Johannes.

Julia schüttelte entschieden den Kopf, obwohl ihr unentwegt die Tränen über die Wangen liefen. »Nein, du wirst leben. Und Melchior schlägt dich zum Ritter.«

Sie stützte ihren Bruder, sodass er aufrecht sitzen konnte. Johannes verzog schmerzhaft das Gesicht, trotzdem hatte er ein Lächeln auf den Lippen, als Melchior ihm die Klinge des Schwertes erst auf die eine, dann auf die andere Schulter legte.

»Johannes Kaufmann, wirst du stets treu für deinen König und seine Familie eintreten und ihn und das Volk des Landes beschützen?«

»Ja«, hauchte Johannes.

»Wirst du nach Gottes Gesetzen handeln?«

»Ja.«

»So ernenne ich dich hiermit zum Ritter.«

»Danke, Eure Majestät.« Tränen glitzerten in Johannes Augen. »Danke, Julia.« Er schloss die Lider.

»Nein, Johannes, schau mich an!«, rief Julia schluchzend. »Verlass mich nicht.«

Johannes schlug die Augen auf. »Er ist ein guter Kerl, der König. Ich liebe dich, Julchen.«

»Und ich liebe dich, Johannchen.« Julia schlang die Arme um ihren Bruder. Sie küsste ihn zum Abschied auf die Stirn.

Erneut machte Johannes die Augen zu, doch dieses Mal blieben sie geschlossen, auch als Julia seinen Namen immer und immer wieder rief. Er hatte seinen letzten Atemzug getan.

Melchior brach es fast das Herz, seine Frau so leiden zu sehen. Sie hielt ihren Bruder fest an sich gedrückt und weinte bittere Tränen um ihn. Der Anblick löste in ihm die Erinnerung an jenen Tag aus, an dem ihn die Nachricht erreichte, dass seine Schwester überfallen, geschändet und getötet worden war. Damals schwor er, keine Ruhe zu geben, bis er ihren Tod gerächt hatte. Und nun lag der letzte der Banditen niedergestreckt da, und trotzdem fühlte sich Melchior einfach nur leer. Amalia brachte es nicht zurück. Er war kein Narr, denn dessen war er sich von Anfang an bewusst gewesen, aber er hatte sich mehr erhofft. Ein Gefühl der Genugtuung vielleicht, ein Gefühl, Gerechtigkeit bewirkt zu haben.

Jeremias trat zu ihm, legte ihm eine Hand auf die Schulter und riss ihn aus seinen Gedanken. »Ein weiser König begreift, dass er nicht wächst an den Männern, die er getötet hat«, sagte der Vertraute sanft. »Sieh nach vorne.«

Und das tat Melchior. Er sah Julia, die er über alles liebte und die um ihren Bruder weinte, der sein Leben für sie gegeben hatte. Er eilte zu ihr, löste sie von Johannes, gab den Befehl, den Toten auf das Schloss zu bringen, und nahm seine Frau in die Arme. Er hielt sie, bis ihre Tränen versiegten und die Ritter das umstehende Volk verscheucht hatten.

»Danke«, sagte Julia und löste sich aus Melchiors Umarmung.

Fragend sah er seine Frau an. Blickte in ihre rehbraunen Augen.

»Dass du meines Bruders Wunsch erfüllt hast.«

»Hätte ich es eher gewusst, wäre er schon längst zum Ritter geschlagen worden.« Er sprach es und wusste, dass er es wirklich getan hätte. Nicht für Johannes, sondern für Julia. Er würde alles für sie tun, damit sie glücklich war, und wenn er sich dafür das eigene Herz herausreißen müsste.

»Melchior, ich habe Angst, dass Violetta entkommt.« Ihre Stimme zitterte.

»Sie wird gefasst werden. Ihre Hexenkraft wird sie nicht ewig schützen.« Er war erleichtert, wie sicher seine Stimme klang. Denn in Wahrheit zweifelte er. Seine Schwägerin war durchtrieben und gefährlich.

26. Kapitel

Violettas Täuschungszauber hielt gerade lange genug an, um mit anzusehen, wie Johannes sich für seine Schwester opferte und Julia weinend zusammenbrach. Johannes' Tod hatte sie noch mehr getroffen als seine Heirat mit ihr, dessen war sich Violetta sicher.

Doch warum fühlte es sich nicht nach einem Sieg an? Weil die falsche Person tot war? Nein, Julia würde auf ewig damit leben müssen, dass ihr Bruder sein Leben für sie hergegeben hatte. Sie würde leiden.

Violetta sackte zusammen, die Schultern fielen nach vorne, das Haar in ihr Gesicht. Ihre große Liebe war tot. Sie saß auf dem Bett, den Grimoire neben sich. Sie fühlte nichts. Die Wut war verflogen. Die Rachsucht erstickt. Ihr war nach Weinen zumute, aber sie war dazu nicht in der Lage. Sie wollte wieder wütend auf Julia sein, aber es fehlte ihr die Kraft. Es erschien ihr plötzlich alles so sinnlos. Der Tod ihrer Mutter, der Fluch, die Wut, Erik ... Vielleicht hätte sie einfach bei ihm bleiben, den Mordplan fallen lassen sollen. Aber nein, er wollte es genauso wie sie, und am Ende wollte er eigentlich auch nur Julia bekommen, weil er sie begehrte, nicht wie Johannes oder Melchior, sondern auf eine perverse Art und Weise. Er wollte sie wie die Prinzessin vergewaltigen und töten. Irgendwann hätte er vielleicht auch sie, Violetta, umgebracht.

Wie ein Scherbenhaufen lag ihr Leben vor ihr. Violetta blätterte lustlos im Grimoire auf der Suche nach ... Sie wusste es nicht. Die Hexerei hatte ihr nicht geholfen zu bekommen, was sie wollte. Ihre Mundwinkel zuckten. Nie zuvor in ihrem Leben hatte sie sich so einsam, so ungeliebt, so hoffnungslos gefühlt. Sie hatte nichts mehr, was sie antrieb.

Das heftige Klopfen an der Tür und die Rufe ließen sie hochschrecken. Sie schlug den Grimoire zu. Wie erstarrt blieb sie auf dem Bett sitzen. *Die Ritter des Königs sind da*, schoss es ihr durch den Kopf.

Sie sollte fliehen, einen Täuschungszauber sprechen, irgendetwas tun, sagte ihr eine dünne, sehr leise Stimme in ihrem Inneren. Diese Stimme war genauso müde wie sie selbst, und es war ihr wohl nicht allzu ernst mit den Worten.

Melchior betrat als Erster das Zimmer. Seine grünen Augen funkelten entschlossen, als er sie sah.

»Rühr dich nicht von der Stelle!«, rief er. Seine dunkle, sonore Stimme hatte etwas Angenehmes.

Der junge König war von vier seiner Ritter flankiert. Der Stachel der Eifersucht regte sich in Violetta. Dieser Mann gehörte nun Julia. Den einzigen Trost spendete ihr die Gewissheit über Johannes' Tod, der ihre Stiefschwester leiden lassen würde, trotz ihres Königsgatten. *Aber was bleibt mir nach alldem?*, fragte sie sich, die Hände im Schoß zu Fäusten geballt.

»Hoheit, sollen wir sie ergreifen?«

Melchior zögerte.

Violetta schluckte leer.

»Lasst mich mit ihr allein.«

»Seid Ihr sicher?«, fragte einer der Ritter.

»Ja.«

Sofort gehorchten die Männer und verließen das Gemach. Als die Tür hinter ihnen geschlossen war, trat Melchior näher. Eine gefühlt entsetzliche Ewigkeit starrte er sie nur an.

Die Lippen zusammengepresst ertrug sie dennoch seinen Blick.

»Bist du nun glücklich?« Leise, aber dennoch kraftvolle Worte.

Violetta hatte mit Verwünschungen und Beschimpfungen gerechnet, aber nicht mit solch einer Frage, die dann auch noch derart aufrichtig klang.

»Warum fragt Ihr mich das?«

»Vielleicht weil ich durch Julias Erzählung glaube, dich zu kennen.« Er zuckte mit den Schultern. Es sah merkwürdig aus, bewaffnet wie er war, mit dem Schwert in der Hand und dem schützenden Harnisch.

Violettas Zunge klebte an ihrem Gaumen.

»Bist du nun glücklich?«, wiederholte er seine Frage.

Wut glomm in Violetta auf, füllte die Leere, die sie bis jetzt noch gespürt hatte. Der Zorn war vertraut, fast schon geliebt.

»Nein! Alles, was mir zusteht, ist mir genommen worden.«

Melchior lachte leise auf. »Du hast stets begehrt, was anderen gehört.«

»Julias Worte, nicht wahr?« Sie sah den König herausfordernd an.

»Ja und nein«, erwiderte Melchior.

»Sie hat immer alles bekommen«, sagte Violetta voller Bitterkeit. »Sie war die Hübsche, die Liebe, die Sensible. Alle mochten sie, und Johannes vergötterte sie, er hatte nur Augen für sie. Selbst Eure Majestät seid ihr mit Haut und Haaren verfallen. Doch lasst Euch eins gesagt sein, Hoheit: Johannes und Julia, sie haben sich mehr geliebt, als Geschwister es tun sollten.« Violetta machte eine Sprechpause. Sie beobachtete jede Regung in Melchiors Gesicht. Sehr zu ihrer Enttäuschung zeigte sein Antlitz nicht die Bestürzung, die sie erwartet hatte. »An dem Tag, an dem meine Mutter die beiden aus dem Haus warf, habe ich sie beim Beischlaf erwischt. Bruder und Schwester!« Sie schrie die Worte hinaus und wartete auf einen Zusammenbruch des Königs.

Melchior lachte auf. »Ich durchschaue dich«, sagte er.

»Ich lüge nicht«, schnappte Violetta.

»Das habe ich nicht behauptet.«

»Was dann?«

»Du säst eine Saat der Boshaftigkeit, missgönnst Julia ihr Glück, aber ich muss dich enttäuschen: Bei mir wirkt es nicht. Es spielt keine Rolle, ob du die Wahrheit sagst oder nicht. Julia hat sich für mich entschieden, wenn sie mich ansieht, weiß ich, dass sie mich von Herzen liebt. Was auch immer zwischen ihr und ihrem Bruder war, es entsprang einer Not. Sie hatten nur sich.«

Violetta knirschte mit den Zähnen.

Melchior rief seine Männer wieder ins Gemach. Mit klarer und lauter Stimme verkündete er: »Violetta Kaufmann, Hexe, die du bist, ich verurteile dich zum Tod durch Verbrennen bei lebendigem Leibe.«

Violetta streckte ihren Rücken durch, schob das Kinn nach vorne. So endete es also für sie. Tod durch das Feuer, wie es einer Hexe gebührte. Das, wovor ihre Mutter sie gewarnt hatte. Tränen rannen über ihre Wangen, als sie sich erhob und zwei der Ritter sie grob ergriffen.

Melchior warf einen Blick auf das Buch, blätterte kurz darin, ehe er es in den Kamin warf. Er ließ ein Feuer darin entfachen, und Violetta konnte mit ansehen, wie der Grimoire ihrer Ahninnen verbrannt wurde. Es spielte keine Rolle mehr für sie. Sie würde nicht mehr lange genug leben, um ihn nutzen zu können, und Glück hatte er ihr ohnehin nicht gebracht.

»Bringt sie in den Kerker!«, wies Melchior seine Begleiter an.

Sein Blick kreuzte sich ein letztes Mal mit Violettas. Sie erkannte, dass er es nicht genoss, sie zu Tode zu verurteilen. Es war ein Übel, eine Pflicht, die er tragen musste, weil er der König war, weil es von Gesetzes wegen richtig war, aber mehr auch nicht.

Ein schwacher König, dachte Violetta. Er passte zu der weinerlichen Julia. Und irgendwie erfüllte diese Erkenntnis sie mit Zufriedenheit. Sie entschied, ihrem Tod mit Stärke entgegenzublicken. Sie würde nicht schreien auf dem Scheiterhaufen.

27. Kapitel

Heftige Schmerzen durchfuhren Julias Leib. Sie schrie. Schweiß trat ihr aus allen Poren. Eine kühle, beruhigende Hand legte sich auf ihre Stirn.

»Presst, Hoheit, gleich habt Ihr es überstanden.« Maries ruhige und sanfte Stimme. Die Zofe war Julia im letzten Jahr immer mehr ans Herz gewachsen. Oft sah sie in ihr keine Dienerin, sondern eine gute Freundin, und sie hoffte, Marie ging es ähnlich.

»Das Köpfchen ist draußen«, verkündete die Hebamme.

Julia biss die Zähne zusammen und presste, so stark sie konnte. Schmerz flutete sie erneut, dann war es plötzlich vorbei. Sie hörte die Hebamme freudig rufen: »Es ist ein Junge!« Und dann hörte sie das krähende Weinen.

Julia versuchte, sich aufzurichten. Maries helfende Hände stützten sie. Die Hebamme wickelte das Neugeborene in ein Tuch, ehe sie den Jungen Julia in die Arme legte.

Eine warme Woge der Zuneigung durchströmte sie. Liebe erfüllte jede Faser ihres Körpers. Eine Liebe, die nicht zu vergleichen war mit jener, die sie für Johannes oder Melchior empfand. Sie war reiner, bedingungsloser und versetzte sie in wahre Entzückung. Sie brach in Tränen der Freude aus.

»Lasst meinen Gemahl herein«, bat sie die Hebamme.

Melchior stürmte wenig später strahlend ins Gemach und an ihr Bett. »Es ist ein Junge, sagte man mir!«, rief er.

Julia nickte lächelnd. Ihr Mann setzte sich zu ihr. Er strich ihr zärtlich die verklebten Haarsträhnen aus dem Gesicht. »Deine Schreie sind mir durch Mark und Bein gegangen«, gestand er ihr.

»Jeder Schrei war es wert«, sagte Julia. »Schau ihn dir an, unseren wunderschönen Sohn.«

Melchiors Augen glänzten feucht, als er den Jungen betrachtete.

»Er sieht dir ähnlich«, meinte er glücklich.

»Nein, ich glaube, er kommt mehr nach seinem Vater«, lachte sie.

»Wie wird der junge Prinz heißen?«, fragte Marie, die etwas abseits stand. Erschrocken über ihre Worte, schlug sie die Hände vor den Mund. »Entschuldigt meine Unverfrorenheit.«

Julia lachte. »Ich bin dir nicht böse.«

»Wie willst du ihn nennen?«, fragte Melchior.

Julia betrachtete das kleine, etwas runzelige Gesichtchen. Der Kleine blickte sie aus einem grünen und einem braunen Auge an. »Er hat verschiedenfarbige Augen.«

Melchior beugte sich über den Jungen. »Tatsächlich.«

»Wie wäre es mit Alexander?«, fragte Julia.

»Ich dachte, du möchtest ihn vielleicht nach deinem Bruder benennen?«, fragte Melchior.

Entschieden schüttelte Julia den Kopf. »Nein, das fühlt sich nicht richtig an. Es gab nur einen Johannes für mich.«

Melchior küsste sie auf die Stirn. »Alexander gefällt mir.«

Julia sah lächelnd zu ihm auf. »Ich liebe dich, Melchior!«

»Und ich liebe dich!«

ENDE

In eigener Sache

Liebe Leserin/lieber Leser, herzlichen Dank, dass du mein Buch gekauft und, wie es scheint, auch fertig gelesen hast.

Wenn dir die Geschichte um Julia und Johannes gefallen hat, schreib eine kurze Rezension, egal ob auf Amazon, Lovelybooks oder anderen Lesecommunitys. Damit unterstützt du mich, und ich kann weitere Bücher schreiben, um dir noch mehr schöne Lesestunden zu bescheren. Lieben Dank.

Falls du gerne auf dem Laufenden bleibst, so findest du mich auf Instagram unter @lillygraceturner und bei Facebook als Lilly-Grace Turner.

Ich freue mich auch über E-Mails an:
turnerlillygrace@gmail.com

Alles Gute wünscht dir
Lilly-Grace Turner

Danksagung

Ein großes und sehr herzliches Dankeschön geht an meine Leserinnen und Leser. Ihr seid die Luft, die ich atme. Ich danke euch für eure Unterstützung, indem ihr mein Buch gekauft habt, darüber sprecht, rezensiert, postet und bloggt. Ihr seid die Besten.

Wolma Krefting danke ich herzlich für die langjährige und großartige Zusammenarbeit, die ich sehr schätze. Vielen Dank für deine ehrliche Meinung.

Ein ebenfalls großes Dankeschön geht an Sabine Dreyer. Wie lange arbeiten wir schon zusammen? Eine positiv gefühlte Ewigkeit. Herzlichen Dank für die tolle Zusammenarbeit, deine Direktheit und deine Zuverlässigkeit.

Ein weiteres herzliches Dankeschön geht an Corinna Rindlisbacher für die großartige Zusammenarbeit, sei es als Korrektorin oder als Zauberin, die meine Word-Dokumente zu einem ansehnlichen E-Book/Taschenbuch verwandelt.

Ich danke Juliane Schneeweiss für die tolle, unkomplizierte Zusammenarbeit und die wunderschönen Buchcover. Deine Arbeit ist immer das Zuckerchen nach der ganzen Knochenarbeit ☺.

Die Autorin

Lilly-Grace Turner schreibt seit ihrer Kindheit. Manchmal unter ihrem echten Namen, manchmal unter Pseudonym.

Sie wohnt mit ihrem Partner und zwei Katzen in einer Wohnung in einer kleinen, touristischen Stadt auf dem Planeten Erde.

www.lillygraceturner.com

Mehr von Lilly-Grace Turner

Seit ihrer ersten Begegnung sind Jahre vergangen. Als sich ihre Wege erneut kreuzen, ist aus Maximilian ein stattlicher junger Mann geworden, der Dianas Herz im Sturm erobert. Doch sie hütet ein dunkles Geheimnis, das es ihr unmöglich macht, sich auf ihn einzulassen …

Im Tempus Logus Verlag erschienen

Seit sie denken kann, fühlt sich die 17-jährige Tallulah von der Nacht angezogen: Wenn es dunkel wird, schlendert sie durch den Park oder besucht die Spätvorstellung im Kino – heimlich natürlich, denn ihr überfürsorglicher Vater würde das niemals erlauben. Vielleicht zu Recht, denn eines Nachts wird sie auf einem solchen Streifzug überfallen und erst in letzter Sekunde vom geheimnisvollen Zacharias Leopold gerettet, der behauptet, ein Vampyyri zu sein.

Trotz seiner kauzigen Art ist er Tallulah sympathisch, doch ein Wiedersehen ist ausgeschlossen, wie er sagt – schließlich sei sie eine der verfeindeten Yövaeltaja.

Ein abenteuerlicher Fantasy-Roman über eine starke Heldin im Kampf für das Gute.

Andrea Schneeberger

Blutfeuerlicht

Fantasy

Seine Eltern hüten ein schreckliches Geheimnis – davon ist der 16-jährige Lestat überzeugt.

Als die Familie nach St. Méen in der Schweiz zieht, freundet er sich mit dem draufgängerischen Marcel an und lernt die scheue, aber faszinierende Malin kennen. Gemeinsam wollen sie das Geheimnis von Lestats Eltern aufdecken und stoßen dabei auf ein mysteriöses Amulett, das Lestat gefährlich wird …

Als die 17-jährige Anne den Job im Souvenirladen annimmt, will sie eigentlich eine Auszeit von ihrem turbulenten Leben – um nicht an das zerrüttete Verhältnis zu ihrem Vater und ihren unerreichbaren Schwarm Brandon denken zu müssen. Doch am ersten Tag trifft sie der Schlag: Auch er verbringt seine Ferien dort! Zu allem Übel wird plötzlich ihre Mutter krank. Die schüchterne Anne flüchtet sich immer öfter an den einzigen Ort, der ihr Zuflucht bietet: das Haus aus weißem Marmor. Dort trifft sie den geheimnisvollen Auryn, der ihr zuhört und sie zu verstehen scheint. Aber warum interessiert er sich so für das Amulett, dass sie am Strand gefunden hat?

Bald schon merkt Anne, dass sie sich ihren Ängsten stellen muss. Was macht das Leben aus und wie handelt man, wenn es Zeit wird, einen geliebten Menschen gehen zu lassen? Anne steht vor einer schweren Entscheidung ...

Schlaflosigkeit. Albträume. Ein mysteriöses Café.

Natalie wähnt sich in einem typischen Jugendbuchdrama, als sie feststellt, dass der charmante Cafébesitzer Lysander etwas vor ihr zu verstecken hat. Ist er etwa der Vampir, auf den so viele Mädchen ihr Leben lang warten?

Doch die Wahrheit ist noch viel weitreichender und erschütternder, als Natalie sich jemals hätte vorstellen können. Und schließlich muss Natalie sich entscheiden: Wird das Licht oder die Dunkelheit ihr Herz erobern?

Die siebenjährige Tosca hat ihre Eltern verloren. Sie wünscht sich nichts sehnlicher, als ihnen in den Himmel zu folgen. Auf der Suche nach dem Himmel wird sie vom magischen Kater Absolom begleitet. Die beiden treffen auf Elfen, einen gefallenen Engel und sprechende Tiere. Weder Tosca noch Absolom ahnen, welche Gefahren auf sie zukommen.

ANDREA SCHNEEBERGER

Sechs Sekunden

Nur sechs Sekunden, und deine dunkelsten Geheimnisse sind nicht länger verborgen.

Robert besitzt die Fähigkeit, in die Gedanken seiner Mitmenschen einzutauchen und dort Dinge zu sehen, die er gar nicht sehen will. Um das zu vermeiden, darf er niemanden länger als sechs Sekunden ansehen, deshalb geht er anderen lieber aus dem Weg und lebt wie ein Außenseiter.

Erst als er beschließt, sich seiner Gabe zu stellen, führt ihn das Schicksal mit anderen jungen Menschen zusammen, die – ähnlich wie Robert – über besondere Talente verfügen.

Sie sind die Auserwählten! Aber nicht alle stehen auf der Seite des Guten …

Die 16-jährige Grace möchte eigentlich nur ein ganz normaler Teenager sein – doch beim Rosenkrieg ihrer Eltern ist daran nicht zu denken. Als sie beim Ausgehen mit ihrer besten Freundin Thea den geheimnisvollen Aurèle kennenlernt, kommt ihr die Ablenkung gerade recht: Von seiner dunklen Aura magisch angezogen, verliebt sie sich Hals über Kopf. Doch welche Geheimnisse verbirgt der gut aussehende Junge, der ein Faible für Vampire hat?

Als die beiden Mädchen allmählich immer tiefer in seine aufregende und gefährliche Welt hineingezogen werden, verschwimmen die Grenzen zwischen Realität und Fiktion – bis etwas Schreckliches passiert ... Gibt es für die sensible Grace noch einen Ausweg?

Eine Geschichte über Freundschaft und eine naive erste Liebe, die alles für immer verändert.

Alma lebt mit ihrer Familie in dem kleinen Bündner Bergdorf Affeier. Das Leben in den 30er-Jahren ist nicht immer einfach. Alma ist klein und schmächtig. Doch jeder, der sie kennt, weiß, was in ihr steckt. Sie ist ein Kind der Berge, wild und zäh wie die Natur, frei wie der Wind, stark und ausdauernd wie ein Wildbach, mit dem Kopf voller Flausen.